CONFESSE

Obras da autora publicadas pela Editora Record:

Série Slammed
Métrica
Pausa
Essa garota

Série Hopeless
Um caso perdido
Sem esperança
Em busca de Cinderela
Em busca da perfeição

Série Nunca jamais
Nunca, jamais
Nunca, jamais: parte 2
Nunca, jamais: parte 3

Série Talvez
Talvez um dia
Talvez agora

Série É Assim que Acaba
É assim que acaba
É assim que começa

O lado feio do amor
Novembro, 9
Confesse
Tarde demais
As mil partes do meu coração
Todas as suas (im)perfeições
Verity
Se não fosse você
Layla
Até o verão terminar
Uma segunda chance

COLLEEN HOOVER

CONFESSE

Tradução
Priscila Catão

23ª edição

— **Galera** —
RIO DE JANEIRO
2025

CIP-BRASIL. CATALOGAÇÃO NA PUBLICAÇÃO
SINDICATO NACIONAL DOS EDITORES DE LIVROS, RJ

H759c Hoover, Colleen
        Confesse / Colleen Hoover; tradução Priscila Catão. –
23ª ed. 23ª ed. – Rio de Janeiro: Galera Record, 2025.

        Tradução de: Confess
        ISBN: 978-85-01-10932-3

        1. Ficção americana. I. Catão, Priscila. II. Título.

16-38761   CDD: 028.5
                                                CDU: 087.5

Título original:
Confess

Copyright © 2015 by Colleen Hoover

Copyright da edição em português © 2017 por Editora Record LTDA.

Publicado mediante acordo com a editora original, Atria Books,
um selo da Simon & Schuster, Inc.

Todos os direitos reservados.
Proibida a reprodução, no todo ou em parte, através de quaisquer meios.
Os direitos morais do autor foram assegurados.

Texto revisado segundo o novo Acordo Ortográfico da Língua Portuguesa.

Editoração eletrônica: Abreu's System
Adaptação de capa: Renata Vidal

Direitos exclusivos de publicação em língua portuguesa somente para o Brasil
adquiridos pela
EDITORA RECORD LTDA.
Rua Argentina, 171 – Rio de Janeiro, RJ – 20921-380 – Tel.: (21) 2585-2000,
que se reserva a propriedade literária desta tradução.

Impresso no Brasil

ISBN 978-85-01-10932-3

Seja um leitor preferencial Record.
Cadastre-se e receba informações sobre nossos
lançamentos e nossas promoções.

Atendimento e venda direta ao leitor:
sac@record.com.br

As confissões que você vai ler neste romance são verdadeiras, enviadas anonimamente por leitores. Este livro é dedicado a todos vocês, que encontraram coragem para compartilhá-las.

Parte Um

Parte Um

PRÓLOGO

Auburn

Passo pelas portas do hospital sabendo que será a última vez. No elevador, aperto o três, vendo o botão se acender pela última vez.

As portas abrem no terceiro andar, e sorrio para a enfermeira de plantão, observando a expressão de pena que ela dirige a mim pela última vez.

Passo pela sala de suprimentos, pela capela e pela copa dos funcionários, tudo pela última vez.

Sigo pelo corredor. Mantenho o olhar fixo à frente e me encho de coragem quando bato de leve à sua porta, esperando ouvir Adam me convidar para entrar pela última vez.

— Entre.

Não faço ideia de como sua voz ainda pode estar tão esperançosa.

Ele está na cama, deitado de costas. Quando me vê, me consola com um sorriso e ergue o cobertor, convidando para me juntar a ele. A grade já está abaixada, então subo na cama ao seu lado, apoio o braço em seu peito e entrelaço nossas pernas. Enfio o rosto no seu pescoço, querendo sentir seu calor, mas não o encontro.

Hoje ele está frio.

Ele se endireita até ficarmos na nossa posição de sempre, com seu braço esquerdo debaixo de mim e o direito por cima, me puxando para perto. Ele demora um pouco mais que o normal para ficar confortável, e percebo que sua respiração fica mais intensa a cada pequeno movimento que faz.

Tento não notar essas coisas, mas é difícil. Percebo que ele está mais fraco, com a pele um pouco mais pálida e com a voz mais frágil. Todo dia, durante o horário que podemos passar juntos, percebo que ele está escapando cada vez mais de mim, e não há nada que eu possa fazer. Não há nada que ninguém possa fazer, além de testemunhar.

Faz seis meses que a gente sabe que as coisas terminariam assim. Claro que todos nós rezamos por um milagre, mas esse tipo de milagre não acontece na vida real.

Meus olhos se fecham quando os lábios gelados de Adam tocam minha testa. Já disse para mim mesma que não vou chorar. Sei que é difícil, mas ao menos posso fazer tudo possível para evitar as lágrimas.

— Estou tão triste — sussurra ele.

Suas palavras destoam muito da sua positividade habitual, mas me reconfortam. Claro que não quero que ele fique triste, mas agora preciso que fique assim comigo.

— Eu também.

Nossas visitas das últimas semanas foram marcadas por muitas risadas e conversas, mesmo que forçadas. Não quero que a de agora seja diferente, mas é impossível rir de alguma coisa quando sabemos que é a última visita. Ou conversar sobre qualquer assunto. Tudo o que quero é chorar com ele e gritar que isso é muito injusto com a gente, mas isso estragaria a lembrança desse momento.

Quando os médicos de Portland disseram que não podiam fazer mais nada por ele, seus pais decidiram transferi-lo para um hospital em Dallas. Não porque esperavam um milagre, mas porque a família inteira mora no Texas, e acharam que seria melhor se ele pudesse ficar perto do irmão e de todos que o amavam. Adam tinha se mudado com os pais para Portland apenas dois meses antes de a gente começar a namorar. Isso foi há um ano.

Adam só aceitaria se mudar para o Texas se deixassem que eu o acompanhasse. Foi uma batalha conseguir que nossos pais concordassem, mas Adam argumentou que era ele quem estava morrendo, portanto deveria ter o direito de escolher com quem estaria e o que aconteceria quando chegasse a hora.

Já faz cinco semanas que cheguei a Dallas, e nós dois já esgotamos a compaixão deles. Disseram que preciso voltar para Portland imediatamente, caso contrário meus pais serão processados por absentismo escolar. Se não fosse por isso, os de Adam até me deixariam ficar, mas a última coisa que meus pais precisam no momento é de algum problema legal.

Meu voo é hoje, e não temos mais nenhuma ideia de como convencê-los de que não preciso ir. Não contei e nem vou contar para Adam, mas ontem à noite, depois que implorei mais algumas vezes, sua mãe, Lydia, finalmente confessou sua verdadeira opinião sobre o assunto:

— Você tem 15 anos, Auburn. Acha que o que sente por Adam é real, mas daqui a um mês já vai ter se esquecido dele.

Nós que o amamos desde o dia em que ele nasceu vamos sofrer sua perda até o dia da nossa morte. É com essas pessoas que ele precisa estar neste momento.

É estranho se dar conta de que, aos 15 anos, você escutou as palavras mais duras que vai ouvir na vida. Nem sequer soube o que responder a ela. Como uma garota de 15 anos pode defender o amor que sente se ninguém leva a sério seu sentimento? É impossível se defender contra argumentos como inexperiência e idade. E talvez eles tenham razão. Talvez a gente não conheça o amor como os adultos, mas certamente sentimos o mesmo. E agora sinto que o amor está prestes a partir meu coração.

— Seu voo é daqui a quanto tempo? — pergunta Adam, enquanto seus dedos lentamente desenham círculos no meu braço pela última vez.

— Duas horas. Sua mãe e Trey estão me esperando lá embaixo. Ela disse que a gente precisa sair daqui a dez minutos para chegar a tempo.

— Dez minutos — repete ele baixinho. — Não é o suficiente para que eu compartilhe com você toda a sabedoria profunda que adquiri no meu leito de morte. Preciso de no mínimo quinze. Vinte, no máximo.

Eu rio, e provavelmente foi a risada mais patética e triste que já dei. Nós dois escutamos o desespero do meu riso, e ele me abraça mais forte, mas não muito. Ele está bem menos forte que ontem. Sua mão acaricia minha cabeça, e ele pressiona os lábios no meu cabelo.

— Quero agradecer a você, Auburn — diz ele baixinho. — Por muitas coisas. Mas primeiro quero agradecer por você estar tão furiosa quanto eu.

Rio mais uma vez. Ele sempre faz algumas piadas, mesmo sabendo que são suas últimas.

— Você precisa ser mais específico, Adam, porque agora estou furiosa com um monte de coisas.

Ele afasta o braço que está ao meu redor e faz um tremendo esforço para rolar na minha direção, para que a gente fique um de frente para o outro. Alguém até poderia insistir que seus olhos são castanhos, mas não são. Eles têm tons verdes e castanhos, que se aproximam, mas nunca se misturam, formando o par de olhos mais intenso e definido que já olhou para mim. Esses olhos, aliás, costumavam ser o que ele tinha de mais alegre, mas agora também foram derrotados por um destino prematuro que drena lentamente suas cores.

— Estou falando especificamente de como nós dois estamos furiosos com a Morte por ser uma filha da mãe tão gananciosa. Mas acho que também estou me referindo aos nossos pais, por não entenderem isso. Por não permitirem que eu tenha aqui, junto de mim, a única coisa que quero.

Ele tem razão. Estou mesmo furiosa com essas duas coisas. Mas nos últimos dias já discutimos o suficiente esse assunto para saber que perdemos e que eles venceram. Neste momento, só quero focar em Adam e absorver todos os mínimos detalhes da sua presença enquanto ainda posso desfrutar dela.

— Você disse que quer me agradecer por muitas coisas. Então qual a próxima?

Ele sorri e leva a mão até meu rosto. Seu polegar roça meus lábios, e sinto como se meu coração se jogasse na sua direção, tentando desesperadamente permanecer aqui, enquanto minha carcaça vazia é obrigada a pegar um voo de volta a Portland.

— Quero agradecer por você ter me deixado ser o primeiro — diz ele. — E por ter sido a minha.

Por um breve momento, seu sorriso transforma o garoto de 16 anos no leito de morte em um adolescente bonito, animado e cheio de vida, pensando na primeira vez que transou.

Suas palavras, e a reação a elas, forçam o surgimento de um sorriso envergonhado em mim quando me lembro daquela noite. Foi antes de sabermos que ele voltaria ao Texas. A gente já sabia seu prognóstico, e ainda tentávamos aceitá-lo. Passamos uma noite inteira discutindo todas as coisas que teríamos vivenciado se pudéssemos ficar juntos para sempre. Viajar, casar, ter filhos (incluindo os nomes que escolheríamos), todos os lugares onde teríamos morado e, claro, sexo.

Imaginamos que a gente teria uma vida sexual incrível, se tivéssemos a oportunidade. Ela seria motivo de inveja para todos os nossos amigos. Faríamos amor todas as manhãs antes do trabalho, e todas as noites antes de dormir, e às vezes durante o dia também.

Nós rimos ao imaginar isso, mas a conversa logo se acalmou quando percebemos que aquele era o único aspecto do nosso namoro que ainda estava sob nosso controle. Não dava para alterar mais nada no nosso futuro, no entanto poderíamos ter algo extremamente pessoal e que a morte jamais roubaria de nós.

Nem discutimos. Não foi preciso. Assim que ele me encarou, vi meus pensamentos refletidos em seus olhos, então começamos a nos beijar e não paramos. Nós nos beijamos enquanto tirávamos a roupa, nos beijamos enquanto nos tocávamos, nos beijamos enquanto chorávamos. Nós nos beijamos até terminar, e, mesmo depois, continuamos nos beijando para comemorar que tínhamos vencido aquela pequena batalha contra a vida, a morte e o tempo. E ainda estávamos nos beijando quando ele me abraçou em seguida e disse que me amava.

Assim como está me abraçando e me beijando agora.

Ele está agarrando meu pescoço, e seus lábios separam os meus, como se fosse o início sombrio de uma carta de despedida.

— Auburn — sussurram seus lábios nos meus. — Amo muito você.

Sinto o gosto das lágrimas no meio do nosso beijo e odeio o fato de estar arruinando nossa despedida com minha fraqueza. Ele se afasta da minha boca e encosta a testa na minha. Estou respirando com dificuldade, e meu pânico é visível, enterrando--se na minha alma e dificultando meu raciocínio. A tristeza é como um calor que sobe sorrateiramente pelo meu peito, criando uma pressão insuportável à medida que se aproxima do meu coração.

— Conte alguma coisa sobre você que mais ninguém sabe. — Sua voz se mistura às suas lágrimas enquanto ele olha para mim. — Algo que eu possa guardar comigo.

Ele me pergunta isso todo dia, e todo dia revelo alguma coisa que jamais disse em voz alta. Acho que saber coisas sobre mim que outra pessoa nunca saberá é algo que o conforta. Fecho os olhos e penso enquanto suas mãos continuam acariciando todas as áreas da minha pele que conseguem alcançar.

— Jamais contei para ninguém no que penso antes de dormir.

A mão dele para no meu ombro.

— No que você pensa?

Abro os olhos e encaro os dele.

— Penso em todas as pessoas que eu queria que morressem no seu lugar.

A princípio, ele não reage, mas, por fim, sua mão volta a se mexer, descendo pelo meu braço até alcançar meus dedos. Ele desliza a mão por cima da minha.

— Aposto que não pensa em muita gente.

Forço um sorriso discreto e balanço a cabeça.

— Na verdade, penso, sim. Penso em muita gente. Às vezes, digo todos os nomes que conheço, depois começo a dizer nomes de pessoas que jamais conheci pessoalmente. De vez em quando, até invento nomes.

Adam sabe que não estou falando sério, mas ele se sente bem ouvindo isso. Seu polegar enxuga as lágrimas na minha bochecha, e fico zangada por não ter conseguido esperar nem dez minutos antes de chorar.

— Desculpe, Adam. Eu me esforcei muito para não chorar.

Seu olhar se suaviza ao responder:

— Se você tivesse saído deste quarto hoje sem chorar, eu teria ficado arrasado.

Ao ouvir essas palavras, paro de me conter. Agarro sua camisa e começo a soluçar em seu peito enquanto ele me abraça. Em meio às lágrimas, tento escutar as batidas do seu coração, querendo xingar seu corpo inteiro por ter sido tão covarde.

— Eu te amo tanto... — Sua voz está ofegante e cheia de medo. — Vou te amar para sempre. Mesmo quando eu não puder mais.

Minhas lágrimas aumentam ao ouvir suas palavras.

— E eu vou te amar para sempre. Mesmo quando eu não dever mais.

Continuamos abraçados, sentindo uma tristeza tão avassaladora que é difícil querer viver depois disso. Digo que o amo porque preciso que ele saiba disso. Digo que o amo mais uma vez. Fico repetindo, e nunca falei isso tantas vezes em voz alta. Toda vez que digo, ele o faz também. Repetimos tantas vezes que não sei mais quem está ecoando a fala de quem, mas continuamos, sem parar, até seu irmão Trey tocar no meu braço e me dizer que está na hora de ir.

Continuamos dizendo enquanto nos beijamos pela última vez.

Continuamos dizendo enquanto nos abraçamos.

Continuamos dizendo enquanto nos beijamos pela última vez de novo.

E ainda continuo dizendo...

CAPÍTULO UM

Auburn

Eu me remexo na cadeira assim que ele diz quanto cobra por hora. Não tenho como pagar tanto com o salário que ganho.

— Você trabalha com escala móvel? — pergunto.

As rugas ao redor de sua boca se tornam mais proeminentes quando ele se esforça para não franzir a testa. Ele cruza os braços, apoiando-os na mesa de mogno, e une as mãos, encostando a ponta de um polegar na outra.

— Auburn, o que você está me pedindo vai custar dinheiro. Jura?

Ele se encosta na cadeira, levando as mãos até o peito e apoiando-as na barriga.

— Advogados são como casamento. Você recebe pelo que paga.

Não digo que sua comparação foi péssima. Em vez disso. olho para o cartão de visitas em minha mão. Ele foi muito bem recomendado, e eu sabia que seria caro, mas não imaginava que seria tão caro assim... Vou precisar de um segundo emprego. Talvez até de um terceiro. Na verdade, acho que vou ter de roubar algum maldito banco.

— E não tem nenhuma garantia que o juiz vá decidir a meu favor?

— Só posso prometer que vou fazer tudo o que puder para assegurar que o juiz decida a seu favor. De acordo com a papelada que foi apresentada em Portland, você se colocou numa situação difícil. Isso vai demorar.

— Tudo o que tenho é tempo — murmuro. — Volto assim que receber meu primeiro pagamento.

Ele me força a marcar um horário com sua secretária, e depois me dispensa, me mandando de volta para o calor do Texas.

Faz três semanas que estou morando aqui, e, até então, é exatamente como eu achava que seria: quente, úmido e solitário.

Cresci em Portland, Oregon, e presumi que passaria o resto da vida por lá. Visitei o Texas uma vez quando tinha 15 anos e, apesar de não ter sido uma viagem agradável, não me arrependo de nenhum segundo. Diferentemente de agora, quando eu faria qualquer coisa para voltar a Portland.

Coloco os óculos escuros para proteger os olhos, e sigo na direção do meu apartamento. Morar no centro de Dallas é completamente diferente de morar no centro de Portland. Pelo menos em Portland eu tinha acesso a quase tudo que a cidade podia oferecer, e conseguia fazer tudo a pé. Dallas é tão espalhada e grande... E já falei do calor? É muito quente. Como vendi meu carro para poder pagar a mudança, preciso escolher entre o transporte público e meus pés, considerando que acabei de me tornar uma pessoa mesquinha para poder pagar o advogado com quem me encontrei há pouco.

Não acredito que as coisas chegaram a esse ponto. Ainda nem formei uma clientela no salão onde estou trabalhando, então vou mesmo ter de procurar um segundo emprego. Não faço ideia de como vou arranjar tempo para trabalhar mais, por causa dos horários aleatórios que Lydia determina.

Por falar em Lydia...

Disco seu número, aperto "ligar" e espero que atenda. Cai na caixa postal, e fico na dúvida se é melhor deixar uma mensagem ou ligar de novo à noite. Tenho certeza de que, de qualquer jeito, ela apaga as mensagens, então encerro a ligação e guardo o celular na bolsa. Sinto o calor subir pelo pescoço e bochechas, e uma ardência familiar nos olhos. É a décima terceira vez que vou a pé para casa no meu novo estado, numa cidade habitada somente por desconhecidos, mas estou determinada a fazer com que hoje seja a primeira vez que chego em casa sem chorar. Meus vizinhos devem me achar louca.

A caminhada do trabalho até minha casa é longa, e longas caminhadas me fazem pensar na vida, e minha vida me faz chorar.

Paro para observar a janela de vidro de um dos prédios com a intenção de conferir se meu rímel está escorrendo. Noto meu reflexo e não gosto do que vejo.

Uma garota que odeia as escolhas que fez na vida.

Uma garota que odeia sua carreira.

Uma garota que sente saudade de Portland.

Uma garota que precisa desesperadamente de um segundo emprego, e uma garota que agora está lendo o aviso de ESTAMOS CONTRATANDO pregado na janela.

Estamos contratando.
Bata à porta para se candidatar.

Dou um passo para trás e analiso o prédio à minha frente. Passo por ali todo dia durante meu trajeto e nunca o notei. Provavelmente porque fico as manhãs ao telefone, e as tardes, com lágrimas demais nos olhos para perceber o que há ao meu redor.

CONFESSE

Isso é tudo que o letreiro diz. Esse nome me faz pensar que deve ser uma igreja, mas descarto essa hipótese quando presto mais atenção às janelas de vidro na frente do prédio. Estão cobertas de pequenos pedaços de papel de várias formas e tamanhos, bloqueando a visão e acabando com qualquer esperança que eu tinha de espiar o que tem lá dentro. Em todos os pedaços de papel há palavras e frases escritas com letras diferentes. Dou um passo à frente e leio alguns recados.

Todos os dias me sinto grata por meu marido e seu irmão serem idênticos. Assim é menos provável que meu marido descubra que nosso filho não é dele.

Ponho a mão no peito. O que diabo é isso? Leio outro.

Faz quatro meses que não falo com meus filhos. Eles ligam no fim do ano e no meu aniversário, mas é só isso. Não é culpa deles. Fui um péssimo pai.

Leio mais um.

Menti no meu currículo. Não tenho diploma. Desde
que comecei a trabalhar para meu empregador, há
cinco anos, ninguém nunca pediu para vê-lo.

Fico boquiaberta e de olhos arregalados enquanto leio todas as confissões que meus olhos conseguem alcançar. Ainda não faço ideia do que é este prédio, nem de qual é minha opinião sobre o fato de todas essas coisas ficarem coladas desse jeito para o mundo inteiro ver, mas, de alguma forma, me sinto mais normal quando as leio. Se tudo isso é verdade, então talvez minha vida não seja tão ruim quanto penso.

Depois de quinze minutos, vou até a segunda janela, depois de ter lido a maioria das confissões à direita da porta que de repente se abre. Recuo para não ser atingida, e contenho minha forte vontade de me aproximar da porta e espiar o que tem ali dentro.

Um braço se estende e puxa a placa de ESTAMOS CONTRATANDO. Escuto um marcador deslizando pela placa de vinil enquanto continuo atrás da porta. Com a intenção de ver melhor quem é a pessoa, ou que lugar é esse, começo a dar a volta, mas na mesma hora a mão empurra a placa de ESTAMOS CONTRATANDO para a janela.

Estamos ~~contratando.~~
~~Bata à porta para se inscrever.~~
DESESPERADOS PARA CONTRATAR!!
BATA LOGO À MALDITA PORTA!

Rio quando vejo as alterações feitas na placa. Talvez seja destino. Estou precisando desesperadamente de um segundo emprego, e esta pessoa, quem quer que seja, está precisando desesperadamente contratar alguém.

A porta se abre mais ainda, e de repente estou sendo analisada por uma pessoa cujos olhos têm mais tons de verde que sua camisa manchada de tinta. Seu cabelo é preto e grosso, e ele usa as mãos para afastá-lo da testa, deixando o rosto mais à mostra. No início, seus olhos estão arregalados e cheios de ansiedade, mas depois de assimilar minha presença, ele suspira. É quase como se percebesse que estou bem onde devo estar, e se sentisse aliviado por eu finalmente estar ali.

Ele passa vários segundos me encarando com uma expressão concentrada. Mudo a posição dos pés e desvio o olhar. Não por me sentir constrangida, mas porque ele me encara de uma maneira estranhamente reconfortante. Deve ser a primeira vez que me sinto bem-vinda desde que voltei ao Texas.

— Você está aqui para me salvar? — pergunta ele, atraindo minha atenção de volta a seus olhos.

O homem está sorrindo, mantendo a porta aberta com o cotovelo. Ele me observa dos pés à cabeça, e claro que me pergunto o que ele está pensando.

Olho a placa de ESTAMOS CONTRATANDO e começo a imaginar um milhão de possibilidades do que poderia acontecer se eu respondesse sim e entrasse com ele no prédio.

A pior situação que imaginei terminaria com meu assassinato. Infelizmente, isso não me desanima depois do mês que tive.

— É você quem está contratando? — pergunto a ele.

— Se você for a pessoa interessada, sim.

Seu tom de voz é nitidamente simpático. Não estou acostumada a falarem assim comigo, então não sei como reagir.

— Tenho algumas perguntas a fazer antes de concordar em ajudá-lo — digo, orgulhosa de mim mesma por não estar tão disposta a ser assassinada.

Ele pega a placa de ESTAMOS CONTRATANDO e a tira da janela. Então a joga dentro do prédio e apoia as costas na porta, abrindo-a o máximo possível e gesticulando para que eu entre.

— Não temos tempo para perguntas, mas prometo que não vou te torturar, estuprar ou matar, se isso ajuda em alguma coisa. A voz dele continua agradável, apesar da frase que acabou de dizer. Assim como seu sorriso, que deixa à mostra duas fileiras de dentes quase perfeitos e um incisivo esquerdo levemente torto. Mas esse pequeno defeito em seu sorriso é, na verdade, o que mais gosto nele. Isso e seu completo desdém pelas minhas perguntas. Odeio perguntas. Talvez esse emprego não seja tão ruim assim.

Suspiro e passo por ele, entrando no prédio.

— Em que estou me metendo? — murmuro.

— Em algo de que não vai mais querer sair — responde ele.

A porta se fecha atrás de nós, bloqueando toda a luz natural do cômodo. Não seria tão ruim se as luzes ali dentro estivessem acesas, mas não é este o caso. Vejo apenas um fraco brilho vindo do que parece um corredor, no lado oposto do cômodo.

Assim que as batidas do meu coração parecem me informar que foi uma burrice entrar num prédio com um desconhecido, a lâmpada começa a zunir e tremeluzir.

— Desculpe. — A voz dele está bem próxima, então me viro bem no instante em que a primeira lâmpada fluorescente acende. — Não costumo trabalhar nessa parte do ateliê, então deixo as luzes apagadas para economizar energia.

Após toda a área se iluminar, observo o cômodo com calma. As paredes são completamente brancas, adornadas com vários quadros. Não consigo enxergá-los muito bem porque estão espalhados, a vários metros de mim.

— Aqui é uma galeria de arte?

Ele ri, o que acho estranho, então me viro na sua direção.

Ele está me observando com olhos semicerrados e curiosos.

— Eu não diria que é uma galeria de arte. — Ele se vira, tranca a porta da frente e passa por mim. — Qual seu tamanho?

Ele atravessa o cômodo espaçoso até o corredor. Continuo sem saber por que estou aqui, mas o fato de que ele perguntou sobre meu tamanho me deixa um pouco mais preocupada do que eu estava apenas dois minutos antes. Será que ele quer saber o tamanho do caixão em que meu corpo vai caber? O tamanho das algemas que vai usar?

OK, estou bem preocupada.

— Como assim? Tipo tamanho de roupa?

Ele se vira para mim e recua, ainda seguindo na direção do corredor.

— Sim, seu tamanho de roupa. Não pode usar isso esta noite — diz ele, apontando para minha calça jeans e minha camiseta.

Ele gesticula para que eu o acompanhe enquanto se vira para subir um lance de escada que leva a um cômodo acima de onde estamos. Posso até ter uma quedinha por um incisivo torto e charmoso, mas seguir estranhos em um território desconhecido deveria ser meu limite.

— Espere — digo, parando na base da escada. Ele para e se vira. — Pode pelo menos me explicar o que está acontecendo? Porque estou começando a questionar minha decisão idiota de confiar num completo desconhecido.

Ele olha por cima do ombro para onde a escada leva, e depois se volta para mim. Suspira, frustrado, antes de descer vários degraus. Depois se senta, ficando olho a olho comigo. Seus cotovelos encostam nos joelhos, e ele se inclina para a frente, sorrindo calmamente.

— Meu nome é Owen Gentry. Sou artista, e este é meu ateliê. Tenho uma exposição em menos de uma hora e preciso de alguém que cuide de todas as transações. E minha namorada terminou comigo semana passada.

Artista.

Exposição.

Menos de uma hora?

E namorada? Isso não vou nem comentar.

Mudo a posição dos pés, olho para o ateliê atrás de mim mais uma vez, e depois de volta para ele.

— Vou receber algum treinamento?

— Você sabe usar uma calculadora comum?

Reviro os olhos.

— Sei.

— Então considere-se treinada. Vou precisar de você por apenas duas horas no máximo. Depois te dou duzentas pratas, e você pode ir embora.

Duas horas.

Duzentas pratas.

Tem alguma coisa errada.

— Qual a pegadinha?

— Não tem pegadinha.

— Como ainda não contratou ninguém, se paga cem dólares por hora? Só pode haver alguma pegadinha. Você devia estar abarrotado de candidatos.

Owen passa a palma da mão na barba por fazer no queixo, projetando-o para trás e para a frente, como se tentasse colocar a tensão para fora.

— Minha namorada se esqueceu de mencionar que também estava se demitindo quando terminou comigo. Liguei para ela quando não apareceu para me ajudar a organizar tudo duas horas atrás. É uma oportunidade de trabalho meio que de última hora. Talvez você estivesse no lugar certo na hora certa.

Ele se levanta e se vira. Continuo parada na base da escada.

— Você transformou sua namorada em funcionária? Isso nunca é uma boa ideia.

— Transformei minha funcionária em minha namorada. É uma ideia pior ainda. — Ele para no topo da escada e se vira, olhando para mim. — Qual seu nome?

— Auburn.

Ele observa meu cabelo, o que é compreensível. Todo mundo presume que me chamo Auburn, o nome de um tom castanho-avermelhado, por causa da cor do meu cabelo, que é no máximo um loiro-avermelhado. Dizer que sou ruiva é exagero.

— Quais são seus sobrenomes, Auburn?

— Mason Reed.

Owen inclina a cabeça lentamente na direção do teto enquanto exala pela boca. Acompanho seu olhar até o teto, mas não vejo nada além de telhas brancas. Ele ergue a mão direita e toca a própria testa, depois o peito, e em seguida continua com o movimento, indo de um ombro a outro, até praticamente fazer o sinal da cruz.

O que diabo ele está fazendo? Rezando?

Ele olha de novo para mim, sorrindo.

— Seu nome do meio é mesmo Mason?

Assinto. Pelo que sei, Mason não é um sobrenome estranho, então não tenho ideia de por que ele está fazendo rituais religiosos.

— Temos o mesmo sobrenome — diz ele.

Eu o encaro em silêncio, assimilando a probabilidade da sua resposta.

— Está falando sério?

Ele balança casualmente a cabeça, enfia a mão no bolso de trás e pega a carteira. Ele desce a escada mais uma vez e me entrega sua carteira de motorista. Dou uma olhada e, de fato, seu nome do meio é Mason.

Contraio os lábios e devolvo sua habilitação.

OMG.

Tento conter o riso, mas é difícil, então tapo a boca na esperança de estar sendo discreta.

Ele guarda a carteira no bolso. Ergue a sobrancelha e me olha desconfiado.

— Você é tão perspicaz assim?

Meus ombros estão tremendo pelo esforço de conter o riso. Estou me sentindo muito, muito mal por ele.

Ele revira os olhos e parece levemente constrangido pela maneira que tenta esconder o próprio sorriso. Volta a subir a escada, muito menos confiante que antes.

— Por isso nunca conto pra ninguém qual meu nome do meio — murmura ele.

Eu me sinto culpada por achar isso tão engraçado, mas sua modéstia é o que me dá coragem para subir o restante da escada.

— Suas iniciais são mesmo OMG?

Mordo o interior da bochecha, contendo o sorriso que não quero que ele veja.

Chego ao topo da escada, e ele me ignora, seguindo até uma cômoda. Ele abre uma das gavetas e começa a remexer no que há ali dentro, então aproveito para dar uma olhada no espaçoso cômodo. Tem uma cama grande, provavelmente king size, no canto mais distante. No lado oposto, fica uma cozinha ladeada por duas portas que levam a outros cômodos.

Estou no seu apartamento.

Ele se vira e joga alguma coisa preta para mim. Eu pego, desdobro e vejo que é uma saia.

— Deve caber. Você e a traidora parecem vestir o mesmo número. — Ele vai até o armário e pega uma camisa branca no cabide. — Veja se isso serve. Seus sapatos estão bons.

Pego a camisa e olho para as duas portas.

— Banheiro?

Ele aponta para a porta da esquerda.

— E se não couber? — pergunto.

Fico preocupada, achando que ele não vai poder contar com minha ajuda se eu não estiver vestida como uma profissional. Não é fácil conseguir duzentos dólares.

— Se não couber, a gente queima junto de tudo o que ela deixou aqui.

Eu rio e vou até o banheiro. Após entrar, não presto atenção ao redor e começo a experimentar as roupas que ele me entregou. Felizmente, têm um caimento perfeito. Eu me olho no espelho de corpo inteiro e estremeço ao notar como meu cabelo está um desastre. Eu deveria ter vergonha de dizer que sou cosmetóloga. Não encosto nele desde que saí do apartamento pela manhã, então dou uma rápida ajeitada e uso uma das escovas de Owen para fazer um coque. Dobro as roupas que acabei de tirar e as coloco na bancada

Quando saio do banheiro, Owen está na cozinha, servindo duas taças de vinho. Eu me pergunto se devo ou não contar que só vou ter idade legal para beber daqui a algumas semanas, mas naquele momento meu nervosismo está implorando por uma taça de vinho.

— Coube — digo, me aproximando dele.

Ele ergue o olhar e encara minha camisa por muito mais tempo que o necessário para perceber se uma camisa serve ou não. Depois pigarreia e volta a olhar para o vinho que está servindo.

— Ficou mais bonita em você — diz ele.

Eu me sento no banco, tentando conter o sorriso. Faz tempo que não sou elogiada, e me esqueci de como é bom.

— Você não está falando sério. Deve estar triste com o fim do namoro.

Ele empurra uma taça de vinho no balcão.

— Não estou triste, estou aliviado. E estou falando sério, sim. — Ele ergue a taça, então faço o mesmo. — Às ex-namoradas e às novas funcionárias.

Eu rio enquanto brindamos.

— Melhor que ex-funcionárias e novas namoradas.

Ele mantém a taça nos lábios e me observa enquanto tomo um gole. Quando termino, ele sorri e finalmente bebe.

Assim que coloco a taça de volta no balcão, alguma coisa macia roça na minha perna. Minha primeira reação é gritar, o que é exatamente o que faço. Ou talvez o barulho que sai da minha boca esteja mais para um berro. Seja como for, ergo as pernas e vejo um gato preto e peludo se esfregando no meu banco. Abaixo as pernas imediatamente até o chão e me inclino para pegar o animal. Não sei por quê, mas saber que esse cara tem um gato diminui ainda mais meu desconforto. Acho que quem tem bicho de estimação não pode ser perigoso. Sei que não é a melhor maneira de justificar o fato de estar no apartamento de um desconhecido, mas isso me faz sentir melhor.

— Qual o nome do seu gato?

Owen estende o braço e acaricia o pelo do gato.

— Owen.

Rio imediatamente da piada, mas sua expressão continua tranquila. Fico alguns segundos esperando ele rir, mas não faz isso.

— Você colocou seu nome no gato? Sério?

Ele me encara, e noto um sorriso bem discreto se insinuando no canto de sua boca. Ele dá de ombros, quase tímido.

— Achei ela parecida comigo.

Rio de novo.

— Ela? Colocou o nome Owen em uma gata?

Ele olha para a Owen-Gata e continua lhe fazendo carinho enquanto a seguro.

— Shiu — diz ele baixinho. — Ela consegue entender o que você diz. Não a deixe complexada.

Como se ele tivesse razão, e ela realmente entendesse que estou zombando do seu nome, Owen-Gata pula dos meus braços para o chão. Ela desaparece do outro lado do balcão, e me obrigo a parar de exibir um sorriso. Amo o fato de ele ter colocado o próprio nome na gata. Quem faz uma coisa dessas?

Coloco o braço no balcão e apoio o queixo na mão.

— Então o que precisa que eu faça hoje, OMG?

Owen balança a cabeça, pega a garrafa de vinho e a guarda na geladeira.

— Pode começar nunca mais me chamando pelas iniciais.

Depois de concordar com isso, explico o que vai acontecer.

Eu deveria me sentir mal, mas ele parece estar achando graça.

— Combinado.

— Antes de tudo — diz ele, inclinando-se sobre o balcão —, quantos anos você tem?

— Não tenho idade para beber vinho.

Tomo outro gole.

— Oops — diz ele, secamente. — O que você faz? Está na universidade?

Ele apoia o queixo na mão e aguarda minha resposta.

— Como essas perguntas vão me preparar para o trabalho de hoje à noite?

Ele sorri. Seu sorriso fica excepcionalmente bonito quando acompanhado de alguns goles de vinho. Ele assente e se empertiga. Pega a taça de mim e a coloca de volta no balcão.

— Pode me acompanhar, Auburn Mason Reed.

Faço o que ele pede, porque por cem dólares por hora eu faço quase tudo.

Quase.

Quando voltamos para o térreo, ele vai até o centro do cômodo e ergue os braços, fazendo um círculo. Acompanho seu olhar, percebendo como o local é espaçoso. A primeira coisa que chama minha atenção é a iluminação disposta em sequência.

Cada lâmpada foca em um dos quadros que adornam as paredes completamente brancas do ateliê, destacando a arte, apenas ela. Bem, não tem *nada* mais ali. Apenas paredes brancas do chão ao teto, um chão de concreto polido e arte. É simples e marcante ao mesmo tempo.

— Este é meu ateliê. — Ele para e aponta para um quadro.

— Esta é a arte. — Ele indica um balcão do outro lado. — É ali que você vai ficar a maior parte do tempo. Vou ficar perambulando pelo local, e você registra as compras. É praticamente isso.

Ele explica tudo de forma bem casual, como se alguém fosse perfeitamente capaz de criar algo dessa magnitude. Ele apoia as mãos nos quadris e me espera assimilar tudo.

— Quantos anos você tem? — pergunto a ele.

Ele estreita os olhos e baixa um pouco a cabeça antes de desviar o olhar.

— Vinte e um.

Ele fala como se tivesse vergonha da idade. Quase como se não gostasse de ser tão novo e já conquistado o que parece uma carreira de sucesso.

Eu teria chutado que ele é bem mais velho. Seus olhos não parecem os de um rapaz de 21 anos. São escuros e profundos, e sinto uma vontade repentina de mergulhar em suas profundezas para poder ver tudo que ele já viu.

Desvio o olhar e foco na arte. Vou até o quadro mais próximo e, a cada passo que dou, fico mais ciente do talento por trás do pincel. Ao chegar diante do quadro, respiro fundo.

É algo que consegue ser triste, impressionante e bonito, tudo ao mesmo tempo. O quadro é de uma mulher que parece sentir amor e vergonha, e todas as emoções entre essas duas.

— O que você usa além de acrílico? — pergunto, me aproximando.

Passo o dedo na tela e escuto seus passos chegando mais perto. Ele para ao meu lado, mas não consigo desviar os olhos do quadro por tempo suficiente para observá-lo.

— Uso vários meios diferentes, de acrílico a tinta em spray. Depende da obra.

Meus olhos se focam num pedaço de papel ao lado do quadro, colado na parede. Leio as palavras escritas ali: *Às vezes me pergunto se estar morta seria mais fácil que ser sua mãe.*

Toco o papel e volto a olhar para o quadro.

— Uma confissão?

Quando me viro para ele, vejo que seu sorriso brincalhão desapareceu. Ele cruza os braços com firmeza, queixo baixo. Olha para mim, como se estivesse nervoso com minha reação.

— Sim — responde ele simplesmente.

Olho para a janela e para todos os pedaços de papel que cobrem o vidro. Dou uma olhada no local, reparando em todos os quadros e notando que há um pedaço de papel colado na parede ao lado de cada um deles.

— Todos são confissões — digo, impressionada. — São de pessoas de verdade? Gente que você conhece?

Ele balança a cabeça e indica a porta.

— São todas anônimas. As pessoas deixam as confissões naquela fresta, e uso algumas como inspiração para minha arte.

Vou até o próximo quadro e leio a confissão antes mesmo de olhar a interpretação da obra.

Nunca deixo ninguém me ver sem maquiagem. Meu maior medo é como vai ser minha aparência no meu funeral. Tenho quase certeza de que serei cremada, porque minhas inseguranças são tão arraigadas que vão me seguir até o além. Obrigada por isso, mãe.

Imediatamente olho para o quadro.

— Incrível — sussurro, me virando para assimilar mais de suas criações.

Vou até a janela das confissões e encontro uma escrita em caneta vermelha e destacada com marca-texto.

Tenho medo de nunca conseguir parar de fazer comparações entre como é minha vida sem ele e como era minha vida quando eu estava com ele.

Não sei se estou mais fascinada com as confissões, com a arte ou com o fato de conseguir me identificar com tudo o que tem ali. Sou uma pessoa muito fechada. Raramente compartilho meus verdadeiros pensamentos com alguém, por mais que isso vá me ajudar. Ver todos esses segredos e saber que essas pessoas provavelmente nunca os compartilharam com ninguém, e nunca farão isso, me faz sentir conectada a elas de alguma maneira. Isso me proporciona uma sensação de pertencimento.

De certo modo, o ateliê e as confissões me lembram de Adam.

Conte alguma coisa sobre você que mais ninguém sabe. Algo que eu possa guardar comigo.

Odeio o fato de sempre achar uma relação entre Adam e tudo que vejo e faço, e me pergunto se sempre será assim. Faz cinco anos desde que o vi pela última vez. Cinco anos que ele morreu. Cinco anos, e eu me pergunto se, assim como a confissão na minha frente, sempre vou comparar minha vida com ele à minha vida sem ele.

E me questiono se algum dia não vou mais ficar desapontada ao fazer isso.

CAPÍTULO DOIS

Owen

Ela está aqui. Bem aqui, parada no meu ateliê, observando minha arte. Nunca achei que a veria novamente. Eu estava tão convencido de que a probabilidade de nossos caminhos se cruzarem era mínima, por isso nem me lembro da última vez que pensei nela.

Mas ela está aqui, parada bem na minha frente. Quero perguntar se ela se lembra de mim, mas sei que não recorda. Como se lembraria se a gente nunca se falou?

Mas eu me lembro dela. Eu me lembro do som da sua risada, da sua voz, do seu cabelo, apesar de usá-lo bem mais curto naquela época. E por mais que eu sinta que a conhecia, nem sequer vi seu rosto direito. Agora que a observo de perto, preciso me forçar para não a encarar ostensivamente. Não por causa de sua beleza despretensiosa, mas porque é exatamente como imaginei que ela seria de perto. Já tentei pintá-la, mas não consegui me lembrar o suficiente para terminar o quadro. Tenho a impressão de que vou tentar novamente depois desta noite. E já sei que vou chamar o quadro de *Mais De Um*.

Ela passa a prestar atenção a outro quadro, e desvio o olhar antes que ela perceba que não paro de encará-la. Não quero que fique óbvio demais que estou tentando descobrir com qual mistura de cores é possível criar o sombreado único do seu tom de pele, ou se devo pintá-la com o cabelo preso ou solto.

Eu devia estar fazendo tantas coisas agora em vez de observá-la. *O que eu devia estar fazendo?* Tomando banho. Trocando de roupa. E me preparando para todas as pessoas que vão aparecer aqui nas próximas duas horas.

— Preciso tomar um banho rápido — digo.

Ela se vira depressa, como se eu a tivesse assustado.

— Fique à vontade para olhar tudo. Explico o resto quando eu tiver terminado. Não vai demorar.

Ela assente e sorri, e pela primeira vez penso: quem era Hannah mesmo?

Hannah, a última garota que contratei para me ajudar. Hannah, a garota que não suportou ficar em segundo lugar na minha vida. Hannah, a garota que terminou comigo semana passada.

Espero que Auburn não seja como Hannah.

Havia tantas coisas que eu não gostava nela, e não devia ser assim. Hannah me desapontava ao falar, por isso passávamos boa parte do nosso tempo juntos sem conversar. E ela sempre, sempre fazia questão de me dizer que seu nome escrito ao contrário também era Hannah.

— Um palíndromo — comentei na primeira vez que ela disse isso.

Ela me olhou, perplexa, e então percebi que nunca seria capaz de amá-la. Hannah era um tremendo desperdício de palíndromo. Mas já consigo perceber que Auburn não é como Hannah. Consigo perceber as camadas de profundidade em seus olhos. Consigo perceber como minha arte a comove pela maneira que ela se concentra, ignorando tudo ao seu redor. Espero que ela não seja nem um pouco como Hannah. Aliás, já fica mais bonita com aquela blusa e aquela saia que a própria Hannah.

Saias. Outro palíndromo.

Entro no banheiro e vejo suas roupas. Fico com vontade de devolvê-las para ela lá embaixo. De dizer que pode deixar para lá, que quero que ela use as *próprias* roupas hoje, não as de Hannah. Quero que seja ela mesma, que fique à vontade, mas meus clientes são ricos, de elite, e esperam saias pretas e camisas brancas. Não calça jeans e uma blusa rosa (é rosa ou vermelho?), que me faz pensar na Sra. Dennis, minha professora de artes no colégio.

A Sra. Dennis amava arte. A Sra. Dennis também amava artistas. E, um dia, após me considerar incrivelmente talentoso com o pincel, a Sra. Dennis *me* amou. Naquele dia, ela estava com uma camisa rosa ou vermelha, ou talvez das duas cores, e foi isso que lembrei quando vi a camisa de Auburn... mas quem é mesmo a Sra. Dennis?

Ela não era um palíndromo, de todo jeito seu sobrenome escrito ao contrário era muito apropriado, pois Dennis = Sinned, que significa "pecou" em inglês, e foi exatamente o que ela fez.

Pecamos por uma hora inteira. Ela mais que eu.

E não pense que essa confissão não se transformou num quadro. Foi um dos primeiros que vendi. Dei o nome de: *Ela Pecou Comigo. Aleluia.*

Mas, enfim, não quero pensar no colégio, na Sra. Dennis nem em Hannah Palíndromo porque tudo isso é passado e estou no presente, e Auburn é... de certo modo, as duas coisas. Ela ficaria chocada se soubesse como seu passado afetou meu presente, e por isso não vou contar a verdade para ela. Alguns segredos nunca deveriam virar confissões. Sei disso melhor que ninguém.

Não sei direito como reagir ao fato de que ela apareceu na minha porta, de olhos arregalados e sem dizer nada, porque não sei mais no que acreditar. Meia hora atrás, eu acreditava em coincidências e no acaso. Agora? A ideia de sua presença aqui ser uma mera coincidência é risível.

Quando volto ao andar de baixo, ela está parada feito uma estátua, encarando o quadro que chamei de: *Você Não Existe, Deus. E, Se Existir, Deveria Ter Vergonha.*

Não fui eu quem o batizou, claro. Nunca sou eu quem escolhe os nomes dos quadros. Os títulos são tirados das confissões anônimas que os inspiram. Não sei por quê, mas essa confissão me inspirou a pintar minha mãe. Não de como me lembro dela, mas como eu imaginava que ela era quando tinha minha idade. E a confissão não me lembrou dela por causa de suas opiniões religiosas. As palavras simplesmente me lembraram de como me senti depois que ela morreu.

Não sei se Auburn acredita em Deus, mas alguma coisa no quadro mexeu com ela. Uma lágrima escorre pelas suas bochechas e desliza lentamente na direção do queixo.

Ela me escuta, ou talvez tenha me visto parar ao seu lado, pois passa as costas da mão na bochecha e respira fundo. Parece ter ficado constrangida por se identificar com o quadro. Ou talvez esteja assim só porque a vi ficar comovida com a obra.

Em vez de perguntar o que acha do quadro, ou por que está chorando, fico apenas observando o quadro com ela. Faz mais de um ano que tenho esse quadro, e só ontem decidi colocá-lo na exposição de hoje. Não costumo guardá-los por tanto tempo, mas por motivos que não compreendo, foi mais difícil abrir mão desse que dos outros. Nunca é fácil abrir mão, mas com alguns é mais difícil.

Talvez eu tenha medo de que sejam interpretados erroneamente depois de saírem de minha vista. Que não sejam apreciados.

— Que banho rápido! — exclama ela.

Está tentando mudar de assunto, por mais que a gente não estivesse conversando em voz alta. Nós dois sabemos que, mesmo em silêncio, o assunto dos últimos minutos foram suas lágrimas e o que as provocou, e *por que ama tanto esse quadro, Auburn?*

— Meus banhos são rápidos — afirmo.

Percebo que minha resposta não é interessante, mas *por que estou tentando ser interessante?* Eu me viro para Auburn, que faz o mesmo, mas primeiro ela olha para os próprios pés por ainda estar envergonhada com o fato de eu a ter flagrado comovida com minha arte. Amo o fato de que ela olha primeiro para o próprio pé, porque amo que ela esteja envergonhada. Para ficar com vergonha, antes de mais nada, a pessoa precisa se importar com a opinião dos outros.

Isso significa que ela se importa com minha opinião, mesmo que só um pouco. E gosto disso, pois está na cara que me importo com a opinião dela sobre mim, caso contrário eu não estaria torcendo secretamente para que Auburn não faça nem diga nada que me lembre de Hannah Palíndromo.

Ela se vira lentamente, e tento pensar em algo mais impressionante para dizer. Mas não tenho tempo, pois mais uma vez ela encontra meu olhar, como se esperasse que eu fosse o mais confiante dos dois e que fosse o primeiro a puxar assunto.

Vou fazer isso, mas não acho que seja uma questão de confiança.

Olho para meu pulso com o intuito de conferir a hora — *sendo que não estou de relógio* — e rapidamente me ocupo com uma coceira inexistente para não parecer que sou inseguro.

— Vamos abrir daqui a quinze minutos, então é melhor eu explicar como as coisas funcionam.

Ela exala, parecendo mais aliviada e relaxada que antes de a frase sair da minha boca.

— Parece bom — diz ela.

Vou até *Você Não Existe, Deus* e aponto para a confissão colada na parede.

— As confissões também são os títulos das obras. Os preços estão na parte de trás. Você só precisa registrar a compra, pedir para que preencham uma ficha com algumas informações para a entrega do quadro, e anexar a confissão ao cartão da entrega de forma que eu saiba para onde enviar.

Ela assente e encara a confissão. Ela quer vê-la, então tiro da parede e a entrego. Fico observando-a ler mais uma vez antes de virar o cartão.

— Você acha que as pessoas compram as próprias confissões?

Eu sei que sim. Algumas pessoas já admitiram para mim que foram elas que escreveram as confissões.

— Sim, mas prefiro não saber.

Ela me olha como se eu fosse louco, mas também com fascinação, então aceito.

— Por que prefere não saber? — pergunta ela.

Dou de ombros, que é onde seus olhos se fixam, e, em seguida, possivelmente desviam para meu pescoço. Fico me perguntando no que ela pensa quando me olha desse jeito.

— Sabe quando você escuta uma banda no rádio e começa a imaginá-la? — pergunto a ela. — Mas depois você vê uma foto ou vídeo e não é nada como você achava... Não é necessariamente melhor ou pior do que você imaginou, só diferente, sabe?

Ela assente, compreendendo.

— É assim quando termino um quadro e alguém me diz que escreveu a confissão que o inspirou. Quando estou pintando, crio uma história na cabeça do que inspirou a confissão e de quem ela veio. Mas, quando descubro que a imagem que visualizei enquanto pintava não combina com a verdadeira à minha frente, por algum motivo a arte acaba se tornando inválida para mim.

Ela sorri e olha para os próprios pés mais uma vez.

— Tem uma música chamada "Hold On", da banda Alabama Shakes — começa ela, explicando a razão por trás de suas bochechas coradas. — Escutei essa música por mais de um mês antes de assistir ao vídeo e perceber que o cantor, na verdade, era uma mulher. Fiquei confusa pra cacete.

Rio. Ela entende exatamente o que estou dizendo, e não consigo parar de sorrir porque conheço a banda e acho difícil acreditar que alguém pensaria que era um homem cantando.

— Ela diz o próprio nome na música, não diz?

Auburn dá de ombros, e então é minha vez de encarar seu ombro.

— Achei que o cantor estivesse falando de outra pessoa — justifica ela, ainda usando a palavra cantor, mesmo sabendo que é uma mulher.

Ela desvia o olhar e passa por mim a caminho do balcão. Ainda está segurando a confissão, e eu deixo.

— Já pensou em permitir que as pessoas comprem anonimamente?

Vou até o lado oposto do balcão e me inclino para a frente, me aproximando dela.

— Nunca pensei.

Ela passa os dedos pelo balcão, pela calculadora, pelos cartões de informações, pelos meus cartões de visita. E pega um. Depois o vira.

— Você devia colocar confissões atrás desses cartões.

Assim que ela fala isso, seus lábios se comprimem, formando uma linha firme. Ela acha que fiquei insultado com suas sugestões, mas não é verdade.

— Que benefício eu teria se as compras fossem anônimas?

— Bem — diz Auburn, com cautela. — Se eu tivesse escrito uma dessas daqui — ela ergue a confissão —, ficaria com muita vergonha de comprar. Teria medo de que você desconfiasse de que fui eu que escrevi.

— Acho que é raro alguém que escreveu uma confissão vir para a exposição.

Ela finalmente me entrega o papel, depois cruza os braços em cima do balcão.

— Mesmo se eu não tivesse escrito a confissão, teria muita vergonha de comprar o quadro por ter medo de que você presumisse que fui eu que a escrevi.

Ela tem razão.

— Acho que as confissões dão um tom de autenticidade aos seus quadros que não é possível encontrar em outra arte. Se uma pessoa entra numa galeria e vê um quadro com o qual se identifica, pode acabar comprando. Mas, se alguém entra na sua galeria e vê uma pintura ou uma confissão com a qual se identifica, pode ser que não queira se identificar. Mas isso acontece de qualquer forma. E fica com vergonha por ter se identificado com um quadro sobre uma mulher admitindo que talvez não ame o próprio filho. E ao entregar o cartão com a confissão para a pessoa que vai registrar a compra, basicamente parece estar dizendo: "eu me identifico com essa terrível confissão de culpa".

Acho que estou impressionado com ela, mas tento não deixar meu fascínio evidente demais. Eu me empertigo, no entanto não consigo me livrar da vontade repentina de hibernar dentro da cabeça dela. De fermentar em seus pensamentos.

— Essa discussão faz sentido.

Ela sorri para mim.

— Quem está discutindo?

A gente, não. Com certeza, não.

— Então vamos fazer isso — digo a ela. — Vamos colocar um número debaixo de cada quadro, e a pessoa pode entregar o número a você, em vez de levar o cartão com a confissão. Assim terá uma sensação de anonimato.

Percebo todos os mínimos detalhes de sua reação enquanto dou a volta no balcão até ela. Auburn se empertiga e inspira discretamente pela boca. Estendo o braço ao seu redor e pego um pedaço de papel, depois o deixo na frente de Auburn e pego a tesoura. Não trocamos olhares enquanto faço essas coisas tão próximos, mas ela está me encarando, quase como se quisesse que eu a olhasse.

Observo ao redor e começo a contar os quadros, mas ela me interrompe e diz:

— São vinte e dois.

Ela parece quase constrangida por saber quantos quadros são, pois desvia o olhar e pigarreia.

— Contei mais cedo... enquanto você estava no banho. —
Ela pega a tesoura das minhas mãos e começa a cortar o papel.

— Tem um marcador preto?

Pego um e o coloco no balcão.

— Por que acha que devo inserir confissões nos cartões de visita?

Ela continua cortando meticulosamente os quadrados enquanto me responde:

— As confissões são fascinantes. É o que diferencia seu ateliê dos outros. Se você colocar confissões nos cartões de visita, vai despertar mais interesse.

Mais uma vez ela está certa. Não acredito que nunca pensei nisso. Ela deve estar estudando marketing.

— O que você faz da vida, Auburn?

— Sou cabeleireira num salão a algumas quadras daqui — responde, sem nenhum orgulho, o que me deixa triste por ela.

— Você devia estudar marketing. — Ela não responde, então fico com medo de ter insultado sua profissão e acrescento:

— Não que não deva ter orgulho de ser cabeleireira. Só acho que você tem ideias boas para os negócios.

Pego o marcador preto e começo a escrever números nos quadrados, de um a vinte e dois, pois ela disse que essa é a quantidade de quadros. Acredito nela, portanto não preciso contar de novo.

— Você abre com que frequência?

Ela ignora completamente meu insulto/elogio sobre sua profissão.

— Na primeira quinta do mês.

Ela olha para mim, perplexa.

— Só uma vez por mês?

Concordo com a cabeça.

— Falei que isso aqui não é muito uma galeria de arte. Não exibo o trabalho de outros artistas e raramente abro. É só uma coisa que comecei a fazer há alguns anos e que deu certo, ainda mais depois que saí numa matéria na capa do *Dallas Morning News* no ano passado. Dá para sobreviver com o que ganho na única noite que abro.

— Bom para você! — exclama ela, genuinamente impressionada.

Eu jamais tentara impressionar ninguém, mas ela faz com que eu me sinta um pouco orgulhoso de mim mesmo.

— Você sempre coloca a mesma quantidade de quadros para vender?

Amo o fato de ela estar tão interessada...

— Não. Certa vez, uns três meses atrás, abri só com um quadro.

Ela se vira para mim.

— Por que só um?

Dou de ombros, fingindo não me importar.

— Naquele mês eu não estava muito inspirado para pintar.

Isso não é totalmente verdade. Foi quando comecei a namorar Hannah Palíndromo, então naquele mês passei boa parte do tempo dentro dela, tentando focar em seu corpo e ignorar o fato de que eu não me conectava tanto com sua mente. Mas Auburn não precisa saber de nada disso.

— Qual foi a confissão?

Olho para ela, confuso, pois não sei do que está falando.

— A única pintura que você fez naquele mês — esclarece ela. — Qual foi a confissão que te inspirou?

Eu me lembro daquele mês e da única confissão que, pelo visto, me deu vontade de pintar. A confissão não era minha, mas sinto como se fosse quando ela me pede para dizer qual foi minha única inspiração durante todo aquele mês.

— A pintura se chamava *Quando Estou com Você, Penso Em Todas as Coisas Maravilhosas Que Eu Poderia Ser Se Estivesse Sem Você.*

Ela continua me olhando, franzindo as sobrancelhas enquanto tenta entender meu passado com base nessa confissão. Sua expressão relaxa e se entristece até que ela parece transtornada.

— Isso é muito triste — comenta.

Ela desvia o olhar — para disfarçar o fato de que a confissão a incomodou ou de que está se baseando na frase numa tentativa de me decifrar. Ela passa a observar alguns dos quadros mais próximos de nós dois para não olhar diretamente para mim. Estamos brincando de esconde-esconde, e, pelo visto, os quadros são o pique.

— Então este mês deve ter sido bem inspirador, porque vinte e dois quadros é muita coisa. Quase uma pintura por dia.

Eu queria responder: "Espere o próximo mês para ver o que é inspiração", mas não faço isso.

— Alguns quadros são antigos. Não fiz todos este mês.

Estendo o braço ao redor dela novamente, desta vez para pegar a fita, mas é diferente. Sem querer encosto a mão em seu braço, e nunca tinha tocado nela. Mas tenho certeza de que acabamos de nos tocar e ela é totalmente real. Seguro a fita com ainda mais força porque quero sentir de novo a sensação que ela involuntariamente provocou em mim.

Eu queria perguntar: "Sentiu isso também?", mas não preciso porque noto os pelos em seu braço se arrepiarem. Quero largar a fita e tocar nas minúsculas saliências que acabei de provocar em seu braço.

Ela pigarreia e recua um passo, entrando na vastidão do ateliê e saindo da proximidade de nós dois.

Respiro aliviado com a distância que ela acabou de criar entre a gente. Ela parece constrangida e, sinceramente, eu também estava ficando constrangido, pois ainda estou tentando assimilar o fato de que ela está mesmo aqui.

Se eu tivesse que adivinhar, diria que ela é introvertida. Alguém que não está acostumada à presença de outras pessoas, muito menos completos estranhos. Ela parece muito comigo. Uma pessoa solitária, pensativa, uma artista com a própria vida.

E parece que ela tem medo de que eu altere sua tela se me deixar chegar perto demais.

Ela não precisa se preocupar. Eu sinto o mesmo.

Passamos os próximos quinze minutos pendurando os números debaixo de cada quadro. Observo-a escrever o nome de cada confissão num pedaço de papel e o associar a um número. Ela age como se tivesse feito isso um milhão de vezes. Acho que ela deve ser uma dessas pessoas que se sai bem em tudo que faz. Ela tem talento para a vida.

— Sempre aparece gente nessas coisas? — pergunta ela, enquanto voltamos para o balcão.

Amo o fato de que ela não sabe nada sobre meu ateliê nem sobre minha arte.

— Chegue aqui.

Vou até a porta, sorrindo devido à sua inocência e curiosidade. Fico com uma sensação nostálgica, pensando na noite da inauguração, três anos antes. Ela me faz sentir novamente um pouco daquele entusiasmo, e eu queria que fosse assim sempre.

Quando chegamos à porta, puxo uma das confissões para que ela possa dar uma olhada lá fora. Noto seus olhos se arregalarem enquanto assimila a fila de pessoas que sei que está parada ali. Não foi sempre assim. Desde a matéria de primeira página do ano passado, o boca a boca aumentou o movimento, e tive muita sorte.

— Exclusividade — sussurra ela, dando um passo atrás.

Coloco a confissão de volta na janela.

— Como assim?

— Por isso está se saindo tão bem. Porque abre numa quantidade restrita de dias e só faz certa quantidade de quadros por mês. Desse jeito, sua arte vale mais para as pessoas.

— Está dizendo que o sucesso não é por causa do meu talento? — Sorrio ao responder para que ela perceba que não estou falando sério.

Ela empurra meu ombro de brincadeira.

Quero que repita o gesto, porque adorei o sorriso que ela deu, mas, em vez disso, só se vira para o espaço vazio do ateliê. Inspira lentamente. Fico me perguntando se ela não ficou nervosa ao ver todas aquelas pessoas lá fora.

— Está pronta?

Ela assente e força um sorriso.

— Estou.

Abro as portas, e as pessoas começam a entrar. Há uma grande multidão hoje, e durante os primeiros minutos fico preocupado achando que isso possa intimidá-la. Porém, por mais que, na chegada, tenha parecido quieta e um pouco tímida, agora aparenta o oposto. Está prosperando, como se se sentisse muito à vontade, sendo que, na verdade, deve ser a primeira vez que passa por uma situação assim.

Mas não dá para perceber isso observando seu comportamento.

Durante a primeira meia hora, ela socializa com os clientes, discute a arte e algumas confissões. Reconheço alguns rostos, mas não conheço a maioria das pessoas. Ela se comporta como se conhecesse todos. Por fim, vai para trás do balcão após ver alguém pegar o número cinco na parede. O número cinco é o da pintura chamada *Viajei para a China sem contar para ninguém e passei duas semanas lá. Quando voltei, nenhuma pessoa tinha percebido minha ausência.*

Ela sorri para mim do outro lado do ateliê enquanto registra a primeira transação. Continuo cuidando da multidão, socializando, sem parar de observá-la de soslaio. Aquela noite, todos estão focados na minha arte, mas eu estou focado em Auburn. Ela é a obra mais interessante de todo o ateliê.

— Seu pai virá hoje, Owen?

Desvio o olhar dela por tempo o suficiente para responder ao Juiz Corley com um gesto de cabeça.

— Ele não vai conseguir — minto.

Se eu fosse uma prioridade na sua vida, ele teria conseguido.

— Que pena — diz o Juiz Corley. — Vou redecorar o escritório, e ele sugeriu que eu passasse aqui para conferir seu trabalho.

Ele é um homem de 1,70m, mas seu ego tem o dobro disso. Meu pai é advogado e passa muito tempo no tribunal do centro, onde fica o escritório do Juiz Corley. Sei disso porque meu pai não é fã do Juiz Corley, e, apesar do interesse do sujeito, tenho certeza de que ele também não é fã do meu pai.

"Amigos superficiais" é como eu chamo. Quando a amizade é mera fachada e, na verdade, as pessoas são inimigas. Meu pai tem muitos amigos superficiais. Acho que é um efeito colateral de ser advogado.

Não tenho nenhum amigo assim. Não quero nenhum.

— Você tem um talento excepcional, mas não sei se é do meu gosto — comenta o Juiz Corley, me rodeando para observar outro quadro.

Uma hora flui rapidamente. Ela passa a maior parte do tempo ocupada, e, mesmo quando não está trabalhando, arranja algo para fazer. Não fica sentada atrás do balcão, parecendo entediada, como Hannah Palíndromo fazia. Minha ex-namorada dominava a arte do tédio, lixando tanto as unhas durante as duas exposições em que trabalhou que, quando a noite acabou, fiquei surpreso quando vi que ela ainda tinha unhas.

Auburn não parece entediada. Parece estar se divertindo. Quando não tem ninguém no balcão, ela está interagindo, sorrindo e gargalhando das piadas que sei que acha ridículas.

Ela repara o Juiz Corley se aproximar da mesa com um número. Sorri para ele e diz algo, mas o homem apenas grunhe. Quando ela vê o número, percebo que seus lábios se curvam para baixo, mas ela disfarça rapidamente com um sorriso falso. Ela fixa os olhos na pintura chamada *Você Não Existe, Deus...* por um breve instante, e compreendo imediatamente sua expressão. O Juiz Corley está comprando a pintura, e ela sabe tão bem quanto eu que ele não a merece. Eu me aproximo do balcão.

— Houve um mal-entendido.

O Juiz Corley olha para mim, irritado, e Auburn me observa, surpresa. Pego o número da mão da garota.

— Esta pintura não está à venda.

O Juiz Corley bufa e aponta para o número em minha mão.

— Bem, o número ainda estava na parede. Achei que isso significava que o quadro estava à venda.

Guardo o número no bolso.

— Vendi antes de nós abrirmos — digo. — Acho que me esqueci de tirar o número. — Indico o quadro atrás dele. Um dos poucos que sobraram. — O senhor gosta de algo assim?

O Juiz Corley revira os olhos e guarda a carteira no bolso.

— Não — responde ele. — Gostei do tom laranja no outro quadro. Combina com o couro do sofá do meu escritório.

Gostou do quadro por causa do tom laranja. Ainda bem que o salvei do juiz.

Ele gesticula para uma mulher a vários metros de distância e sai andando em sua direção.

— Ruth — diz ele. — Amanhã vamos passar na Pottery Barn. Não tem nada aqui que eu goste.

Observo os dois irem embora, e depois me viro para Auburn de novo. Ela está sorrindo.

— Não deixou ele levar seu filhote, é?

Suspiro aliviado.

— Nunca me perdoaria.

Ela olha atrás de mim para alguém que está se aproximando, então dou um passo para o lado e a deixo jogar seu charme. Outra meia hora se passa, e a maioria dos quadros foi vendida quando a última pessoa vai embora. Tranco a porta depois que ela sai.

Eu me viro, e Auburn ainda está atrás do balcão, organizando as vendas. Ela exibe um sorriso largo e nem está tentando disfarçá-lo. O estresse que sentia quando chegou aqui não a atormenta mais. Ela está feliz, o que é contagiante.

— Vendeu dezenove! — contabiliza ela, quase que com um gritinho. — OMG, Owen. Tem noção de quanto dinheiro acabou de ganhar? E percebeu que acabei de usar suas iniciais na minha frase?

Eu rio porque, sim, percebi quanto dinheiro acabei de ganhar, e, sim, percebi que ela acabou de usar minhas iniciais na frase. Mas, tudo bem, porque ela ficou encantadora fazendo isso. Também deve levar jeito para negociar, pois nunca vendi dezenove quadros numa única noite.

— E então? — pergunto, torcendo para que não seja a última vez que ela me ajude. — Está ocupada no próximo mês?

Ela já estava sorrindo, mas minha oferta de trabalho faz seu sorriso aumentar ainda mais. Ela balança a cabeça e olha para mim.

— Nunca estou ocupada quando se trata de ganhar cem dólares por hora.

Ela está contando o dinheiro, empilhando as notas. Depois pega duas notas de cem dólares e as ergue, sorrindo.

— Estas aqui são minhas.

Ela as dobra e guarda no bolso da frente da sua camisa (ou de Hannah Palíndromo).

A empolgação da noite começa a esvaecer quando percebo que ela terminou o trabalho e não sei como prolongar nosso tempo juntos. Não quero que ela vá embora, mas já está guardando o dinheiro numa gaveta e empilhando os pedidos no balcão.

— Já passou das nove — digo. — Você deve estar morrendo de fome.

Uso o horário como desculpa para descobrir se ela quer comer alguma coisa, mas ela arregala os olhos imediatamente e seu sorriso desaparece.

— Já passou das nove?

Sua voz está marcada pelo pânico, e ela se vira rapidamente e sai correndo até a escada, subindo dois degraus de cada vez. Eu não fazia ideia de que ela era capaz de demonstrar um senso de urgência tão grande.

Fico esperando ela descer com a mesma pressa, mas isso não acontece, então vou até a escada. Quando chego ao degrau superior, escuto sua voz.

— Desculpe mesmo — diz ela. — Eu sei, eu sei.

Ela fica em silêncio durante vários segundos e suspira.

— Está certo. Tudo bem. Nós nos falamos amanhã.

Quando a ligação termina, subo a escada, curioso para saber que tipo de telefonema deixaria ela tão em pânico assim. Eu a encontro sentada diante do balcão, encarando o celular nas mãos. Observo-a enxugar a segunda lágrima da noite, e imediatamente passo a não gostar da pessoa do outro lado da linha. Não gosto de quem fez com que ela se sentisse assim, pois minutos atrás não conseguia parar de sorrir.

Ela coloca o telefone virado para baixo no balcão ao perceber que estou parado no topo da escada. Não sabe se vi sua lágrima — vi, sim —, então ela força um sorriso e diz:

— Desculpe.

Ela é muito boa em esconder os verdadeiros sentimentos. Tão boa que dá medo.

— Não tem problema — digo.

Ela se levanta e olha na direção do banheiro. Está prestes a sugerir que chegou a hora de vestir sua roupa e voltar para casa. Tenho medo de que, se ela fizer isso, nunca mais vou vê-la.

Temos o mesmo nome do meio. Quem sabe não é destino.

— Tenho uma tradição — digo. Estou mentindo, mas ela parece o tipo de garota que não gostaria de romper a tradição de um rapaz. — Meu melhor amigo trabalha como barman do outro lado da rua. Sempre tomo um drinque com ele quando encerro uma exposição. Quero que venha comigo.

Ela olha mais uma vez para o banheiro. Com base em sua hesitação, só posso concluir que ela não frequenta bares ou que simplesmente não sabe se quer ir a um bar *comigo*.

— Também servem comida lá — digo, tentando amenizar o fato de que acabei de convidá-la para tomar um drinque.

— Basicamente petiscos, mas os pratos são ótimos e estou morrendo de fome.

Ela deve estar com fome, porque seus olhos se animam quando menciono petiscos.

— Eles têm queijo à milanesa? — pergunta ela.

Não sei se eles têm, mas eu diria qualquer coisa para ela passar mais alguns minutos comigo.

— O melhor da cidade.

Mais uma vez, sua expressão fica hesitante. Ela olha para o celular em suas mãos e depois para mim.

— Eu...

Ela morde o lábio inferior, envergonhada.

— Antes eu devia ligar para minha colega de apartamento. Só para avisar onde estou. Normalmente já cheguei em casa a esta hora.

— Claro.

Ela olha para o celular e disca um número. Espera a pessoa atender.

— Oi — diz ela ao celular. — Sou eu. — Sorri para mim, querendo me tranquilizar. — Vou chegar tarde hoje, vou sair para beber com uma pessoa. — Ela faz uma pausa por um segundo e olha para mim com uma expressão confusa. — Hum... sim, acho que sim. Ele está bem aqui.

Ela estende o celular para mim.

— Ela quer falar com você.

Dou um passo na sua direção e pego o telefone.

— Alô?

— Qual seu nome? — pergunta uma garota do outro lado da linha.

— Owen Gentry.

— Aonde vai levar Auburn? — questiona ela, com um tom de voz monótono e autoritário.

— Ao Harrison's Bar.

— Que horas ela vai chegar em casa?

— Não sei. Daqui a duas horas, talvez?

Olho para Auburn em busca de uma confirmação, mas ela só dá de ombros.

— Cuide dela — diz. — Vou combinar uma frase secreta com ela, caso precise me ligar pedindo ajuda. E se ela não me ligar à meia-noite para dizer que voltou para casa em segurança, vou telefonar para a polícia e relatar um assassinato.

— Hum... está bem — digo, rindo.

— Deixe eu falar com Auburn de novo — exige ela.

Devolvo o celular para Auburn, um pouco mais nervoso que antes. Pela expressão confusa em seu rosto, percebo que é a primeira vez que ela escuta essa história de frase secreta. Então imagino que ela e essa garota não morem juntas há muito tempo, ou que Auburn nunca sai.

— O quê?! — pergunta Auburn ao telefone. — Que tipo de frase secreta é "pênis de lápis"?

Ela tapa rapidamente a boca e pede desculpa depois de falar em voz alta sem querer. Fica um tempo em silêncio, e depois faz uma expressão confusa.

— Sério? Por que não pode escolher palavras normais, tipo uva-passa ou arco-íris? — Ela balança a cabeça, rindo baixinho.

— Está bem. Ligo à meia-noite.

Ela desliga e sorri.

— Emory. Ela é um pouco estranha.

Assinto, porque também a achei estranha. Ela aponta para o banheiro.

— Posso me trocar primeiro?

Confirmo, aliviado porque ela vai vestir de novo as roupas que usava quando chegou. Quando ela entra no banheiro, pego o celular para mandar uma mensagem para Harrison.

Eu: Estou indo tomar um drinque aí. Vocês servem queijo à milanesa?

Harrison: Não.

Eu: Então me faça um favor. Quando eu pedir queijo à milanesa, não diga que vocês não servem. Diga que acabou.

Harrison: Está bem. Pedido estranho, mas tudo bem.

CAPÍTULO TRÊS

Auburn

A vida é estranha.

Não faço ideia de como passei a manhã trabalhando no salão, tive uma reunião num escritório de advocacia à tarde, trabalhei num ateliê à noite e agora vou entrar num bar pela primeira vez.

Eu estava com vergonha demais em admitir para Owen que nunca entrei num bar, mas tenho certeza de que ele percebeu isso pela minha hesitação na porta. Eu não sabia o que esperar quando entramos, porque ainda não tenho 21 anos. Eu lembrei isso a Owen, que balançou a cabeça e pediu para eu não comentar nada se Harrison pedisse minha identidade.

— É só dizer que esqueceu no ateliê, e eu me responsabilizo por você.

O bar não é nada como eu esperava. Eu imaginava globos de discoteca, uma pista de dança no meio e John Travolta. Na verdade, este bar é bem menos dramático do que pensei que seria. É silencioso, e deve haver menos de dez pessoas aqui. Tem mais mesas do que espaço para dançar. E não estou vendo nenhum globo de discoteca. O que me desaponta um pouco.

Owen passa por algumas mesas até chegar no fundo pouco iluminado. Ele puxa um banco e gesticula para que eu me sente, enquanto se acomoda no banco ao lado.

Um rapaz do outro lado do bar ergue os olhos conforme me sento, e presumo que ele é Harrison. Parece estar com quase 30 anos e tem cabelo ruivo e cacheado. Sua pele clara e os trevos de quatro folhas em quase todas as placas do bar fazem questionar se ele é mesmo irlandês ou se simplesmente queria ser.

Sei que eu não devia ficar surpresa em ver um rapaz tão novo ser dono de um bar, pois se todo mundo aqui for como Owen, a cidade deve estar cheia de jovens empreendedores. *Ótimo.* Assim me sinto ainda mais deslocada.

Harrison aponta com a cabeça na direção de Owen e depois olha depressa para mim. Ele não fica me encarando por muito tempo, e depois volta a focar em Owen com uma expressão perplexa. Não sei por que ele está confuso, mas Owen ignora o olhar do amigo e se vira para mim.

— Você se saiu muito bem hoje — diz ele.

Ele está apoiando o queixo na mão, sorrindo. Seu elogio me faz retribuir seu sorriso, ou talvez seja ele mesmo. Tem um ar tão inocente e charmoso... A maneira que seus olhos se enrugam nos cantos deixa o sorriso parecendo ainda mais genuíno que o de outras pessoas.

— Você também.

Nós dois ficamos apenas sorrindo um para o outro, e percebo que, apesar de não ter o costume de frequentar bares, estou me divertindo de verdade. É algo que não faço há muito tempo, e não sei por que Owen parece despertar um lado completamente diferente de mim, mas gosto disso. Também sei que eu devia estar focando em muitas outras coisas naquele momento, mas é só uma noite. Um drinque. Que mal isso pode causar?

Ele apoia o braço no balcão e gira no banco até ficar de frente para mim. Faço o mesmo, mas os bancos estão muito próximos e nossos joelhos acabam batendo um no outro. Ele se acomoda até um dos meus joelhos ficar no meio dos seus, e um dos seus encaixar entre os meus. Não estamos perto demais, e não é como se a gente estivesse esfregando a perna um no outro, mas estão se roçando e é uma maneira um pouco íntima de se sentar com alguém que mal conheço. Ele olha para nossas pernas.

— Estamos flertando?

Então nos entreolhamos de novo e continuamos sorrindo, até que percebo que nenhum de nós parou de sorrir desde que saímos do ateliê.

Balanço a cabeça.

— Não sei flertar.

Ele volta a olhar para nossas pernas e está prestes a dizer algo quando Harrison se aproxima. Inclina-se para a frente e apoia casualmente os braços no balcão, prestando atenção em Owen.

— Como foi?

Com certeza Harrison é irlandês. Seu sotaque é tão carregado que quase não entendi o que ele falou.

Owen sorri para mim.

— Bem até demais.

Harrison assente e volta sua atenção para mim.

— Você deve ser Hannah. — Ele me estende a mão. — Sou Harrison.

Não olho para Owen, mas ouço ele pigarrear. Seguro a mão de Harrison e a aperto.

— Prazer, Harrison, mas, na verdade, sou Auburn.

Harrison arregala os olhos e se vira lentamente para Owen.

— Que merda, cara — diz ele, rindo de arrependimento.

— Não consigo me manter atualizado.

Owen gesticula, indicando que está tudo bem.

— Não tem problema — diz ele. — Auburn sabe sobre Hannah.

Na verdade, não sei. Estou presumindo que Hannah é a garota que terminou com ele. Só sei que Owen me disse que era uma tradição vir para cá depois da exposição. Então como Harrison jamais conheceu Hannah, se ela já trabalhou nas mostras de Owen? Owen olha para mim e percebe que estou confusa.

— Eu nunca a trouxe para cá.

— Owen nunca trouxe ninguém aqui — diz Harrison, e voltando a olhar para Owen: — O que aconteceu com Hannah?

Owen balança a cabeça como se não quisesse falar sobre isso.

— O de sempre.

Harrison não pergunta o que é "o de sempre", então imagino que ele sabe exatamente o que aconteceu com Hannah. Eu só queria saber o que significava "o de sempre".

— O que vai querer beber, Auburn? — pergunta Harrison.

Eu me viro para Owen com os olhos um pouco arregalados, porque não faço ideia do que pedir. Nunca pedi uma bebida, afinal não tenho idade para isso. Ele entende minha expressão e imediatamente se vira para Harrison.

— Traga dois uísques com Coca-Cola — pede ele. — E uma porção de queijo à milanesa.

Harrison dá um tapa no balcão e diz:

— É pra já.

Ele começa a se virar, mas logo olha de novo para Owen.

— Ah, acabou a milanesa! Que pena. Pode ser batata-frita com queijo?

Tento não franzir a testa, mas eu estava louca para comer queijo à milanesa. Owen olha para mim, e eu concordo com a cabeça.

— Pode, sim — digo.

Harrison sorri e começa a se virar, mas depois olha de novo para mim.

— Você tem mais de 21 anos, não tem?

Assinto rapidamente, e por um segundo uma expressão de dúvida invade seu rosto, mas ele se vira e se afasta sem pedir minha identidade.

— Você mente muito mal — diz Owen, rindo, e eu solto o ar.

— Não costumo mentir.

— Imagino o porquê — diz ele.

Ele muda de posição no banco, e nossas pernas se encostam novamente. Ele sorri.

— Qual sua história, Auburn?

Lá vamos nós. Normalmente é nesse momento que encerro a noite, antes mesmo de ela começar.

— Caramba! — exclama ele. — Que olhar foi esse?

Quando ele diz isso, percebo que devo estar franzindo a testa.

— A história é que minha vida é um assunto muito pessoal e não gosto de comentar sobre ela.

Ele sorri, e não era a reação que eu esperava.

— Parece bastante com minha história.

Harrison volta com os drinques, nos poupando do que se tornaria uma conversa terrível. Nós dois tomamos um gole ao mesmo tempo, mas ele engole com bem mais naturalidade. Apesar de ser menor de idade, já tomei uns drinques com alguns amigos em Portland, mas este drinque está um pouco forte para meu gosto. Tapo a boca antes de tossir, e Owen, claro, sorri novamente.

— Bem, como nenhum de nós está a fim de falar... Você dança, pelo menos?

Ele olha por cima do meu ombro para a pequena pista de dança vazia do lado oposto do bar.

Balanço a cabeça imediatamente.

— Por que será que eu já imaginava que você ia responder não? — Ele se levanta. — Venha.

Balanço a cabeça de novo e quase imediatamente meu humor muda. Não vou dançar com ele de jeito algum, ainda mais agora que começou a tocar uma música lenta. Ele pega minha mão e tenta me levantar, mas estou agarrando o banco com a outra mão, pronta para enfrentá-lo, se preciso.

— Não quer mesmo dançar? — pergunta ele.

— Não quero mesmo dançar.

Ele fica me encarando em silêncio durante alguns segundos e depois se senta. Ele se inclina para a frente e gesticula para que eu me aproxime. Continua segurando minha mão, e sinto seu polegar roçar de leve no meu. Ele se inclina ainda mais para a frente até sua boca se aproximar do meu ouvido.

— Dez segundos — sussurra ele. — Passe só dez segundos comigo na pista de dança. Se continuar sem querer dançar depois desse tempo, pode se afastar.

Sinto meus braços, minhas pernas e meu pescoço se arrepiarem, e sua voz é tão tranquilizadora e convincente que me sinto assentir antes mesmo de saber com o que estou concordando.

Mas dez segundos é fácil. Dez segundos eu consigo. Dez segundos não é tempo suficiente para passar vergonha. E depois que o tempo acabar, eu volto, me sento, e ele me deixa em paz com essa história de dança, assim espero.

Ele fica em pé de novo e me puxa na direção da pista de dança. Fico aliviada porque o lugar está relativamente vazio. Mesmo que seja só a gente dançando, o bar está deserto e não vou sentir que sou o centro das atenções.

Chegamos à pista, e ele apoia a mão na curva de minhas costas.

— Um — sussurro.

Ele sorri ao perceber que estou mesmo contando. Ele usa sua mão livre para colocar minhas mãos em volta do pescoço. Já vi casais dançando e sei como me posicionar, pelo menos isso.

— Dois.

Ele balança a cabeça, rindo, e apoia a outra mão nas minhas costas, me puxando para perto.

— Três.

Ele começa a dançar, e então esse negócio de dança se torna confuso para mim. Não faço ideia do que fazer em seguida. Olho para nossos pés, na esperança de ter alguma ideia do que fazer com os meus. Ele encosta a testa na minha e também olha para nossos pés.

— É só me acompanhar — avisa ele.

Ele desliza as mãos até minha cintura e guia meus quadris delicadamente para onde quer que eu me mova.

— Quatro — sussurro, enquanto me movimento com ele.

Sinto-o se tranquilizar um pouco ao perceber que peguei o jeito. Ele desliza a mão de volta para a curva de minhas costas e me puxa ainda mais para perto. Naturalmente, meus braços relaxam de leve e eu me inclino na sua direção.

Seu cheiro é inebriante, e, antes que eu possa me dar conta do que estou fazendo, fecho os olhos e sinto seu perfume. Parece que ele acabou de sair do banho, apesar de isso ter acontecido horas atrás.

Acho que gosto de dançar.

Parece muito natural, como se dançar fizesse parte do propósito biológico do ser humano.

Na verdade, é muito parecido com sexo. Tenho tanta experiência com sexo quanto com dança, mas me lembro muito bem de cada momento que passei com Adam. O jeito como dois corpos se unem, e como, de alguma maneira, sabem exatamente o que fazer, e exatamente como se encaixar... tudo isso pode ser muito íntimo.

Sinto minha pulsação acelerar e um calor se espalhar por mim, e faz muito tempo que não sinto isso. Eu me pergunto se é a dança que está fazendo isso ou se é Owen. Eu jamais tinha dançado uma música lenta, então não tenho como comparar com outra vez. Só posso comparar este sentimento ao que Adam me proporcionava, e está bem próximo. Faz muito tempo que não sinto vontade de ser beijada por alguém.

Ou talvez apenas faça tempo demais que me permiti sentir isso.

Owen leva a mão até minha nuca e baixa a boca até meu ouvido.

— Já se passaram dez segundos — sussurra ele. — Quer que eu pare?

Balanço a cabeça com delicadeza.

Não consigo ver seu rosto, mas sei que ele está sorrindo. Owen me puxa para seu peito e apoia o queixo no topo da minha cabeça. Fecho os olhos e o inspiro mais uma vez.

Continuamos dançando assim até a música acabar, e não sei se devo soltá-lo primeiro, ou se é para ele se afastar, mas nenhum dos dois solta o outro. Outra música começa e, felizmente, também é lenta, então continuamos nos movendo como se a primeira música nunca tivesse acabado.

Não reparei quando Owen afastou a mão da minha nuca, mas está descendo lentamente pelas minhas costas, fazendo meus braços e minhas pernas ficarem tão fracos que nem sei se ainda estão ali. Percebo que eu queria que ele me colocasse no colo e me carregasse, de preferência direto para sua cama.

Suas iniciais são bem adequadas ao que ele está me fazendo sentir. Quero sussurrar "OMG" sem parar.

Eu me afasto do seu peito e olho para ele. Owen não está sorrindo. Seus olhos são penetrantes e parecem mil tons mais escuros do que ao entrarmos no bar.

Solto minhas mãos e levo uma até seu pescoço. Fico surpresa por me sentir à vontade o bastante para fazer isso, e ainda mais surpresa com sua reação. Ele exala baixinho, e sinto a pele do seu pescoço se arrepiar enquanto seus olhos se fecham e sua testa encosta na minha.

— Acabei de me apaixonar completamente por essa música — diz ele. — E odeio essa música.

Dou um risinho, e ele me puxa mais para perto, encostando minha cabeça em seu peito. Não dizemos nada e só paramos de dançar quando a música acaba. A terceira música começa a tocar, e perco a vontade de dançar, pois essa não é lenta. Quando nós dois aceitamos que a dança acabou, respiramos fundo ao mesmo tempo, e começamos a nos afastar um do outro.

Ele está com uma expressão de concentração e foco, e, por mais que eu goste do seu sorriso, também adoro quando ele me olha desse jeito. Meus braços se afastam do seu pescoço, suas mãos se afastam da minha cintura, e nós dois ficamos parados na pista de dança, nos encarando de forma constrangedora, então não sei o que fazer.

— O problema de dançar... — diz ele, cruzando os braços — é que, por mais que a dança tenha sido boa, é sempre bem constrangedor quando acaba.

Eu me sinto bem por saber que não sou só eu que não sabe o que fazer agora. Sua mão encosta em meu ombro, e ele me conduz de volta ao balcão do bar.

— Temos de terminar os drinques.

— E comer as batatas — acrescento.

~~❧~~

Ele não me convidou para dançar novamente. Na verdade, assim que voltamos ao balcão, ele pareceu ter pressa para ir embora. Comi quase todas as batatas enquanto ele conversava mais um pouco com Harrison. Ele percebeu que eu não estava gostando muito do drinque, então tomou o restante por mim. Estamos saindo do bar, e, mais uma vez, estou achando a situação um pouco constrangedora, assim como quando a dança acabou. Mas agora é a noite inteira que está chegando ao fim, e odeio o fato de que eu realmente não queria me despedir dele. Mas jamais vou sugerir que a gente volte para seu ateliê.

— Em que direção fica seu apartamento? — pergunta ele.

Olho para Owen, chocada por ele ter sido tão direto.

— Você não vai lá pra casa — retruco imediatamente.

— Auburn — diz ele, rindo. — Está tarde. Estou me oferecendo para acompanhá-la até sua casa, não para passar a noite com você.

Respiro fundo, envergonhada por ter presumido isso.

— Ah. — Aponto para a direita. — Fica a umas quinze quadras pra lá.

Ele sorri e acena naquela direção, e nós dois começamos a andar.

— Mas se eu *estivesse* pedindo pra passar a noite com você...

Eu rio e o empurro de brincadeira.

— Eu mandaria você ir à merda.

CAPÍTULO QUATRO

Owen

Se eu tivesse 11 anos de novo, eu chacoalharia minha Mágica Bola 8 e faria perguntas bobas, como "Auburn Mason Reed gosta de mim? Ela me acha gatinho?".

E talvez eu esteja apenas presumindo coisas pela maneira que ela está me olhando, mas eu esperaria que a resposta fosse "Com certeza".

Continuamos nos afastando do bar e seguindo na direção do seu apartamento. Considerando que fica a várias quadras de distância, acho que vou conseguir pensar em muitas perguntas boas daqui até lá para poder conhecê-la melhor. O que quero saber desde que a vi na porta do meu ateliê esta noite é por que ela voltou para o Texas.

— Você não me contou por que se mudou para o Texas.

Ela parece assustada com meu comentário, mas não sei o motivo.

— Eu não comentei que não era do Texas.

Sorrio para disfarçar meu deslize. Eu não devia saber que Auburn não é do Texas, porque, até onde ela sabe, não tenho nenhuma informação sobre ela além do que me contou esta noite. Faço o que posso para disfarçar o que realmente está se passando na minha cabeça, pois, se eu contasse a verdade, ficaria parecendo que passei grande parte da noite escondendo algo dela. O que é verdade, mas é tarde demais para admitir isso agora.

— Não foi preciso. Descobri pelo sotaque.

Ela me observa atentamente, e percebo que não vai responder à minha pergunta, então penso em outra para substituir a primeira, mas falo de um jeito ainda mais apressado:

— Você tem namorado?

Ela desvia o olhar rapidamente, e sinto uma pontada no coração, pois, por algum motivo, ela parece culpada. Presumo que isso signifique que ela tem, sim, um namorado, e danças como a de nós dois não deviam acontecer com garotas que têm namorados.

— Não.

Meu coração se tranquiliza imediatamente. Sorrio de novo, pela milionésima vez desde que a vi pela primeira vez na minha porta esta noite. Não sei se ela já reparou isso, mas quase nunca sorrio.

Fico esperando ela me perguntar alguma coisa, mas Auburn continua em silêncio.

— Não vai me perguntar se tenho namorada?

Ela ri.

— Não. Ela terminou com você semana passada.

Ah, é. Esqueci que já falamos sobre isso.

— Sorte minha.

— Isso não é legal — diz ela, franzindo a testa. — Tenho certeza de que foi uma decisão difícil para ela tomar.

Balanço a cabeça, discordando.

— Foi uma decisão fácil para ela. É fácil para todas.

Ela para por alguns segundos, me observando atentamente antes de voltar a andar.

— Todas?

Percebo que isso não pega muito bem para mim, mas não vou mentir para ela. Além disso, se eu lhe contar a verdade, pode ser que ela continue confiando em mim e me faça mais perguntas.

— Sim. As garotas vivem terminando comigo.

Ela estreita os olhos e enruga o nariz diante da minha resposta.

— Por que acha que isso acontece, Owen?

Diminuo o tom de voz para amenizar a rigidez da frase que está prestes a sair da minha boca, apesar de ser um fato que não necessariamente eu queira admitir para ela.

— Não sou um bom namorado.

Ela desvia o olhar, provavelmente sem querer que eu veja o desapontamento em seus olhos. Mas eu vi mesmo assim.

— Por que é um namorado ruim?

Tenho certeza de que é por vários motivos, mas foco nas respostas mais óbvias.

— Dou mais importância a várias outras coisas do que ao namoro. Para a maioria das garotas, não ser prioridade já é razão suficiente para terminar tudo.

Olho para ela, para conferir se ainda está franzindo a testa ou se está me julgando. Em vez disso, Auburn exibe uma expressão pensativa e assente.

— Então Hannah terminou o namoro porque você não tinha tempo para ela?

— No final das contas, sim.

— Ficaram juntos por quanto tempo?

— Não muito. Alguns meses. Três, talvez.

— Você a amava?

Quero olhar para ela, para observar sua expressão ao fazer essa pergunta, mas não quero que ela veja a minha. Não quero que ela pense que estou franzindo a testa por estar de coração partido, pois não é este o caso. Pelo contrário, estou triste por não ter conseguido amá-la.

— Acho que amor é uma palavra difícil de definir — digo para ela. — É possível amar várias coisas numa pessoa sem amar a pessoa em si.

— Você chorou?

Essa pergunta me faz rir.

— Não, não chorei. Fiquei furioso. Eu me envolvo com essas garotas que dizem que não vão se incomodar se eu passar uma semana inteira trancado, trabalhando. Mas, quando isso acontece, passamos o tempo que temos juntos brigando, porque eu amo mais a arte que elas.

Ela se vira e recua para poder me lançar um olhar penetrante.

— E é verdade? Você ama mais a arte?

Desta vez, fito diretamente seus olhos.

— Com certeza.

Seus lábios formam um sorriso hesitante, e não sei por que minha resposta lhe agrada. A maioria das pessoas acha isso perturbador. Eu devia ser capaz de amar mais as pessoas que minhas criações artísticas, mas até o momento isso não aconteceu.

— Qual foi a melhor confissão anônima que já recebeu?

Não faz muito tempo que estamos andando. Ainda nem chegamos ao fim da rua, mas a pergunta que ela acabou de fazer é assunto para uma conversa que duraria dias.

— Essa é difícil.

— Você guarda todas?

Confirmo com a cabeça.

— Jamais joguei nenhuma fora. Nem as terríveis.

Isso chama sua atenção.

— Defina terrível.

Olho por cima do ombro para o fim da rua e observo meu ateliê. Não sei por que sequer pensei em mostrar a ela, pois nunca compartilhei as confissões com ninguém.

Mas ela não é uma pessoa qualquer.

Quando a encaro novamente, seu olhar está esperançoso.

— Posso lhe mostrar algumas — digo.

Ela sorri ainda mais ao ouvir minhas palavras, depois para imediatamente de seguir na direção do seu apartamento e se vira para o ateliê.

~⁖

Quando chegamos ao andar de cima, abro a porta e ela passa pelo limiar por onde só eu tinha passado até então. É neste cômodo que eu pinto. É neste cômodo que guardo as confissões. É neste cômodo que está meu lado mais íntimo. De certa maneira, acho que é possível afirmar que até mesmo minha confissão está neste cômodo.

Há vários quadros aqui que nunca mostrei a ninguém. Quadros que nunca verão a luz do dia, como o que ela está observando.

Ela toca na tela e passa os dedos pelo rosto do homem na imagem. Percorre seus olhos, seu nariz, seus lábios.

— Isso não é uma confissão — diz ela, lendo o pedaço de papel colado ao quadro. Depois olha para mim. — Quem é?

Eu me aproximo e fico encarando a pintura com ela.

— Meu pai.

Ela arfa baixinho, passando os dedos pelas palavras escritas no pedaço de papel.

— O que significa *Apenas Tristeza*?

Seus dedos passam a percorrer as linhas brancas do quadro, e eu me pergunto se alguém já lhe disse alguma vez que artistas não gostam que a pessoa encoste em seus quadros.

Neste caso não é verdade, pois quero que ela toque em todos. Amo o fato de que, para ela, parece necessário sentir o quadro com os olhos e com as mãos. Ela me encara com impaciência, esperando que eu explique o significado do título.

— Significa apenas mentiras.

Eu me afasto antes que ela veja minha expressão. Ergo as três caixas que deixo no canto e as levo até o centro do cômodo. Eu me sento no chão de concreto e gesticulo para que ela faça o mesmo.

Ela se senta de pernas cruzadas à minha frente, com as caixas empilhadas entre nós. Pego as duas caixas menores do topo e as deixo ao nosso lado, depois abro a tampa da caixa maior. Ela dá uma olhada no que tem dentro e enfia a mão nas diversas confissões, tirando uma qualquer. Lê em voz alta:

— "Perdi mais de cinquenta quilos ano passado. Todos acham que é porque descobri uma maneira nova e saudável de viver, mas, na verdade, é porque sofro de depressão e de ansiedade, e não quero que ninguém saiba."

Ela devolve a confissão para a caixa e pega outra.

— Vai usar alguma dessas em seus quadros? Por isso as guarda aqui dentro?

Balanço a cabeça.

— Essas são a que já vi, de uma forma ou outra. Por mais surpreendente que seja, os segredos das pessoas costumam ser bem parecidos.

Ela lê outra.

— "Odeio animais. Às vezes, quando meu marido traz um novo filhote de cachorro para nossos filhos, espero alguns dias e depois o solto em algum lugar a quilômetros de casa. Depois finjo que ele fugiu."

Ela franze a testa com essa confissão.

— Meu Deus — diz ela, pegando várias outras. — Como mantém sua fé na humanidade depois de ler essas coisas todo dia?

— É fácil — digo. — Isso na verdade me faz dar mais valor às pessoas, pois sei que todos nós temos uma capacidade incrível de fingir. Especialmente para aqueles que são mais próximos de nós.

Ela para de ler a confissão em suas mãos e me encara nos olhos.

— Você acha incrível as pessoas mentirem tão bem?

Balanço a cabeça.

— Não. Só fico aliviado por saber que todos fazem isso. Isso me faz pensar que talvez minha vida não seja tão ferrada quanto eu imaginava.

Ela me olha com um sorriso silencioso e continua remexendo na caixa. Fico observando-a. Algumas confissões a fazem rir. Ela franze a testa diante de outras. E ainda há as que fazem com que ela se arrependa de ter lido.

— Qual foi a pior que você já recebeu?

Eu sabia que ela ia perguntar isso. Quase fico desejando ter mentido e falado que joguei muitas fora, mas aponto para a caixa menor. Ela se inclina para a frente e toca na caixa, mas não a puxa para perto.

— O que tem aqui dentro?

— As confissões que nunca mais quero ler.

Ela olha para a caixa e lentamente tira a tampa. Pega uma das confissões no topo.

— "Meu pai faz..." — Sua voz fica mais fraca, e ela olha para mim com uma tristeza avassaladora. Vejo um movimento delicado em sua garganta enquanto ela engole em seco, e depois olha de volta para a confissão. — "Meu pai faz sexo comigo desde que tenho 8 anos. Hoje estou com 33, sou casada e tenho meus filhos, mas ainda sinto medo demais para dizer não a ele."

Ela não só guarda a confissão, mas amassa o papel, cerrando o punho com firmeza, e a joga de volta, como se estivesse com raiva do que está escrito. Põe a tampa de volta e empurra a caixa para longe. Pelo visto, ela a odeia tanto quanto eu.

— Tome — digo, entregando a caixa que ela não abriu. — Leia algumas dessas. Vai se sentir melhor.

Mesmo hesitante, ela pega uma das confissões. Antes de ler, se empertiga e estica as costas, depois respira fundo.

— "Toda vez que saio para comer, pago secretamente a refeição de alguma pessoa. Não tenho dinheiro para isso, mas faço porque gosto de imaginar o que a pessoa sente no momento em que descobre que um completo desconhecido acabou de fazer uma gentileza para ela sem esperar nada em troca."

Ela sorri, mas precisa ler mais uma confissão boa. Mexo na caixa até encontrar a que foi escrita numa cartolina azul.

— Leia essa aqui. É minha preferida.

— "Toda noite, assim que meu filho dorme, escondo um brinquedo novinho em seu quarto. Toda manhã, quando ele acorda e o encontra, finjo que não sei como foi parar ali. Porque todo dia devia ser Natal, e nunca quero que meu filho deixe de acreditar em mágica."

Ela ri e olha para mim, sentindo-se grata.

— Esse garoto vai ficar bem triste quando acordar no alojamento da universidade pela primeira vez e não encontrar um brinquedo novo. — Ela a guarda na caixa e continua remexendo lá dentro. — Alguma delas é sua?

— Não. Nunca escrevi uma.

Ela olha para mim, chocada.

— Nunca?

Balanço a cabeça, e ela inclina a dela, confusa.

— Isso não é certo, Owen. — Ela se levanta imediatamente e sai do cômodo. Não entendo o que está acontecendo, mas antes que eu tenha tempo de ficar de pé e ir atrás dela, ela volta. — Tome — diz, me entregando papel e caneta.

Ao se sentar de novo na minha frente no chão, ela indica com a cabeça o papel e me incentiva a escrever.

Olho para a folha e a escuto dizer:

— Escreva alguma coisa sobre você que ninguém sabe. Algo que nunca contou para nenhuma pessoa.

Sorrio quando ela diz isso, pois tem tanta coisa que eu poderia lhe contar. Tanta coisa em que ela provavelmente nem sequer acreditaria, e tanta coisa que não tenho certeza se quero que ela saiba.

— Tome. — Rasgo o papel ao meio e entrego um pedaço a ela. — Você também tem de escrever uma.

Escrevo a minha primeiro, mas, assim que termino, ela pega a caneta de mim. Ela escreve sem hesitar. Dobra o papel e está prestes a jogá-lo na caixa, mas eu a detenho.

— A gente tem de trocar.

Ela balança a cabeça imediatamente.

— Você não vai ler a minha — afirma ela.

Ela está tão decidida que fico com ainda mais vontade de ler.

— Se ninguém lê, não é uma confissão. É apenas um segredo que não foi compartilhado.

Ela enfia a mão na caixa e larga a confissão no meio das outras.

— Não precisa ler na minha frente para que seja considerada uma confissão. — Ela pega o papel da minha mão e o enfia na caixa, junto da sua confissão e de todas as outras. — Você não lê nenhuma assim que são escritas.

Ela tem razão, mas fico extremamente desapontado por não saber o que ela acabou de escrever. Quero esparramar o conteúdo da caixa no chão e remexer todas até encontrar a dela, mas Auburn se levanta e estende o braço na direção da minha mão.

— Me leve para casa, Owen. Está ficando tarde.

∼

Andamos boa parte do caminho até seu apartamento em silêncio absoluto. Não é um silêncio desconfortável, de maneira alguma. Acho que estamos quietos porque nenhum de nós dois quer se despedir ainda.

Quando chegamos ao seu prédio, ela não para de andar a fim de se despedir de mim. Continua seguindo em frente, esperando que a siga.

E faço isso.

Vou logo atrás dela, até chegarmos ao apartamento 1408. Fico encarando a placa metálica do número na porta, e sinto vontade de perguntar se ela já viu o filme de terror *1408*, com John Cusack. Mas tenho medo de que, se ela nunca tiver ouvido falar, não goste do fato de que existe um filme de terror com o mesmo nome do número do seu apartamento.

Ela enfia a chave na fechadura e empurra a porta. Depois de abri-la, se vira para mim, mas não antes de gesticular na direção do número do apartamento.

— Assustador, não é? Já viu o filme?

Confirmo com a cabeça.

— Eu nem ia mencionar isso.

Ela olha para o número e suspira.

— Encontrei minha colega de apartamento na internet, então ela já morava aqui. Acredite se quiser, mas Emory pôde escolher entre três apartamentos e preferiu este aqui por causa da relação horripilante com o filme.

— Isso é um pouco perturbador.

Ela assente e respira fundo.

— Ela é... diferente.

Auburn olha para os próprios pés.

Respiro fundo e olho para o teto.

Nossos olhares se encontram no meio do caminho, e odeio aquele momento. Odeio porque ainda não acabei de conversar, mas está na hora de ela ir embora. É cedo demais para um beijo, mas não para sentir o constrangimento de um primeiro encontro que chega ao fim. Odeio este momento porque percebo como ela está constrangida enquanto espera que eu me despeça.

Em vez de fazer o esperado, aponto para dentro do apartamento.

— Você se incomoda se eu usar o banheiro antes de ir?

É algo platônico demais, mas me dá uma desculpa para conversar mais um pouco. Ela olha para dentro do apartamento, e percebo a dúvida atravessar rapidamente seu rosto, porque ela não me conhece, não sabe que eu nunca a machucaria, e quer agir certo e se proteger. Gosto disso. Assim me preocupo um pouco menos, pois pelo visto ela parece saber se manter em segurança.

Dou um sorriso inocente.

— Já prometi que não vou te torturar, estuprar ou matar.

Não sei por que isso faz Auburn se sentir melhor, mas ela ri.

— Bem, já que prometeu... — diz ela, abrindo mais a porta e me deixando entrar. — Mas, só para garantir, é melhor você saber que sou muito barulhenta. Consigo gritar feito Jamie Lee Curtis.

Eu não devia estar pensando nos sons que ela faz quando está sendo barulhenta. Mas foi ela quem tocou no assunto.

Ela aponta na direção do banheiro, eu entro e fecho a porta. Agarro as laterais da pia enquanto olho no espelho. Mais uma vez tento me convencer de que é apenas coincidência o fato de ela ter surgido na minha porta aquela noite. Ter se identificado com minha arte. Ter o mesmo sobrenome que eu.

Podia ser o destino, sabe.

CAPÍTULO CINCO

Auburn

O que diabo estou fazendo? Não faço coisas desse tipo. Não convido garotos para entrarem na minha casa.

O Texas está me transformando numa vadia.

Começo a fazer café, sabendo muito bem que não estou precisando de cafeína. Mas sei que não vou conseguir dormir depois do dia que tive, então que se dane.

Owen sai do banheiro, mas não vai até a porta do apartamento. Em vez disso, um quadro na parede do outro lado da sala chama sua atenção. Ele se aproxima lentamente e o observa.

Acho melhor ele não fazer nenhum comentário negativo sobre o quadro. Mas ele é um artista. Provavelmente vai fazer uma crítica. O que ele não sabe é que esse quadro foi a última coisa que Adam fez para mim antes de falecer, e que esse objeto é a coisa mais importante que tenho. Se Owen criticá-lo, vou expulsá-lo daqui. Esse clima entre a gente vai acabar tão rápido quanto começou.

— É seu? — pergunta ele, apontando para o quadro.

Lá vamos nós.

— É de Emory — minto.

Tenho a impressão de que ele vai ser mais sincero se achar que não é meu.

Ele se volta para mim e fica me observando por alguns segundos antes de se virar novamente para o quadro. Passa os dedos no centro da tela, onde há duas mãos se afastando.

— Incrível — comenta ele baixinho, como se nem estivesse falando comigo.

— Ele era — sussurro, sabendo que ele está me escutando, mas não me importo. — Quer uma xícara de café?

Ele aceita sem se virar. Fica encarando o quadro por mais algum tempo e depois observa a sala, assimilando tudo. Felizmente, como a maior parte das minhas coisas ainda está no Oregon, o único vestígio da minha presença no apartamento inteiro é aquele quadro, então ele não vai conseguir descobrir mais nada sobre mim.

Sirvo uma xícara de café para ele e a deslizo no balcão. Owen vem até a cozinha e se senta, puxando a bebida para perto. Passo o creme e o açúcar depois de me servir, mas ele indica que não os quer e toma um gole.

Não acredito que ele está sentado aqui no meu apartamento. O que me choca ainda mais é o fato de que me sinto bastante à vontade com isso. Ele provavelmente é o único rapaz desde Adam com quem tive vontade de flertar. Não que eu não tenha saído com ninguém desde então. Tive alguns encontros. Bem, dois. E só um deles terminou em beijo.

— Você disse que encontrou Emory na internet? — pergunta ele. — Como isso aconteceu?

Ele parece querer ir direto ao ponto e perguntar logo as coisas mais sérias, então fico aliviada quando finalmente questiona algo leve.

— Quando decidi me mudar de Portland para cá, eu me candidatei a um emprego pela internet. Emory conversou comigo pelo telefone e, no fim da ligação, me convidou para morar com ela e dividir o aluguel.

Ele sorri.

— Você deve ter passado uma ótima primeira impressão.

— Não foi isso — digo. — Ela só precisava de alguém para dividir o aluguel, ou seria despejada.

Ele ri.

— Foi na hora certa, então.

— Nem me fale.

— Isso, sim, é hora certa — fala ele de novo, sorrindo.

Acho graça. Ele não é o que eu esperava assim que entrei em seu ateliê. Eu achava que artistas eram criaturas quietas, taciturnas e emotivas. Owen, na verdade, parece ter uma cabeça boa. Ele certamente é maduro para a idade, considerando que administra um negócio de sucesso, mas também é muito pé no chão e... divertido. Sua vida parece bem equilibrada, e provavelmente é isso que acho mais atraente.

No entanto, me sinto bastante confusa, pois sei onde aquilo vai parar. Uma garota normal de 20 anos acharia empolgante e divertido. Mandaria até mensagem para a melhor amiga para comentar: *Ei, conheci um cara superatraente, bem-sucedido, e ele até parece normal.*

No entanto, minha situação não é nada normal, o que explica a hesitação que não para de aumentar com meu nervosismo e minha expectativa. Percebo que estou curiosa a respeito dele, e, de vez em quando, me flagro encarando seus lábios, seu pescoço ou suas mãos, que parecem capazes de fazer milhares de coisas magníficas além de pintar.

Mas a hesitação que sinto se deve em boa parte a mim mesma e à minha inexperiência, pois não sei se eu saberia o que fazer com as mãos se chegasse o momento. Tento me lembrar de cenas de filmes ou de livros em que um rapaz e uma garota se sentem atraídos, e como eles evoluem dessa atração inicial para... o instante em que agem. Faz tanto tempo que fiquei com Adam que me esqueci do que acontece em seguida.

Claro que não vou dormir com ele esta noite, mas faz muito tempo que não me sinto tão à vontade a ponto de achar que vale a pena beijar uma pessoa. Só não quero demonstrar minha inexperiência, mas tenho certeza de que já o fiz.

Minha falta de confiança está mesmo atrapalhando meus pensamentos, e, pelo jeito, nossa conversa também, pois não estou falando nada e ele apenas me encara.

E eu gosto disso. Gosto quando ele me encara, porque faz muito tempo que não me sinto bonita aos olhos de outra pessoa. E agora ele está me observando tão de perto, com um olhar tão satisfeito e intenso, que eu não acharia ruim se a gente passasse o resto da noite desse jeito, sem dizer nada.

— Quero pintar você — diz ele, quebrando o silêncio.

Sua voz tem toda a confiança que me falta.

Pelo jeito, meu coração está preocupado, achando que me esqueci de sua existência, pois está me lembrando de sua presença de uma maneira bem ruidosa e acelerada. Faço o que posso para engolir em seco sem que ele perceba.

— Você quer me pintar? — pergunto, com uma voz vergonhosamente fraca.

Ele assente devagar.

— Quero.

Sorrio e tento disfarçar o fato de que suas palavras acabaram de se tornar a coisa mais sensual que um rapaz já me disse.

— Eu não... — Exalo, tentando me acalmar. — Seria... sabe... com roupa? Porque não vou posar nua.

Espero que ele dê gargalhada ou sorria com meu comentário, mas não faz nada disso. Ele se levanta lentamente e leva a xícara de café até a boca. Gosto de como ele bebe o café, como se fosse tão importante que merecesse toda a sua atenção. Ao terminar, ele põe a xícara no balcão e passa a prestar atenção em mim, me lançando um olhar penetrante.

— Nem precisa estar presente quando eu for pintar você. Só quero fazer um quadro seu.

Não sei por que ele se levanta, mas isso me deixa nervosa. O fato de ele estar em pé significa que vai embora ou que vai tentar me beijar. Não estou pronta para nenhuma das duas coisas.

— Como vai me pintar sem que eu esteja presente?

Odeio não ser capaz de fingir ter a confiança que o cerca como uma aura.

Ele confirma meu medo de que está prestes a tentar me beijar, pois lentamente dá a volta no balcão, vindo na minha direção. Observo-o o tempo inteiro até minhas costas encostarem no balcão e ele parar bem à minha frente. Ergue a mão direita e — sim, sei que você está aí, coração — seus dedos roçam meu queixo com delicadeza, erguendo meu rosto aos poucos. Arquejo. Seus olhos se focam na minha boca antes de analisar sem pressa minhas feições, focando toda a atenção em cada parte de mim, do pescoço para cima. Observo seus olhos se afastarem do meu maxilar, indo até as maçãs do meu rosto, minha testa, e voltarem para meus olhos.

— Vou pintar de memória — diz ele, soltando meu rosto. Ele recua dois passos até encostar no balcão logo atrás. Só percebo como estou ofegante quando noto seus olhos se fixarem no meu colo por um breve segundo. Mas, sinceramente, não tenho tempo de me preocupar com o fato de minha reação estar sendo óbvia demais para ele ou não, pois só consigo pensar em como vou conseguir devolver oxigênio aos meus pulmões e voz para minha garganta. Inspiro tremulamente e percebo que não é de café que estou precisando. É de água. Água gelada. Ando em sua direção, abro um armário e me sirvo de um copo d'água. Ele apoia as mãos no balcão logo atrás e cruza um pé por cima do outro, sorrindo o tempo inteiro enquanto tomo metade da água.

O som que o copo faz quando o encosto no balcão é um pouco barulhento e dramático, e isso o faz rir. Seco a boca e me xingo por ser tão óbvia.

A risada dele é interrompida pelo toque do seu celular. Ele se levanta depressa e o pega no bolso. Olha a tela, põe o telefone no silencioso e o guarda novamente. Ele percorre a sala com os olhos mais uma vez, antes de fixá-los em mim.

— É melhor eu ir embora.

Caramba. A noite já era.

Assinto e pego sua xícara depois que ele a desliza para mim. Eu me viro e começo a lavá-la.

— Bem, obrigada pelo trabalho — digo. — E por ter me acompanhado até aqui.

Não me viro para vê-lo partir. Tenho a sensação de que minha evidente inexperiência destruiu todo o clima entre nós. E não estou chateada comigo mesma por causa disso, estou chateada com ele. Estou chateada por ele ter desanimado por eu não estar sendo mais direta nem me jogando em cima dele. Estou chateada porque ele recebe uma ligação, muito provavelmente de Hannah, e no mesmo instante a usa como desculpa para dar o fora.

É exatamente por isso que nunca faço essas coisas.

— Não era uma garota.

Sua voz me assusta, e, ao me virar, eu me deparo com ele bem atrás de mim. Começo a responder, mas não sei o que dizer, então apenas fecho a boca em seguida. Eu me sinto uma idiota por ter ficado com tanta raiva, por mais que ele não faça ideia do que eu estava pensando.

Ele dá um passo para perto de mim, e me encosto ainda mais no balcão logo atrás, deixando meio metro de espaço entre a gente para continuar com os pensamentos em ordem.

— Não quero que você ache que estou indo embora porque outra garota acabou de me ligar — diz ele, explicando melhor.

Adoro que ele tenha acabado de dizer isso, e todos os pensamentos negativos que tive a seu respeito desaparecem. Talvez eu estivesse errada. Costumo ter reações irracionais de vez em quando.

Eu me viro, ficando de frente para a pia novamente, pois não quero que ele note como fico contente por ele não ter inventado uma desculpa para ir embora.

— Não é da minha conta quem liga pra você, Owen.

Ainda estou virada para a pia quando suas mãos agarram o balcão, uma a cada lado do meu corpo. Seu rosto se move até a lateral da minha cabeça, e sinto sua respiração em meu pescoço. Não sei como, mas meu corpo inteiro se move involuntariamente até seu peito tocar minhas costas. Não estamos tão perto quanto ficamos durante a dança, mas agora parece muito mais íntimo, pois não estamos dançando.

Ele apoia o queixo em meu ombro. Fecho os olhos e respiro fundo. O que ele me faz sentir é tão intenso que mal consigo continuar em pé. Estou agarrando o balcão, torcendo para que ele não perceba que as juntas dos meus dedos estão brancas.

— Quero ver você de novo — sussurra ele.

Não penso em todos os motivos por que isso é uma péssima ideia. Não penso nas coisas em que eu devia estar pensando. Penso em como é bom quando ele está muito perto de mim e em como quero muito mais disso. Meu lado ruim reage a ele e obriga minha voz a dizer:

— Está bem.

Porque meu lado bom está fraco demais para se defender.

— Amanhã à noite — diz ele. — Você vai estar em casa?

Penso no dia seguinte, e por alguns segundos não faço ideia do mês em que estamos, muito menos do dia. Depois de lembrar onde estou e quem sou, e de lembrar que hoje ainda é quinta e amanhã é sexta, concluo que amanhã à noite realmente estou livre.

— Sim — sussurro.

— Ótimo — diz ele.

Tenho quase certeza de que ele está sorrindo. Dá para escutar em sua voz.

— Mas... — Eu me viro para ele. — Achei que você tinha aprendido que não se mistura prazer com negócios. Não foi assim que se meteu em apuros hoje?

Ele dá uma risada bem sutil.

— Considere-se demitida.

Sorrio, pois acho que nunca fiquei tão feliz em perder um emprego. Eu preferiria que ele viesse para cá amanhã a ganhar cem dólares por hora. O que me surpreende. Muito.

Ele se vira e vai até a porta do apartamento.

— Até amanhã à noite, Auburn Mason Reed.

Estamos sorrindo quando nossos olhares se encontram durante os dois segundos que ele leva para fechar a porta após sair. Caio para a frente e apoio a cabeça nos braços, inspirando o ar que me faltou durante toda a noite, mandando-o direto para os pulmões.

— O, M, G — digo, expirando.

Que fuga completa e inesperada da rotina...

Uma batida repentina à porta me assusta, e me empertigo no momento em que a porta começa a se abrir. Ele reaparece.

— Pode trancar a porta depois que eu sair? Você não mora numa vizinhança muito boa.

Não tenho como conter o sorriso com seu pedido. Vou até a porta, e ele a abre mais um pouco.

— E mais uma coisa — acrescenta. — Você não devia entrar com essa rapidez em prédios aleatórios com desconhecidos. Não é algo muito inteligente para alguém que não sabe nada sobre Dallas.

Estreito os olhos em sua direção.

— Bem, e você não devia estar tão desesperado para contratar alguém — digo na defensiva.

Ergo a mão para trancar a porta, mas, em vez de fechá-la, ele a abre ainda mais.

— Não sei como é em Portland, mas você também não devia deixar desconhecidos entrarem no seu apartamento.

— Você me acompanhou até meu apartamento. Eu não podia dizer não quando pediu para usar o banheiro.

Ele ri.

— Obrigado. Fico feliz com isso. Só não deixe mais ninguém usar seu banheiro, está bem?

Sorrio para ele, jogando charme, orgulhosa de mim por ter coragem de fazer isso.

— Ainda nem saímos juntos e já está dizendo quem pode ou não usar meu banheiro?

Ele abre o mesmo sorriso para mim.

— Não consigo evitar ser um pouco possessivo. Aquele banheiro é muito legal.

Reviro os olhos e começo a fechar a porta.

— Boa noite, Owen.

— Estou falando sério — insiste ele. — Tem até aqueles sabonetinhos fofos em formato de concha. Adoro aquilo.

Nós dois rimos enquanto ele me observa pela fresta da porta. Assim que a fecha e eu a tranco, ele bate de novo. Balanço a cabeça e abro a porta, mas dessa vez não por completo por causa da corrente.

— O que foi agora?

— É meia-noite! — diz ele freneticamente, dando um tapa na porta. — Ligue pra ela. Ligue pra menina que mora com você!

— Ah, merda — murmuro.

Pego o telefone e começo a discar o número de Emory.

— Eu estava quase ligando para a emergência — diz ela ao atender.

— Desculpe, a gente quase esqueceu.

— Precisa usar nosso código? — pergunta ela.

— Não, estou bem. Já o tranquei para fora do apartamento, então acho que ele não vai me matar hoje.

Emory suspira.

— Que pena — diz ela. — Não que ele não tenha matado você — acrescenta ela depressa. — É que eu queria muito ouvir você dizendo nosso código.

Eu rio.

— Que pena que ficou desapontada por eu estar em segurança.

Ela suspira de novo.

— Por favor? Diga só uma vez.

— Está bem — respondo, grunhindo. — Vestido de carne. Está contente?

Ela faz uma pausa antes de dizer:

— Não sei. Não faço ideia se você disse o código só para me alegrar ou porque está correndo perigo.

Eu rio.

— Estou bem. Vejo você quando chegar em casa.

Desligo o telefone e olho para Owen pela fresta da porta. Ele está com a sobrancelha erguida e a cabeça inclinada.

— O código era *vestido de carne*? Isso é meio mórbido, não?

Sorrio, porque ele tem razão.

— Assim como escolher um apartamento por causa de um filme de terror. Falei que Emory era diferente.

Ele assente, concordando.

— Eu me diverti hoje — digo a ele.

Ele sorri.

— Eu me diverti mais ainda.

Nós dois sorrimos de um jeito quase brega, até que eu me empertigo e decido fechar a porta de vez.

— Boa noite, Owen.

— Boa noite, Auburn — diz ele.

— Obrigada por não me matar — acrescento.

O sorriso dele desaparece.

— Ainda.

Não sei se eu devia rir desse comentário.

— Estou brincando — assegura ele, assim que nota minha hesitação. — Minhas piadas sempre dão errado quando estou tentando impressionar uma garota.

— Não se preocupe — digo para tranquilizá-lo. — Fiquei um pouco impressionada desde que entrei em seu ateliê esta noite.

Ele sorri, contente, e coloca a mão na fresta antes que eu possa fechar a porta novamente.

— Espere — pede ele, mexendo os dedos. — Me dê sua mão.

— Por quê? Para me dar um sermão de como não devo tocar nas mãos de desconhecidos pela fresta de uma porta trancada?

Ele ignora minha pergunta e balança a cabeça.

— Estamos longe de ser desconhecidos um para o outro, Auburn. Me dê sua mão.

Mesmo hesitante, ergo os dedos e toco os dele muito de leve. Ele observa nossos dedos e encosta a cabeça no caixilho. Faço o mesmo, e nós dois olhamos para nossas mãos enquanto ele entrelaça os dedos nos meus.

Estamos em lados diferentes da porta trancada, então não faço ideia de como o mero toque da sua mão pode me deixar com necessidade de me apoiar na parede para me equilibrar, mas é exatamente o que estou fazendo. Meus braços se arrepiam, e fecho os olhos.

Seus dedos roçam delicadamente na palma da minha mão e a percorrem. Minha respiração está entrecortada, e minha mão está ficando ainda mais trêmula. Preciso me conter para não destrancar a porta, puxá-lo para dentro e implorar para que faça com o resto do meu corpo o que está fazendo com minha mão.

— Está sentindo isso? — sussurra ele.

Confirmo com a cabeça, porque sei que ele está olhando diretamente para mim. Sinto seu olhar. Ele não diz mais nada, e após um tempo sua mão para de se mexer, ainda encostada na minha, então abro devagar os olhos. Ele continua me observando pela fresta da porta, mas, assim que abro de vez os olhos, ele afasta com rapidez a cabeça do caixilho e tira a mão, largando a minha.

— Caramba — diz ele, se empertigando. Passa a mão no cabelo e depois agarra a própria nuca. — Desculpe. Sou ridículo. — Ele solta o pescoço e segura a maçaneta. — Agora vou mesmo embora. Antes que eu te assuste — acrescenta ele, sorrindo.

Sorrio.

— Boa noite, OMG.

Ele balança lentamente a cabeça para trás e para a frente, semicerrando os olhos de um jeito brincalhão.

— Você tem sorte de que gosto de você, Auburn Mason Reed.

E, com isso, ele fecha a porta.

— OMG — sussurro.

Acho que estou a fim desse garoto.

∿

— Auburn.

Gemo, sem querer acordar ainda, mas sinto a mão de alguém no meu ombro, me sacudindo.

Que falta de educação.

— Auburn, acorde. — É a voz de Emory. — A polícia está aqui.

Rolo para o lado imediatamente e a vejo parada perto de mim. Ela está com rímel embaixo dos olhos e com o cabelo loiro despenteado. Sua aparência inesperada e bagunçada me assusta mais que o fato de que ela acabou de dizer que a polícia está aqui. Eu me sento depressa. Tento encontrar meu alarme para conferir a hora, mas não consigo abrir os olhos o suficiente para enxergá-lo.

— Que horas são?

— Já passou das nove — responde ela. — E... você me escutou? Falei que tem um policial aqui. Ele está pedindo para falar com você.

Eu me levanto da cama e procuro minha calça jeans. Encontro-a amassada no chão do outro lado da cama. Assim que a abotoo, pego uma camiseta no armário.

— Você se meteu em alguma confusão? — pergunta Emory, parada na porta do meu quarto.

Merda. Esqueci que ela não sabe nada sobre mim.

— Não é a polícia — digo a ela. — É apenas Trey, meu cunhado.

Percebo que ela continua confusa, o que faz sentido, pois ele não é realmente meu cunhado. Às vezes é mais fácil se referir a ele dessa forma. Também não faço ideia de por que ele está aqui. Abro a porta do quarto e vejo Trey na cozinha, preparando uma xícara de café.

— Está tudo bem? — pergunto a ele.

Ele se vira, e assim que noto seu sorriso sei que está tudo bem. Ele só veio me visitar.

— Está, sim — responde ele. — Meu turno terminou, e eu estava aqui por perto. Pensei em trazer café da manhã pra você.

Ele ergue um saco e o joga no balcão, deslizando-o na minha direção. Emory passa por mim e pega o saco, abrindo-o.

— É verdade isso? — pergunta ela, olhando para Trey. — Que policiais sempre pegam quantos donuts quiserem de graça?

Ela pega um dos doces e o enfia na boca enquanto anda até a sala. Trey a observa com desdém, mas ela não percebe. Eu me pergunto se ela já se deu conta de que ainda não se olhou no espelho hoje. Duvido que ela se importe. Amo o fato de ela ser assim.

— Obrigada pelo café da manhã — digo a ele.

Eu me sento ao balcão, sem entender por que ele acharia que não tem problema passar aqui sem avisar. Ainda mais tão cedo assim. Mas não digo nada, pois tenho certeza de que isso é apenas reflexo do meu mau humor porque me deitei tarde e dormi pouco.

— Lydia vai para casa hoje?

Ele balança a cabeça.

— Amanhã de manhã. — Põe a xícara no balcão. — Onde você estava ontem à noite?

Inclino a cabeça, sem entender por que ele faria uma pergunta dessas.

— Como assim?

Ele me encara novamente.

— Ela disse que você ligou com mais de uma hora de atraso.

Agora entendi por que ele está aqui. Suspiro.

— Você queria mesmo trazer café da manhã pra mim ou está usando isso como desculpa para conferir se estou bem?

Seu olhar ofendido faz com que eu me arrependa do meu comentário. Exalo, frustrada, e apoio os braços no balcão.

— Eu estava trabalhando — digo. — Fiz um trabalho numa galeria de arte para ganhar um dinheiro a mais.

Trey está exatamente onde Owen ficou ontem à noite. Os dois devem ter a mesma altura, mas, por algum motivo, Trey parece mais intimidante. Não sei se é porque ele está sempre com o uniforme da polícia, ou se é culpa do seu semblante mais sério. Ele está sempre estreitando os olhos escuros, enquanto Owen parece incapaz de parar de sorrir. Só de pensar em Owen e no fato de que vou vê-lo hoje à noite faz meu humor melhorar imediatamente.

— Galeria de arte? Qual?

— A que fica na Pearl, perto do meu trabalho. O local se chama Confesse.

O maxilar de Trey enrijece, e ele põe a xícara de café no balcão.

— Sei qual é — diz ele. — O dono do prédio é o filho de Callahan Gentry.

— E eu devia saber quem é Callahan Gentry?

Ele balança a cabeça e derrama o café na pia.

— Cal é advogado — responde ele. — E o filho dele não é uma boa.

Eu me contraio com o insulto, pois fico sem entender. Owen é a última pessoa que eu não consideraria como boa. Trey pega as chaves no balcão e sai da cozinha.

— Não gosto que você esteja trabalhando para ele.

Não que a opinião de Trey importe para mim, mas fico um pouco irritada por ele ter feito esse comentário.

— Não precisa se preocupar com isso — falo. — Fui demitida ontem à noite. Acho que eu não era a pessoa certa para o trabalho.

Não conto o verdadeiro motivo que me levou a ser demitida ontem à noite. Tenho certeza de que ele só ficaria mais chateado ainda.

— Ótimo — afirma ele. — Vai jantar com a gente no domingo?

Eu o sigo até a porta.

— Nunca faltei, não é?

Trey se vira para mim depois de abrir a porta.

— Bem, você também nunca deixou de ligar, e olhe só o que aconteceu ontem.

Me pegou, Trey.

Odeio confronto, mas é isso que minha atitude vai provocar se eu não voltar atrás. A última coisa de que preciso é me desentender com Trey ou com Lydia.

— Desculpe — murmuro. — Fui dormir tarde ontem por ter trabalhado em dois lugares. Obrigada pelo café da manhã. Vou ser mais simpática da próxima vez que você aparecer sem avisar.

Ele sorri e ergue o braço para colocar uma mecha de cabelo atrás da minha orelha É um gesto íntimo, e não fico feliz em saber que ele se sente à vontade para fazer isso.

— Tudo bem, Auburn. — Ele baixa a mão e segue para o corredor. — Vejo você domingo à noite.

Fecho a porta e me encosto nela. Ultimamente tenho sentido uma energia bem diferente vindo dele. Quando eu morava em Portland, nunca me encontrava com ele. No entanto, minha mudança para o Texas fez com que eu passasse a vê-lo bem mais, e não sei se pensamos a mesma coisa sobre essa nossa amizade.

— Não gostei dele — comenta Emory.

Olho para a sala, e ela está sentada no sofá, comendo o donut enquanto folheia uma revista.

— Você nem o conhece — digo, defendendo Trey.

— Gostei bem mais do cara que esteve aqui ontem à noite.

Ela não se dá o trabalho de desviar os olhos da revista enquanto me julga.

— Você estava aqui ontem à noite?

Ela assente e toma um longo gole de refrigerante, mais uma vez sem se importar em olhar para mim.

— Estava.

O quê? Por que ela acha que isso é aceitável?

— Você estava aqui quando liguei para falar do código?

Ela confirma com a cabeça mais uma vez.

— Eu estava em meu quarto. Sou especialista em escutar as conversas dos outros — revela ela normalmente.

Assinto e volto para meu quarto.

— Bom saber, Emory.

CAPÍTULO SEIS

Owen

Se eu fosse mais inteligente, estaria no meu apartamento, me vestindo.

Se eu fosse mais inteligente, estaria me preparando mentalmente para ir até a casa de Auburn, pois foi isso que prometi a ela.

Se eu fosse mais inteligente, não estaria aqui esperando sentado. Esperando meu pai passar pela porta e ver minhas mãos algemadas às costas.

Realmente não sei como eu deveria estar me sentindo, mas imagino que apatia não é uma reação apropriada. Só sei que ele está prestes a passar por aquela porta a qualquer momento, e a última coisa que quero fazer é olhar em seus olhos.

A porta se abre.

Desvio o olhar.

Escuto seus passos enquanto ele entra devagar. Mudo de posição na cadeira, mas mal consigo me mexer por causa do metal cravando em meus punhos. Mordo o lábio inferior para me impedir de dizer algo de que vá me arrepender. Mordo com tanta força que sinto gosto de sangue. Continuo evitando olhar para ele, e escolho focar no pôster na parede. São fotos em ordem cronológica, mostrando o progresso do uso da metanfetamina ao longo de dez anos. Olho fixamente para o pôster, sabendo que as dez fotos são do mesmo homem, e que são as fotos que tiraram quando ele foi preso. O que significa que ele foi preso no mínimo dez vezes.

Ele tem nove prisões a mais que eu.

Meu pai suspira bem à minha frente, onde está sentado. Ele suspira tão fundo que, mesmo do outro lado da mesa, sinto sua respiração. Recuo alguns centímetros.

Nem sequer quero saber o que está passando pela cabeça dele no momento. Sei apenas o que tem na minha mente: um mar de desapontamento. Mais por ter desapontado Auburn que por ter sido preso. Ela parece levar uma vida na qual muitas pessoas a desapontam, e odeio o fato de que estou prestes a me tornar uma delas.

Odeio.

— Owen — diz meu pai, exigindo minha atenção.

Mas eu o ignoro. Fico esperando ele terminar, mas não diz nada além do meu nome.

Não gosto que ele tenha dito apenas meu nome, porque sei que tem um monte de coisas que ele gostaria de me dizer no momento. Certamente tenho muito o que dizer para ele, mas Callahan Gentry e seu filho não se comunicam muito bem.

Não desde a noite em que Owen Gentry se tornou o único filho de Callahan Gentry.

Eu trocaria o dia de hoje por qualquer outro da minha vida, *menos* por aquele. Por causa daquele dia continuo fazendo as merdas que faço. Por causa daquele dia estou sentado aqui, prestes a conversar com meu pai sobre minhas opções.

Às vezes me pergunto se Carey consegue nos ver. Eu me pergunto o que ele acharia das mudanças no meu relacionamento com nosso pai.

Desvio o olhar do pôster da metanfetamina e encaro meu pai. Nos últimos anos, nós dois viramos especialistas na arte do silêncio.

— Você acha que Carey está nos vendo agora?

Meu pai continua inexpressivo. A única coisa que vejo em seus olhos é desapontamento, e não sei se ele está desapontado por ter fracassado como pai, por eu ter me metido nessa situação ou porque acabei de mencionar Carey.

Nunca falo do meu irmão. Meu pai nunca fala do meu irmão. Não sei por que fiz isso.

Eu me inclino para a frente e continuo encarando-o nos olhos.

— O que acha que ele pensa de mim, pai? — sussurro tão baixinho que, se minha voz tivesse uma cor, seria branca.

Meu pai cerra o maxilar, então prossigo:

— Acha que ele está desapontado porque não consigo dizer não?

Meu pai respira fundo e desvia o olhar, interrompendo o contato visual comigo. Estou deixando ele constrangido. Não consigo me inclinar mais para a frente, então empurro a cadeira na sua direção até encostar o peito na mesa entre nós dois. Não dá para chegar mais perto dele.

— O que acha que Carey pensa de *você*, pai?

Esta frase seria pintada de preto.

Meu pai dá um soco na mesa, e sua cadeira cai para trás quando ele se levanta abruptamente. Ele anda de um lado para outro na sala, duas vezes, e chuta a cadeira, fazendo-a colidir na parede. Ele continua andando de um lado para outro no pequeno cômodo, que deve ter apenas uns 2 metros de largura. Está tão furioso que me sinto mal por estarmos num lugar tão pequeno. Ele precisa de espaço para expressar toda a sua agressividade. Deviam considerar este tipo de situação quando prendem as pessoas e as colocam para conversar com os advogados em salas minúsculas. Afinal, não se sabe quando o advogado também é o pai da pessoa, e esse pai precisa de um espaço onde caiba toda a sua *raiva*.

Ele respira fundo várias vezes, inspirando e expirando, inspirando e expirando. Assim como ele ensinou os filhos a fazerem quando Carey e eu éramos mais novos. Por sermos irmãos, brigávamos muito. Não mais que outros irmãos, mas, naquela época, quando Callahan Gentry era um pai, ele fazia tudo o que fosse possível para nos ensinar a lidar internamente com nossa raiva, e não fisicamente.

— Só vocês podem controlar suas reações — dizia ele para nós dois. — Ninguém mais. Vocês controlam a raiva e a felicidade que sentem. Controlem-se, garotos.

Será que eu não devia repetir essas palavras para ele agora?

Controle-se, pai.

Provavelmente não. Não quer que eu o interrompa enquanto ele tenta silenciosamente se convencer de que eu não estava falando sério quando disse aquilo. Ele tenta se convencer de que só falei aquilo porque estou muito estressado.

Callahan Gentry sabe mentir muito bem para si mesmo.

Se eu tivesse que pintá-lo agora, eu usaria todos os tons de azul que encontrasse. Com calma, ele apoia as palmas das mãos na mesa entre nós dois. Encara as próprias mãos e não faz contato visual comigo. Inspira demorada e lentamente, e depois expira mais devagar ainda.

— Vou pagar sua fiança assim que puder.

Quero que ele ache que eu não me importo. Mas não é verdade. Não quero estar aqui, mas não há nada que eu possa fazer a respeito disso.

— Até parece que tenho algum compromisso — digo para ele.

Quero dizer, não tenho, certo? Se eu sequer aparecesse lá, chegaria atrasado, e não tenho como aparecer lá e não contar para Auburn onde eu estava. Ou por que. Além do mais, ontem à noite alguém meio que me disse para ficar longe dela, então ainda tem isso.

Pois é. Quem está precisando de fiança? Eu, não.

— Até parece que tenho algum compromisso — repito

Os olhos do meu pai encontram os meus, e noto suas lágrimas pela primeira vez. Essas lágrimas trazem esperança. Esperança de que ele tenha chegado ao limite. Esperança de que essa tenha sido a gota d'água. Esperança de que ele diga: "Como posso te ajudar, Owen? Como posso melhorar a situação para você?".

Mas nada disso acontece, e minha esperança desaparece junto das lágrimas em seus olhos. Ele se vira e anda até a porta.

— Conversamos à noite. Em casa.

E depois vai embora.

— O que diabo aconteceu com você? — pergunta Harrison. — Está com uma aparência péssima.

Eu me sento ao balcão. Não durmo há mais de 24 horas. Assim que minha fiança saiu algumas horas antes, fui direto para o ateliê. Nem me dei o trabalho de passar na casa do meu pai para discutir a situação, porque preciso de um tempo antes de lidar com ele.

É quase meia-noite, então sei que Auburn deve estar dormindo ou *furiosa demais* para dormir por eu não ter aparecido em sua casa como tinha prometido. Mas provavelmente é melhor assim. Preciso dar um jeito na minha vida para que Auburn queira fazer parte dela.

— Fui preso ontem à noite.

Harrison para imediatamente de servir a cerveja que estava prestes a me entregar. Ele me encara.

— Desculpe... você acabou de dizer *preso*?

Assinto e estendo o braço por cima do balcão, pegando a cerveja pela metade da mão dele.

— Espero que esteja prestes a explicar — exige ele, me observando tomar um longo gole.

Coloco o copo no balcão e seco a boca.

— Preso por posse de drogas.

A expressão de Harrison se torna uma mistura de raiva e nervosismo.

— Espere um segundo — diz ele, se inclinando, e sua voz se torna um sussurro. — Você não contou que eu...

Fico ofendido por ele sequer ter perguntado isso, então o interrompo antes mesmo que termine a frase:

— Claro que não. Eu me recusei a dizer onde tinha arranjado as pílulas. Infelizmente isso não vai me ajudar em nada no tribunal. Pelo jeito, eles pegam mais leve quando a pessoa dedura alguém. — Eu rio e balanço a cabeça. — Foda isso, né? A gente ensina às crianças que dedurar os outros é errado, mas na idade adulta somos recompensados por isso.

Harrison não responde. Percebo todas as palavras que ele quer dizer, mas se esforça para contê-las.

— Harrison — chamo, e me inclino para a frente. — Está tudo bem. Vai dar tudo certo. É meu primeiro delito, então duvido que eu vá...

Ele balança a cabeça.

— Não está *nada* bem, Owen! Já faz mais de um ano que digo pra você parar com essa merda. Eu sabia que acabaria causando algum mal a você, e odeio jogar na cara que eu avisei, mas eu avisei um milhão de vezes, porra!

Solto o ar. Estou cansado demais para ouvir isso agora. Eu me levanto, deixo uma nota de dez dólares no balcão e me viro para ir embora.

Mas ele tem razão. Ele me avisou. E não foi só ele, pois eu dizia para mim mesmo que isso ia acabar me causando algum mal há bem mais tempo que Harrison.

CAPÍTULO SETE

Auburn

— Quer um refil?

Sorrio e respondo para a garçonete:

— Claro.

Mas sei que não preciso de um refil. Eu devia ir embora, mas uma pequena parte de mim ainda tem esperança de que Lydia vá aparecer. Claro que ela não esqueceu.

Fico na dúvida se não devo mandar outra mensagem. Ela está mais de uma hora atrasada, e eu, aqui sentada, aguardando pateticamente, torcendo para não levar um bolo.

Não que ela seja a primeira pessoa a me dar um bolo. Esse prêmio vai para Owen Mason Gentry.

Eu devia ter imaginado. Devia ter me preparado. Aquela noite com ele pareceu boa demais para ser verdade, e não ter ne-

102

nhuma notícia dele há três semanas inteiras só prova que minha decisão de abrir mão dos garotos na minha vida foi inteligente. Mas, mesmo assim, ainda dói. Dói pra caramba, porque quando ele saiu do meu apartamento naquela noite de quinta, fiquei toda esperançosa. Não só porque eu o tinha conhecido, mas porque fiquei com a impressão de que o Texas poderia não ser tão ruim assim... Achei que pelo menos daquela vez as coisas iam dar certo para mim e que o carma ia me dar um desconto.

Por mais que doa perceber que ele me enganou o tempo todo, levar um bolo de Lydia dói um pouco mais que levar um bolo de Owen, pois pelo menos Owen não fez isso no meu aniversário.

Como ela pôde esquecer?

Não vou chorar. Não vou. Já derramei muitas lágrimas por causa daquela mulher e não vou derramar mais nenhuma.

A garçonete volta à mesa e enche meu copo. Meu drinque sem álcool.

Estou tomando um refrigerante ridículo, sentada sozinha num restaurante e levando um bolo pela segunda vez no mês, sendo que é meu aniversário de 21 anos.

— Pode trazer a conta — digo, derrotada.

A garçonete me olha com pena ao colocar a conta na mesa. Pago e vou embora.

Odeio que tenho de passar na frente do ateliê de Owen no caminho do trabalho para casa. Ou, nesse caso, a caminho do bolo para casa. Às vezes, a luz do apartamento dele no primeiro andar está acesa, e fico com vontade de tacar fogo naquele lugar.

Não é verdade. Peguei um pouco pesado. Eu não tacaria fogo na sua bela arte.

Só nele.

Quando chego ao seu prédio, paro e fico observando. Talvez valha a pena andar uma ou duas quadras a mais só para não ter de passar ali na frente de novo. Antes de alterar o caminho, talvez eu deva deixar uma confissão. Faz três semanas que quero deixar uma, e esta noite tudo se alinhou perfeitamente: agora, sim, estou furiosa o bastante para fazer isso.

Vou até a porta do prédio e encaro a fresta enquanto enfio o braço na bolsa e pego uma caneta. Não tenho um pedaço de papel, então remexo até achar a nota fiscal do maravilhoso jantar de aniversário que acabei de compartilhar comigo mesma. Viro-a, apoiando-a na janela e começo a escrever minha confissão:

Conheci um cara incrível três semanas atrás. Ele me ensinou a dançar, me lembrou de como é bom ficar no maior clima com alguém, me acompanhou na volta até minha casa, me fez sorrir e depois VOCÊ É UM BABACA, OWEN!

Pressiono o botão na extremidade da caneta e guardo-a na bolsa. Por mais estranho que pareça, desabafar no papel realmente fez com que eu me sentisse melhor. Começo a dobrar a nota, mas a abro e pego de novo a caneta para acrescentar uma frase:

Obs.: Suas iniciais são muito ridículas.

Bem melhor. Enfio a confissão pela fresta antes que eu tenha tempo de pensar direito. Eu me afasto do prédio e me despeço dele.

Sigo na direção do meu apartamento, então meu celular faz um barulho. Pego o aparelho e abro a mensagem:

Lydia: *Desculpe! Eu me distraí, e o dia foi uma loucura. Espero que não tenha esperado muito tempo. Vou voltar para Pasadena de manhã, mas você vai ao jantar no domingo, né?*

Leio a mensagem e só consigo pensar em uma coisa: vaca, vaca, vaca, vaca.

Sou muito imatura. Mas, caramba, ela nem sequer me desejou feliz aniversário?

Meu Deus, isso magoa.

Começo a guardar o celular no bolso quando o aparelho faz um barulho de novo. Talvez ela tenha lembrado que é meu aniversário. Pelo menos vai se sentir um pouco culpada. Talvez eu não devesse tê-la chamado de vaca.

Lydia: *Da próxima vez, me lembre do nosso compromisso. Você sabe como sou ocupada.*

Vaca, vaca, vaca, *maior* vaca de todas.

Cerro os dentes e grito de frustração. Ela não tem jeito. Vai ser sempre assim.

Não acredito que estou prestes a fazer isso, mas preciso de um drinque. Um drinque com álcool. E, sorte a minha, porque sei exatamente onde arranjar um.

～

— Você mentiu.

Harrison está observando minha identidade.

Acredito que ele tenha acabado de perceber que hoje é meu aniversário e que eu não tinha 21 anos quando vim aqui com Owen pela primeira vez.

— Foi Owen que me obrigou.

Harrison balança a cabeça e devolve minha identidade.

— Owen faz muitas coisas que Owen não devia fazer. — Ele limpa o balcão entre nós dois e joga o pano para o lado, mas fico esperando ele explicar o comentário. — Então, o que vai ser, Srta. Reed? Coca-Cola com whisky de novo?

Balanço a cabeça imediatamente.

— Não, obrigada. Algo menos forte.

— Margarita?

Assinto.

Ele se vira para preparar o primeiro drinque alcoólico que vou tomar legalmente. Espero que coloque um daqueles guarda--chuvas minúsculos.

— Cadê Owen? — pergunta ele.

Reviro os olhos.

— E eu pareço dona de Owen? Ele deve estar transando com Hannah.

Harrison se vira com os olhos arregalados. Dou de ombros, fazendo pouco caso do insulto, e ele ri antes de voltar a preparar meu drinque. Quando termina, ele o coloca na minha frente no balcão. Começo a franzir a testa, mas ele estende o braço para a direita, pega um guarda-chuva num pote e o coloca no drinque.

— Veja se gosta deste daqui.

Levo a margarita até os lábios e primeiramente lambo o sal, depois tomo um gole. Meus olhos brilham, pois é muito melhor que aquela merda que Owen pediu para mim. Assinto e gesticulo para que ele prepare outro.

— Por que não termina esse primeiro? — sugere ele.

— Mais um — peço, secando a boca. — É meu aniversário e sou uma adulta responsável que quer dois drinques.

Seus ombros sobem quando ele respira fundo e balança a cabeça, mas obedece ao meu pedido. O que é bom, pois assim que ele termina de preparar o segundo, já estou pedindo o terceiro. Porque posso. Porque é meu aniversário, estou completamente sozinha, Portland fica lá no topo do país, e eu estou aqui embaixo, bem embaixo, e *Owen Gentry Mason é o maior babaca!*

E Lydia é uma vaca.

CAPÍTULO OITO

Owen

— Tem alguém aqui que pertence a você.

Demoro alguns segundos para entender a ligação no meio da noite. Eu me sento na cama e esfrego os olhos.

— Harrison?

— Está dormindo? — Ele parece chocado. — Não é nem uma da manhã.

Coloco as pernas ao lado da cama e apoio a palma da mão na testa.

— Foi uma semana difícil. Não dormi muito. — Eu me levanto e procuro minha calça jeans. — Por que está ligando?

Ele faz uma pausa, e então escuto um som retumbante do outro lado da linha.

— Não! Não pode encostar nisso! Sente-se!

Afasto o telefone do ouvido para proteger meu tímpano.

— Owen, é melhor vir logo pra cá. Vou fechar em quinze minutos, e ela não está aceitando muito bem esse negócio de saideira.

— Sobre o que você está falando? De quem está falando?

E então minha ficha cai.

Auburn.

— Merda. Já chego aí.

Harrison desliga sem se despedir, e visto a camiseta enquanto desço a escada.

Por que está aí, Auburn? E por que está sozinha?

Vou até a porta do ateliê e chuto para o lado algumas confissões que se empilharam ali na frente. Recebo cerca de dez na maioria dos dias de semana, mas o movimento no centro faz o número triplicar aos sábados. Costumo jogar todas numa pilha e ler só quando me sinto pronto para começar um quadro novo, porém uma das confissões chama minha atenção. Noto porque tem meu nome escrito, então a pego.

Conheci um cara incrível três semanas atrás. Ele me ensinou a dançar, me lembrou de como é bom ficar no maior clima com alguém, me acompanhou na volta até minha casa, me fez sorrir e depois VOCÊ É UM BABACA, OWEN!

Obs.: Suas iniciais são muito ridículas.

As confissões deviam ser anônimas, Auburn. Isso não é anônimo. Por mais que eu queira rir, sua confissão também me lembra de como a desaponteei e de que devo ser a última pessoa que ela quer que vá resgatá-la num bar.

Atravesso a rua mesmo assim e abro a porta, imediatamente começando a procurar por ela. Harrison percebe que estou me aproximando e aponta a cabeça para o banheiro.

— Ela está se escondendo de você.

Agarro minha nuca e olho na direção dos banheiros.

— O que ela está fazendo aqui?

Harrison dá de ombros.

— Comemorando o aniversário, acho.

Só pode ser brincadeira. Estou me sentindo o maior merda.

— É aniversário dela? — Começo a andar até o banheiro.

— Por que não me ligou antes?

— Ela me fez jurar que eu não ligaria.

Bato à porta do banheiro, mas não recebo resposta. Empurro lentamente a porta e logo vejo seus pés para fora da última cabine.

Merda, Auburn.

Corro até onde ela está, mas paro assim que percebo que não está desmaiada. Na verdade, está totalmente acordada. Parece confortável demais para alguém esparramada no chão do banheiro de um bar. Está com a cabeça apoiada na parede da cabine, olhando para mim.

A raiva em seus olhos não me surpreende. Se eu fosse ela, também não ia querer falar comigo. Na verdade, nem vou obrigá-la a fazer isso. Vou só me sentar aqui no chão com ela.

Auburn me observa entrar na cabine e me sentar bem na sua frente. Puxo os joelhos para cima e os abraço, depois encosto a cabeça na parede.

Ela não desvia o olhar de mim, não fala, não sorri. Apenas inspira lentamente e balança a cabeça com sutileza, como se estivesse desapontada.

— Você está com uma aparência péssima, Owen.

Sorrio, pois ela não parece tão bêbada quanto eu imaginava que estaria. Mas provavelmente ela tem razão. Faz mais de três dias que não me olho no espelho. Isso acontece quando estou muito envolvido com o trabalho. Não me barbeei, então é bem provável que eu esteja com uma bela barba por fazer.

Mas ela não parece péssima, e eu devia lhe dizer isso. Ela parece triste e um pouco bêbada, mas para uma garota jogada no chão de um banheiro, ela está bem gata.

Sei que eu devia pedir desculpas pelo que fiz. Sei que essa é a única coisa que devia sair da minha boca naquele momento, mas tenho medo de me desculpar e ela começar a fazer perguntas, porque não quero ter de lhe contar a verdade. Acho melhor Auburn ficar desapontada por ter levado um bolo que saber o verdadeiro motivo que me levou a fazer isso.

— Você está bem?

Ela revira os olhos e foca o olhar no teto, então percebo que ela está piscando para tentar conter as lágrimas. Leva a mão ao rosto e o esfrega para cima e para baixo, tentando ficar sóbria, ou talvez seja por estar frustrada com minha presença ali. Provavelmente as duas coisas.

— Levei um bolo hoje.

Ela continua encarando o teto. Não sei como devo me sentir diante da sua confissão, mas minha primeira reação é de ciúme, e sei que não é justo. Apenas não gosto de vê-la tão chateada assim por causa de alguém que não sou eu, mas na verdade isso não é da minha conta.

— Levou um bolo de algum cara e veio passar o resto da noite bebendo num bar? Você não parece ser esse tipo de pessoa.

Ela baixa o queixo imediatamente até o peito e olha para mim.

— Não levei um bolo de algum cara, Owen. Você está sendo muito presunçoso. E, só pra você saber, eu gosto de beber. Só não gostei do seu drinque.

Eu não devia focar em apenas uma palavra da sua frase, mas...

— Você levou um bolo de alguma garota?

Não tenho nada contra lésbicas, mas, por favor, não seja uma. Não foi assim que imaginei que isso acabaria entre nós.

— Também não foi de alguma garota — diz ela. — Levei um bolo de uma vaca. Da maior, mais maldosa e egoísta vaca de todas.

Suas palavras me fazem sorrir, por mais que eu saiba que essa não era sua intenção. Nada na situação é motivo para rir, mas o jeito como ela enrugou o nariz enquanto insultava quem quer que tenha lhe dado bolo foi muito fofo.

Estico as pernas, sem encostar nas dela. Auburn parece tão frustrada quanto eu.

Que par nós dois formamos.

Quero tanto lhe contar a verdade, mas também sei que a verdade não vai melhorar as coisas entre nós. A verdade faz menos sentido que a mentira, e nem sei mais qual das duas eu deveria escolher.

A única coisa que sei é: quer esteja furiosa ou feliz, triste ou animada, ela irradia uma energia tranquilizadora. Durante todos os dias da minha vida, sinto como se eu estivesse tentando subir uma escada rolante que só me faz descer. E por mais que eu tente chegar ao topo, correndo mais rápido ou com mais força, sempre fico no mesmo lugar, sem chegar a lugar algum. Mas quando estou com ela, não parece que estou nessa escada rolante. Eu me sinto como se estivesse numa esteira, seguindo adiante sem nenhum esforço. Como se eu finalmente pudesse relaxar e respirar, sem me sentir constantemente pressionado a sair correndo e não chegar ao fundo do poço.

Sua presença me acalma, me relaxa, me faz sentir que talvez as coisas não sejam tão difíceis quanto quando ela não está por perto. Então, por mais que pareçamos ridículos agora, sentados no chão de um banheiro feminino, não há nenhum outro lugar onde eu preferia estar.

— OMG — diz ela, inclinando-se para a frente, querendo puxar meu cabelo. Seu rosto inteiro se contorce e não entendo por que meu cabelo a está desagradando tanto agora. — A gente precisa ajeitar essa merda — murmura.

Ela apoia a mão na parede e a outra no meu ombro para se erguer. Após ficar de pé, estende a mão para mim.

— Venha, Owen. Vou ajeitar sua merda.

Não sei se ela está sóbria o suficiente para ajeitar qualquer coisa. Mas, tudo bem, pois sinto como se continuasse na esteira, então vou segui-la para onde quer que ela queira ir, sem fazer nenhum esforço.

— Vamos lavar as mãos, Owen. O chão está nojento. — Ela vai até a pia e coloca sabonete na minha palma. Olha para mim pelo espelho e depois se fixa na minha mão. — Tome um pouco de sabonete — diz ela, espalhando o sabonete na minha mão.

Nunca dá para ter certeza com ela. Não sei quanto bebeu, mas eu não estava esperando essa interação esta noite. Ainda mais depois que li sua confissão.

Lavamos as mãos em silêncio. Ela puxa duas folhas de papel e entrega uma para mim.

— Seque as mãos, Owen.

Pego o papel e obedeço. Agora ela está confiante e no comando, e acho melhor deixar as coisas assim. Até descobrir seu nível de sobriedade, não quero fazer nada que lhe desperte alguma reação diferente.

Vou até a porta e a abro. Ela se afasta da pia, e reparo quando dá um leve tropeção e se segura na parede. No mesmo instante, fulmina os sapatos com o olhar.

— Merda de salto — murmura ela.

Mas ela não está de salto. Está usando uma sapatilha preta, mas a culpa mesmo assim.

Voltamos para o bar. Harrison já fechou o estabelecimento e apagou algumas luzes. Ele ergue a sobrancelha quando passamos por ele.

— Harrison? — chama ela, apontando na sua direção.

— Auburn — diz ele normalmente.

Ela balança o indicador, e percebo que Harrison está com vontade de rir, mas se contém.

— Coloque aqueles drinques maravilhosos na minha conta, está bem?

Ele balança a cabeça.

— A gente encerra todas as contas no fim da noite.

Ela põe as mãos no quadril e faz um bico.

— Mas estou sem dinheiro. Perdi minha bolsa.

Harrison se inclina e pega uma bolsa atrás do balcão.

— Não perdeu, não.

Ele a desliza em cima do balcão, e ela fica encarando a bolsa como se estivesse chateada por não a ter perdido.

— Hum, merda. Agora preciso pagar. — Ela dá um passo para a frente e abre a bolsa. — Vou pagar só um drinque porque acho que você nem colocou álcool no segundo.

Harrison me encara, revira os olhos e depois recusa o dinheiro.

— É por conta da casa. Feliz aniversário — diz ele. — E, só para constar, você tomou três drinques. Todos tinham álcool.

Ela joga a bolsa por cima do ombro.

— Obrigada. Você foi a única pessoa em todo o estado do Texas que me desejou feliz aniversário hoje.

É possível me odiar mais que já me odiava três semanas atrás? Sim, com certeza.

Ela se vira para mim e baixa o queixo ao ver minha expressão.

— Por que parece tão triste, Owen? A gente vai dar um jeito na sua merda, lembra? — Ela dá um passo para perto de mim e segura minha mão. — Tchau, Harrison. E te odeio por ter ligado para Owen.

Harrison sorri e me lança um olhar nervoso, como se silenciosamente estivesse me desejando boa sorte. Dou de ombros e deixo ela me rebocar atrás de si enquanto seguimos para a saída.

— Recebi presentes de Portland hoje — diz ela, enquanto nos aproximamos da saída. — As pessoas me amam lá. Minha mãe e meu pai. Meu irmão e minhas irmãs.

Empurro a porta e espero ela sair primeiro. É o primeiro dia de setembro — feliz aniversário — e a noite está atipicamente fria para o Texas.

— Mas quantas pessoas daqui do Texas que dizem que me amam me deram algum presente? Adivinhe.

Não quero adivinhar. A resposta é óbvia, e quero compensar o fato de que ninguém do Texas lhe deu um presente hoje. Eu até diria para a gente ir comprar um agora mesmo, mas com ela bêbada e zangada não vai rolar.

Observo-a esfregar as mãos nos braços e olhar para o céu.

— Odeio o clima do Texas, Owen. É idiota. É quente durante o dia, frio à noite e imprevisível o restante do tempo.

Eu queria comentar que, tirando o dia e a noite, não sobra muito "restante do tempo", mas acho que talvez não seja um bom momento para entrar em detalhes. Ela continua me puxando numa direção que não é a do meu ateliê, que fica do outro lado da rua, nem a do seu apartamento.

— Aonde estamos indo?

Ela solta minha mão e desacelera até a gente começar a andar um do lado do outro. Quero colocar o braço ao seu redor para que ela não tropece em seu "salto", mas também sei que aos poucos vai ficar sóbria, então não vejo a hora de que ela volte ao normal. Duvido que me queira por perto, muito menos com o braço ao seu redor.

— Estamos quase chegando — diz, remexendo na bolsa.

Ela dá alguns tropeções, e toda vez ergo as mãos para segurá-la, mas de alguma maneira ela sempre se recompõe.

Ela tira a mão da bolsa e a ergue, balançando um molho de chaves tão perto do meu rosto que chegam a encostar no meu nariz.

— Chaves — diz Auburn. — Achei.

Ela sorri, como se estivesse orgulhosa de si mesma, então sorrio também. Joga o braço em meu peito para que eu pare de andar e aponta para o salão à nossa frente. Passo imediatamente a mão no cabelo para me proteger.

Ela enfia a chave na fechadura, e, infelizmente, a porta se abre com facilidade. Ela a empurra e gesticula para que eu entre primeiro.

— As luzes ficam à esquerda da porta — diz, então me viro para a esquerda e ela acrescenta: — Não, O-wen. A *outra* esquerda.

Contenho o sorriso, estendo o braço para a direita e acendo as luzes. Observo-a andar com determinação até uma das cadeiras. Ela larga a bolsa no balcão, depois segura a parte de trás da cadeira e a gira na minha direção.

— Sente-se.

Isso não é nada bom. Que rapaz deixaria uma garota bêbada se aproximar dele com uma tesoura?

Um rapaz que deu um bolo nessa mesma garota bêbada e que se sente muito culpado por ter feito isso.

Respiro fundo, nervoso, enquanto me sento. Ela me gira até que eu fique de frente para o espelho. Sua mão paira sobre uma seleção de pentes e tesouras, como se ela fosse uma cirurgiã tentando decidir quais instrumentos usar para me operar.

— Você relaxou mesmo com sua aparência — comenta, pegando um pente. Depois para na minha frente e se concentra no meu cabelo enquanto começa a penteá-lo. — Tem tomado banho, pelo menos?

Dou de ombros.

— De vez em quando.

Ela balança a cabeça, desapontada, e estende o braço para trás, procurando a tesoura. Quando se volta para mim, está com uma expressão concentrada. Assim que a tesoura se aproxima, entro em pânico e tento me levantar.

— Owen, pare — ordena, empurrando meus ombros na direção da cadeira.

Tento afastá-la delicadamente com o braço para conseguir ficar de pé, mas Auburn me empurra para baixo mais uma vez. A tesoura continua em sua mão esquerda, e sei que não é proposital, mas está perto demais da minha garganta. Suas mãos estão apoiadas em meu peito, e dá para perceber que acabei de deixá-la irritada com minha tentativa de fuga.

— Você precisa cortar o cabelo, Owen — diz ela. — Está tudo bem. Não vou cobrar, preciso de prática. — Ela ergue a perna e pressiona o joelho na minha coxa, depois ergue a outra e faz o mesmo. — Fique parado.

Após me prender à cadeira, ela se ergue e começa a bagunçar meu cabelo.

Ela pode parar de se preocupar, porque não vou tentar fugir agora que está no meu colo. Isso não vai acontecer.

Seu peito está bem na minha frente, e, apesar de sua camisa de botão não revelar muita coisa, o fato de estar muito próximo de uma parte tão íntima do seu corpo me deixa grudado na cadeira. Levo delicadamente as mãos até sua cintura para mantê-la equilibrada.

Quando toco nela, Auburn para o que está fazendo e olha para mim. Nenhum de nós diz nada, mas sei o que está sentindo. Estou perto demais para não notar sua reação. Ela segura a respiração junto de mim.

Assim que nossos olhos se encontram, Auburn, nervosa, desvia o olhar e começa a cortar meu cabelo. Posso dizer sinceramente que nunca cortaram meu cabelo desse jeito. O pessoal da barbearia não é tão amigável assim.

Sinto a tesoura cortando meu cabelo, e ela bufa.

— Seu cabelo é muito grosso, Owen — diz ela, como se fosse culpa minha e isso a irritasse.

— Você não devia molhar o cabelo primeiro?

Ainda segurando meu cabelo, suas mãos param de se mover assim que faço a pergunta. Ela relaxa e se encolhe até suas coxas encostarem nas panturrilhas. Agora estamos nos encarando. Mantenho as mãos em sua cintura, ela continua no meu colo, e eu permaneço curtindo imensamente a posição desse corte de cabelo espontâneo. No entanto, quando seu lábio inferior começa a tremer, percebo que só eu estou gostando.

Seus braços desabam moles ao lado do corpo, e ela larga a tesoura e o pente no chão. Vejo as lágrimas brotando, e não sei o que fazer para evitá-las, pois não faço ideia de por que surgiram.

— Eu me esqueci de molhar seu cabelo — diz ela, fazendo bico, frustrada. Depois começa a balançar a cabeça para a frente e para trás. — Sou a pior cabeleireira do mundo inteiro, Owen.

E agora está chorando. Leva as mãos ao rosto, tentando esconder as lágrimas, ou sua vergonha, ou as duas coisas. Eu me inclino para a frente e afasto suas mãos do rosto.

— Auburn.

Ela não abre os olhos para me encarar. Mantém a cabeça baixa e a balança, se recusando a me responder.

— Auburn — digo de novo, desta vez levando as mãos até suas bochechas.

Seguro seu rosto e fico impressionado com a maciez da sua pele. Parece uma mistura de seda, cetim e pecado, pressionando as palmas das minhas mãos.

Meu Deus, odeio o fato de já ter estragado tanto as coisas. Odeio não saber como consertar a situação.

Puxo-a na minha direção, e, surpreendentemente, ela permite. Seus braços ainda estão ao lado do corpo, mas seu rosto está enfiado em meu pescoço... Por que estraguei tudo, Auburn?

Acaricio sua nuca e levo os lábios até seu ouvido. Preciso que ela me perdoe, mas não sei se é capaz de fazer isso sem ouvir uma explicação. O único problema é que normalmente eu apenas leio as confissões. Não estou acostumado a escrevê-las, muito menos dizê-las. Mas preciso que ela saiba que eu queria que as coisas fossem diferentes. Queria que tivessem sido diferentes três semanas atrás.

Eu a abraço com força para que ela sinta a sinceridade das minhas palavras.

— Desculpe não ter aparecido.

Ela enrijece no mesmo instante em meus braços, como se meu pedido de desculpas a tivesse deixado sóbria. Não sei se é uma coisa boa ou ruim. Observo atentamente ela erguer o corpo com calma, afastando-se de mim. Fico esperando uma resposta, ou alguma reação, mas ela está muito cautelosa.

Não a culpo. Ela não me deve nada.

Auburn vira a cabeça para a esquerda, tentando se livrar da mão em sua nuca. Eu a afasto, ela se segura nos braços da cadeira e sai dali.

— Você recebeu minha confissão, Owen? — Sua voz está firme, sem as lágrimas que a desgastavam há alguns instantes.

Ao se levantar, ela seca os olhos com os dedos.

— Sim.

Ela assente, comprimindo os lábios. Olha para sua bolsa e a pega junto das chaves.

— Que bom.

Ela começa a andar na direção da porta. Eu me levanto lentamente, com medo de olhar no espelho e conferir o corte inacabado que ela acabou de fazer. Por sorte, ela apaga as luzes antes que eu consiga ver.

— Vou para casa — diz ela, segurando a porta. — Não estou me sentindo muito bem.

CAPÍTULO NOVE

Auburn

Tenho quatro irmãos mais novos, entre 6 e 12 anos. Nasci quando meus pais ainda estavam no colégio, e eles esperaram vários anos para ter mais filhos. Nenhum dos dois fez faculdade, e meu pai trabalha em uma fábrica desde os 18 anos. Por causa disso, crescemos com o dinheiro contado. Muito contado. Tão contado que não podíamos ligar o ar-condicionado à noite. Se alguém reclamava, meu pai dizia que as janelas tinham a mesma função.

Talvez eu tenha herdado seu jeito sovina, mas não tive nenhum problema com isso desde que passei a morar com Emory. Ela estava quase sendo despejada depois que sua antiga colega de apartamento deixou sua metade do aluguel para ela pagar, então coisas como ar-condicionado não são consideradas uma necessidade. E sim um luxo.

Eu não me incomodava com isso quando morava em Portland, mas depois de um mês inteiro convivendo com o clima bipolar do Texas, precisei mudar meus hábitos na hora de dormir. Em vez de usar edredom, durmo com camadas de lençóis. Desse jeito, se ficar quente demais no meio da noite, é só tirar um ou dois lençóis da cama.

Levando tudo isso em consideração, por que estou com tanto frio agora? E por que parece que tem um cobertor de penas em cima de mim? Toda vez que tento abrir os olhos e acordar para descobrir respostas para minhas perguntas, acabo pegando no sono de novo, porque nunca me senti tão confortável. Tenho a sensação de que sou um pequeno querubim, dormindo tranquilamente em uma nuvem.

Espere aí. Eu não devia me sentir como um anjo. Será que estou morta?

Eu me sento depressa na cama e abro os olhos, confusa e assustada demais para me mexer. Mantenho a cabeça totalmente parada e observo o cômodo ao meu redor bem devagar. Vejo a cozinha, a porta do banheiro, a escada que leva ao ateliê.

Estou no apartamento de Owen.

Por quê?

Estou na enorme e confortável cama de Owen.

Por quê?

Eu me viro no mesmo instante e deu uma olhada na cama, mas Owen não está ali, graças a Deus. Em seguida, confiro minhas roupas. Continuo totalmente vestida, graças a Deus.

Pense, pense, pense.

Por que está aqui, Auburn? Por que está sentindo como se alguém tivesse feito sua cabeça de cama elástica durante a noite inteira?

Vou lembrando aos poucos. Primeiro, lembro que levei um bolo. *Vaca.* Eu me lembro de Harrison. Lembro que saí correndo até o banheiro depois que ele me traiu ao ligar para Owen. *Odeio Harrison.* Também lembro que estive no salão e... Ai, meu Deus. Sério, Auburn?

Fiquei no colo dele. No colo dele, cortando seu maldito cabelo.

Levo a mão à testa. Já chega. Nunca mais vou beber. As pessoas fazem idiotices por causa do álcool, e não posso ser vista fazendo idiotices. A coisa mais esperta a se fazer agora seria dar o fora dali, o que é uma pena porque eu queria muito levar essa cama comigo.

Saio dela silenciosamente e vou até o banheiro. Fecho a porta após entrar, e começo a vasculhar as gavetas na esperança de encontrar uma escova de dentes nova, mas não acho. Então uso o dedo, um pouco de pasta de dente e uma quantidade absurda de um enxaguante bucal incrível de gaultéria. Owen tem mesmo um bom gosto incrível para produtos de higiene.

Aliás, onde ele está?

Assim que termino de usar o banheiro, procuro meus sapatos e encontro minha alpargata ao pé da cama. Eu podia jurar que usei salto alto em algum momento ontem à noite. Pois é, definitivamente nunca mais vou beber.

Vou até a escada, torcendo para que Owen não esteja no ateliê. Pelo visto, não está, ou talvez ele tenha saído para evitar nosso encontro quando eu acordasse. Está evidente que ele tem seus motivos para não ter aparecido lá em casa, então duvido de que ele tenha mudado de ideia a respeito do que sente. O que significa que essa deve ser a oportunidade perfeita para dar o fora dali e nunca mais voltar.

— Não pode continuar me evitando, Owen. A gente precisa conversar sobre isso antes da segunda.

Paro na base da escada e me encosto na parede. Merda. Owen ainda está aqui e tem alguém com ele. Por que, por que, por quê? Eu só quero ir embora.

— Sei quais são minhas opções, pai.

Pai? Que ótimo. A última coisa que preciso agora é desfilar, toda envergonhada, na frente do maldito pai de Owen. Isso não é bom. Escuto passos se aproximando, e imediatamente começo a subir a escada de volta, mas os passos desaparecem com a mesma rapidez.

Paro, mas os passos ficam mais altos de novo. Subo mais dois degraus, mas os passos somem.

Quem quer que esteja andando está apenas indo de um lado para outro. Depois de fazer isso várias vezes, a pessoa para.

— Preciso me preparar para fechar o ateliê — diz Owen. — Talvez eu só consiga abrir outra vez daqui a alguns meses, então queria focar somente nisso hoje.

Fechar o ateliê? Volto de forma sorrateira até a base da escada. Estou sendo tão atipicamente enxerida que comecei a me sentir um pouco como Emory.

— Este ateliê devia ser sua última preocupação no momento — diz o pai dele, furioso.

Mais passos.

— O ateliê é minha *única* preocupação agora — diz Owen bem alto.

Ele parece ainda mais zangado que o pai. Os passos cessam.

Seu pai suspira tão pesadamente que eu poderia jurar que o som ecoa pelo local. Há uma longa pausa antes que ele volte a falar:

— Você tem opções, Owen. Só estou tentando ajudá-lo.

Eu não devia estar escutando essa conversa. Não sou o tipo de pessoa que invade a privacidade dos outros, então estou me sentindo culpada. Mas não consigo de jeito algum subir de volta pela escada.

— Está tentando me ajudar? — questiona Owen, rindo, incrédulo. É óbvio que ele não está nada contente com o que o pai disse. Ou com o que não disse. — Quero que vá embora, pai.

Meu coração para completamente. Eu o sinto na garganta. Meu estômago me diz para encontrar outra rota de fuga.

— Owen...

— *Vá embora!*

Fecho os olhos com força. Não sei se sinto pena de Owen ou do seu pai. Não sei sobre o que estão discutindo, e claro que não é da minha conta, mas se vou ter de encarar Owen em breve, quero estar preparada para encarar seu humor, seja qual for.

Passos. Escuto passos novamente, mas alguns se aproximam e outros se distanciam e...

Abro bem devagar um olho e depois o outro. Tento sorrir para Owen, porque ele parece muito frustrado ali parado na base da escada, olhando para mim. Está usando um boné azul, que ergue e vira para trás após passar a mão na cabeça. Ele aperta a própria nuca e expira. Eu nunca o tinha visto de boné, mas ele fica bem assim. Por algum motivo, é difícil imaginar um artista de boné. Mas ele é um artista, e com certeza fica bem com o acessório.

Ele não parece estar tão zangado quanto um minuto atrás, mas certamente parece estressado. Não aparenta ser o mesmo rapaz de olhos arregalados que conheci na porta do ateliê há três semanas.

— Desculpe — digo, tentando pensar em uma desculpa para ter ficado parada aqui, escutando a conversa. — Eu ia embora, aí escutei vocês...

Ele sobe os primeiros degraus, aproximando-se de mim, então paro de falar.

— Por que você vai embora?

Seus olhos procuram os meus, e ele parece desapontado. Fico confusa com sua reação, pois imaginei que ele quisesse que eu fosse embora. E, para ser sincera, não sei por que ele parece confuso com o fato de que quero ir embora depois de ter me deixado três semanas sem notícias dele. Owen não pode esperar que eu queira passar o dia aqui.

Dou de ombros, sem saber o que responder.

— Eu só... Eu acordei e... quero ir embora.

Owen põe a mão no meu ombro, tentando fazer com que eu suba a escada.

— Você não vai a lugar algum — diz ele.

Tenta me fazer subir com ele, mas afasto sua mão de mim. É bem provável que ele tenha reparado na minha expressão de choque, porque não vou receber ordens dele. Abro a boca para falar, mas Owen diz primeiro:

— Você só vai embora depois que ajeitar meu cabelo.

Ah.

Ele tira o boné e passa a mão em seu cabelo cortado.

— Espero que seja melhor cabeleireira quando sóbria.

Tapo a boca com a mão para conter a risada. Há dois buracos enormes no meio do seu cabelo, um na frente e outro no meio da cabeça.

— Desculpe mesmo.

Eu diria que agora estamos quites. Tenho certeza de que destruir um cabelo tão bonito quanto o dele compensa sua atitude babaca de três semanas atrás. Ah, eu me sentiria muito melhor se pudesse pôr as mãos no cabelo de Lydia.

Ele coloca o boné de novo e começa a subir a escada.

— A gente pode ir agora?

Hoje é meu dia de folga, então estou livre para corrigir o estrago que provoquei em seu cabelo, mas é chato ter de ir ao salão quando não estou trabalhando. Emory deixou meu fim de semana livre, porque ontem foi meu aniversário. Ela deve ter feito isso porque a maioria das garotas de 21 anos se diverte no dia do aniversário e quer ter o fim de semana para comemorar. Já faz um mês que estou morando com ela, então se ela ainda não percebeu, logo vai descobrir que não tenho vida social e que não preciso de dias especiais no calendário "para me recuperar".

Percebo que estou parada no degrau e que Owen está no andar de cima, então volto para o apartamento dele. Quando chego ao topo da escada, meus pés param de se mover mais uma vez. Ele está trocando de camisa. Está de costas para mim, tirando a camisa com manchas de tinta. Observo os músculos dos seus ombros se mexerem e se contraírem, e me pergunto se ele nunca pintou um autorretrato.

Eu compraria.

Ele me flagra o encarando no instante em que se vira para pegar outra camisa. Desvio o olhar rapidamente e fica bem óbvio que eu o estava observando, pois agora estou virada para uma parede onde não há nada, e sei que ele está me olhando, e, ai, meu Deus, só quero ir embora.

— Pode ser? — pergunta ele, chamando minha atenção.

— Pode ser o quê? — retruco depressa, aliviada com o som de nossas vozes, que elimina o mar de constrangimento em que eu estava me afogando.

— A gente pode ir agora? Ajeitar meu cabelo?

Ele veste a camisa limpa, e fico desapontada porque agora vou ter de olhar para uma camisa cinza entediante em vez da obra-prima que ela esconde.

Que pensamentos ridículos e superficiais são esses infestando meu cérebro? Não me importo com músculos, barriga tanquinho ou pele lisa. Mas é tudo tão perfeito que me dá vontade de ir atrás do pai dele só para cumprimentá-lo por ter feito um filho tão impecável.

Pigarreio.

— Ahã, a gente pode ir agora. Não tenho nenhum compromisso.

Ficou parecendo mais ridícula ainda, Auburn. Admitir que não tem nada para fazer no sábado, depois de observar cobiçosamente o corpo seminu do garoto... Muito sedutor mesmo.

Ele pega o boné e o coloca na cabeça antes de calçar os sapatos.

— Está pronta?

Assinto e me viro de novo para a escada. Estou começando a odiar essa escada.

Quando ele abre a porta do ateliê, o sol está tão forte que começo a duvidar da minha mortalidade. Fico achando que talvez eu tenha me tornado vampira da noite para o dia. Tapo os olhos com os braços e paro de andar.

— Caramba, está muito claro.

Se isso é uma ressaca, não faço ideia de como alguém vira alcoólatra.

Owen fecha a porta e dá alguns passos na minha direção.

— Tome — diz ele, colocando o boné na minha cabeça e ajeitando-o para perto dos meus olhos. — Isso deve ajudar.

Ele sorri, e tenho um vislumbre do seu incisivo esquerdo torto, o que me faz sorrir, apesar de a minha cabeça odiar quando mexo algum músculo do rosto. Ergo a mão e ajeito o boné, puxando-o um pouco mais para baixo.

— Obrigada.

Ele abre a porta, e volto o olhar para meus pés, evitando o sol. Saio do ateliê e espero Owen trancá-lo, e depois a gente começa a andar. Felizmente, estamos andando na direção oposta ao sol, então consigo olhar para cima e prestar atenção no caminho.

— Como está se sentindo? — pergunta Owen.

Demoro uns seis passos para responder:

— Confusa. Por que diabo as pessoas bebem se no dia seguinte ficam se sentindo assim?

Continuo contando meus passos, e ele me responde depois de uns oito:

— É escapismo.

Olho de relance para ele, mas logo me volto para a frente, pois virar a cabeça também não é nada agradável.

— Entendo, mas será que realmente vale a pena sentir a ressaca do dia seguinte por algumas horas de esquecimento?

Ele fica em silêncio durante oito passos. Nove. Dez. Onze.

— Acho que depende da situação da qual a pessoa está tentando escapar.

Que profundo, Owen.

Eu diria que minha realidade é péssima, mas definitivamente não é tão ruim para que eu queira aguentar aquilo todas as manhãs. Talvez isso explique por que as pessoas se tornam alcoólatras. Elas bebem para escapar da dor emocional que estão sentindo, e no dia seguinte fazem tudo de novo para se livrar da dor física. Então bebem mais e com mais frequência, e logo estão bêbadas o tempo inteiro, e sua realidade passa a ser tão ruim quanto a realidade da qual estava tentando escapar para início de conversa, se não tiver ficado ainda pior. Mas então precisam escapar do escapismo, portanto precisam de algo ainda mais forte que álcool. E talvez seja por isso que os alcoólatras acabam se viciando em drogas.

Um círculo vicioso.

— Quer conversar sobre isso? — questiona ele.

Não cometo o erro de olhar para ele de novo, mas fico curiosa com a pergunta.

— Conversar sobre o quê?

— Sobre do que você estava tentando escapar ontem à noite — diz ele, olhando para mim.

Balanço a cabeça.

— Não, Owen. Não quero. — Então olho para ele, por mais que minha cabeça doa quando faço isso. — Você quer conversar sobre por que vai fechar o ateliê?

Minha pergunta o surpreende. Percebo isso em seus olhos antes que ele desvie a vista.

— Não, Auburn. Não quero.

Nós dois paramos de andar quando chegamos ao salão. Ponho a mão na porta e tiro o boné. Coloco-o na cabeça dele, apesar de precisar ficar nas pontas dos pés para isso.

— Adorei nosso papo. Mas agora vamos calar a boca e dar um jeito no seu cabelo.

Ele abre a porta para que eu entre primeiro.

— Exatamente o que eu estava pensando.

Entramos no salão, e gesticulo para que ele me acompanhe. Sei que seu cabelo vai colaborar bem mais se estiver molhado, então o levo direto para onde ficam os lavatórios. Sinto Emory me observando quando passamos por ela, e me pergunto por que não surtou quando não voltei para casa ontem, ou pelo menos por que não me ligou com um código.

Antes que Emory tenha a chance de gritar comigo, peço desculpas ao passar por ela.

— Desculpe por não ter ligado ontem à noite — digo baixinho.

Ela olha para Owen atrás de mim.

— Não se preocupe. Alguém fez questão de avisar que você estava viva.

Eu me viro imediatamente e olho para Owen. Quando ele dá de ombros, fica óbvio que foi ele quem avisou Emory. Não sei se gosto disso, pois foi mais um gesto atencioso e, assim, fica ainda mais difícil continuar zangada com ele.

Quando chegamos aos fundos, todos os lavatórios estão vazios, então vou até o mais distante. Endireito a altura e depois gesticulo para que Owen se sente. Ajusto a temperatura da água e observo-o inclinar a cabeça para trás na reentrância do lavatório. Mantenho os olhos fixos em qualquer coisa que não seja seu rosto e começo a molhar seu cabelo. Ele não para de olhar para mim enquanto passo as mãos pelos fios, formando uma espuma densa com o xampu. Já tem mais de um mês que faço isso, e a maioria dos clientes do salão é mulher. Jamais tinha percebido como lavar o cabelo de alguém pode ser algo íntimo.

Mas, ao mesmo tempo, ninguém fica me encarando descaradamente enquanto tento trabalhar. Saber que ele está observando cada movimento que faço me deixa incrivelmente nervosa. Minha pulsação acelera, e minhas mãos ficam inquietas. Depois de algum tempo, ele abre a boca para falar e pergunta baixinho:

— Está com raiva de mim?

Minhas mãos interrompem o movimento. É uma pergunta muito infantil. Parece que somos crianças dando gelo uma na outra. Mas, para uma pergunta tão simples, é bem difícil encontrar a resposta.

Eu estava com raiva três semanas atrás. Eu estava com raiva ontem à noite. Mas agora não estou mais. Na verdade, ficar perto dele e reparar o jeito que ele me olha me faz pensar que deve ter tido um motivo muito bom para não ter ido até meu apartamento, e que não teve nada a ver com o que ele sente por mim. Eu queria que ele se explicasse, só isso.

Dou de ombros enquanto recomeço a passar xampu no seu cabelo.

— Estava — digo. — Mas você me avisou, não foi? Você disse que tudo vinha antes das garotas. Então raiva pode ser um pouco demais. Desapontada, sim. Irritada, sim. Mas não estou com raiva.

Minha explicação foi detalhada demais. Ele não merecia isso.

— Eu disse que o trabalho era minha prioridade número um, mas não falei que era um babaca. Aviso com antecedência à garota quando preciso de espaço para trabalhar.

Dou uma olhada em Owen, depois foco minha atenção no condicionador. Ponho um pouco nas mãos e espalho no seu cabelo.

— Então você faz a gentileza de avisar às namoradas que está prestes a desaparecer, mas não faz a gentileza de avisar às garotas que *não* estão transando com você?

Estou passando o condicionador em seu cabelo com menos delicadeza do que deveria.

Acho que mudei de ideia... Agora fiquei com raiva.

Ele balança a cabeça e se senta no lavatório, virando-se para mim.

— Não foi isso que eu quis dizer, Auburn. — Tem água escorrendo na lateral do seu rosto. Escorrendo pelo seu pescoço. — Eu quis dizer que não fiquei sem dar notícias por causa da minha arte. Não foi isso o que aconteceu. Não quero que ache que eu não queria voltar lá, porque eu queria.

Cerro o maxilar e fico rangendo os dentes.

— Você está molhando tudo — digo, puxando-o de volta para o lavatório e depois começo a enxaguar seu cabelo.

Mais uma vez, ele não para de me encarar, mas não quero fazer contato visual. Não me importo com sua desculpa, pois, sinceramente, não quero me envolver com ninguém no momento. Mas, droga, eu me importo, sim. Quero saber por que ele não apareceu na minha casa e por que não se deu o trabalho de entrar em contato comigo depois.

Termino de lavar seu cabelo e mando a espuma ralo abaixo.

— Pode se sentar.

Ele obedece, e eu pego uma toalha para remover o excesso de água do seu cabelo. Depois jogo a toalha no cesto do outro lado do cômodo e tento me posicionar às suas costas, mas Owen agarra meu punho e me faz parar. Ele se levanta, sem me soltar.

Não me afasto dele. Sei que deveria, mas estou curiosa demais para descobrir o que ele vai fazer, portanto não me importo com o que eu devia fazer. Também não me afasto porque amo o fato de que qualquer toque de Owen me deixa sem fôlego.

— Menti para você — confessa ele baixinho.

Não gosto das suas palavras e, certamente, não gosto da sinceridade que vejo em seu rosto.

— Eu não... — Ele semicerra os olhos, pensando, e exala devagar. — Não voltei na sua casa porque achei que não fazia sentido. Vou me mudar na segunda.

Ele diz o resto da frase como se estivesse louco para fazer isso. Não gosto da sua confissão. Nem um pouco.

— Vai se mudar? — pergunto, num tom de voz completamente desapontado.

Sinto como se tivesse acabado de levar um pé na bunda, sendo que nem sequer tenho namorado.

— Vai se mudar? — indaga Emory.

Eu me viro e a vejo trazer uma cliente para o lavatório, encarando Owen, esperando uma resposta. Eu me viro para ele novamente e percebo que seu momento de sinceridade acabou por enquanto. Eu me afasto dele e saio dali, indo até minha cadeira. Ele me acompanha em silêncio.

Nenhum de nós diz nada enquanto penteio seu cabelo e tento descobrir como consertar o estrago que fiz ontem à noite. Vou ter de cortar quase tudo. Ele vai ficar muito diferente, e não sei se gosto muito do fato de que vai ficar com o cabelo bem mais curto.

— Vai ficar curto — digo. — Fiz um tremendo estrago.

Ele ri, e sua risada era exatamente do que eu precisava naquele momento, pois alivia o clima pesado do que aconteceu lá trás.

— Por que deixou que eu fizesse isso?

Ele sorri para mim.

— Era seu aniversário. Eu teria feito qualquer coisa que você pedisse.

O Owen Sedutor está de volta, e é algo que amo e odeio ao mesmo tempo. Dou um passo para trás com o intuito de observar seu cabelo. Quando tenho certeza de como consertá-lo, me viro e pego o pente e a tesoura, que estão no lugar de sempre. Eu me lembro de largá-los no chão ontem à noite, e percebo que é bem provável que Emory tenha encontrado uma bagunça hoje de manhã. Não varri o cabelo de Owen que cortei antes de irmos embora do salão, mas não tem nada aqui, portanto vou ter de agradecer a ela mais tarde.

Começo a cortar seu cabelo e me esforço para me concentrar nisso, e não em Owen. Em algum momento entre o início do corte e agora, Emory voltou para sua cadeira. Ela está sentada, nos observando. Chuta o armário para pegar impulso e começa a girar.

— Você vai se mudar para sempre ou só por um tempo? — pergunta Emory.

Owen olha para mim e ergue a sobrancelha.

— Ah — digo, esquecendo que eles ainda não foram oficialmente apresentados um ao outro. Aponto para minha amiga.

— Owen, esta é Emory. A garota esquisita que mora comigo.

Ele assente discretamente e olha na direção dela sem virar muito o corpo. Deve estar se mexendo o mínimo possível por ter medo de que eu estrague ainda mais seu cabelo.

— Provavelmente alguns meses — responde ele. — Não é permanente. É por causa do trabalho.

Emory franze a testa.

— Que pena — diz ela. — Já gosto bem mais de você que do outro cara.

Arregalo os olhos e viro a cabeça na direção dela.

— Emory!

Não acredito que ela acabou de dizer isso.

Aos poucos Owen volta a prestar atenção em mim e ergue a sobrancelha.

— Outro cara?

Balanço a cabeça e gesticulo, fazendo pouco caso.

— Ela está mal informada. Não tem nenhum outro cara. — Fulmino-a com o olhar. — Não pode existir outro cara, porque não existe cara nenhum.

— Ah, fala sério! — Ela apoia o pé no armário e para de girar. Depois aponta para Owen. — Ele é um cara. Um cara com quem, pelo visto, você passou a noite. Um cara que acho bem mais gente boa que aquele outro, e um cara que vai deixar você triste quando se mudar.

Qual é o problema dessa garota? Sinto Owen me encarando, mas estou com vergonha demais para olhar para ele. Então fulmino Emory com o olhar mais uma vez.

— Eu estava até começando a respeitar você por nunca fazer fofoca.

— Não é fofoca se estou falando na cara dos dois. Isso se chama conversa. Estamos discutindo como vocês se sentem atraídos um pelo outro e querem se apaixonar feito... feito...

dois... — Ela faz uma pausa e balança a cabeça. — Sou péssima com metáforas. Vocês querem se apaixonar, mas agora ele tem de se mudar e você está triste. Mas não precisa ficar triste porque, graças a mim, sabe que ele só vai passar alguns meses longe. Não é para sempre. É só não ceder para o outro cara primeiro.

Owen está rindo, mas eu não. Pego o secador para abafar suas palavras, e acabo de arrumar o cabelo dele, que está curto, mas ficou ótimo. Seus olhos ganharam ainda mais destaque. Muito mais. Parecem mais brilhantes. Tanto que estou achando bem difícil não os encarar.

Desligo o secador, e imediatamente Emory começa a falar:

— E quando vai se mudar, Owen?

Ele me encara enquanto responde:

— Segunda.

Emory dá um tapa no braço na cadeira.

— Perfeito — diz ela. — Auburn está de folga hoje e amanhã. Podem passar o fim de semana inteiro juntos.

Não digo para ela calar a boca, porque sei que não adiantaria. Vou para trás de Owen, desamarro a capa em volta dele e a guardo numa gaveta, enquanto a fulmino com um olhar mortal.

— Até que eu gosto dessa ideia — diz Owen.

Sua voz me faz temer pela segurança do mundo, pois o suprimento de oxigênio deve estar acabando de tanto que preciso respirar fundo toda vez que o escuto. Olho para ele pelo espelho. Owen está se inclinando para a frente na cadeira, encarando meu reflexo.

Ele quer passar o fim de semana comigo? Nem morta. Se fizermos isso, outras coisas vão acontecer, e acho que ainda não estou pronta para essas outras coisas. Além do mais, estarei ocupada com... Merda. Não tenho nenhum compromisso. Este é o fim de semana em que Lydia vai para Pasadena. Nem sequer tenho essa desculpa.

— Olhe só ela tentando inventar alguma desculpa — comenta Emory, achando graça.

Os dois estão me encarando, esperando minha resposta. Ergo o boné de Owen, coloco-o na cabeça e ando até a porta do salão. Não devo nenhum final de semana a Owen, e definitivamente não sou a atração do circo particular de Emory. Abro a porta e sigo até meu apartamento, que fica na mesma direção do ateliê de Owen, então não me surpreendo quando ele surge ao meu lado.

Nossos passos se sincronizam, e começo a contá-los. Eu me pergunto se iremos até o ateliê em silêncio.

Treze, catorze, quinze...

— No que está pensando? — pergunta ele baixinho.

Paro de contar nossos passos porque não estou mais andando. Nem Owen, pois ele está parado bem na minha frente, olhando para mim com seus enormes e chamativos olhos-de--Owen que o corte de cabelo acabou de criar.

— Não vou passar o fim de semana com você. Nem acredito que você seria capaz de sugerir isso.

Ele balança a cabeça.

— Não sugeri. Foi sua colega de apartamento sem noção que fez isso. Eu só falei que gostei da ideia.

Bufo e cruzo os braços com firmeza. Olho para a calçada entre nós e tento descobrir por que estou tão furiosa. Sair de perto dele não vai me deixar menos brava, na verdade, esse é o problema. Pensar em passar o fim de semana com ele me anima, e o fato de não conseguir pensar em nada que me faça achar que isso é uma má ideia me deixa furiosa. Acho que ainda sinto que ele me deve uma explicação melhor. Ou uma desculpa melhor. Se Harrison não tivesse ligado para ele ontem à noite, eu provavelmente nunca mais teria recebido notícias suas, nem encontrado mais com ele. E isso destrói minha autoconfiança, então acho difícil simplesmente aceitar que de repente ele quer passar algum tempo comigo.

Descruzo os braços e apoio as mãos nos quadris, depois olho para ele.

— Por que pelo menos não me avisou que ia se mudar antes de me dar um bolo?

Sei que ele tentou se explicar mais cedo, mas não foi o suficiente, porque continuo chateada. Claro que talvez ele não quisesse começar nada se estava prestes a se mudar, mas, se esse for o caso, ele nunca devia ter dito que ia passar lá em casa de novo na noite seguinte.

Sua expressão não muda, mas ele se aproxima.

— Não fui para sua casa na noite seguinte porque gosto de você.

Fecho os olhos e baixo a cabeça, desapontada.

— Que resposta idiota — murmuro.

Ele dá mais um passo para perto de mim, e para bem ali, bem na minha frente. Ao falar novamente, sua voz sai tão baixa que a sinto no meu estômago:

— Eu sabia que ia me mudar, e gosto de você. Essas duas coisas não combinam muito. Eu devia ter avisado que não ia passar de novo na sua casa, mas não tinha o telefone.

Boa tentativa.

— Você sabia onde eu morava.

Ele não responde, apenas suspira. Muda a posição dos pés, e finalmente permito que meu olhar percorra o corajoso caminho até seu rosto. Na verdade, ele parece bem arrependido, mas sei muito bem que não devo confiar na expressão de homem algum.

A única coisa confiável são suas atitudes, e até agora ele não demonstrou ser muito digno de confiança.

— Fiz besteira — diz ele. — Desculpe.

Pelo menos ele não está inventando uma desculpa. Acho que é necessário um pouco de honestidade para admitir que errou, mesmo que a pessoa não seja muito direta em relação ao *motivo* do erro. E esse é o caso dele.

Não sei em que momento se aproximou tanto de mim, mas ele está tão perto — tão perto — que algum pedestre acharia que estamos no meio do término de um namoro ou prestes a nos beijar.

Passo por ele e começo a andar novamente até chegarmos ao ateliê. Não sei por que paro ao chegarmos diante da porta. Eu devia continuar andando. Devia andar até meu apartamento, mas não é o que faço. Ele destranca a porta e olha por cima do ombro para garantir que ainda estou aqui.

Eu não devia estar. Devia estar me distanciando do que sei que podem ser os melhores dias que tive em bastante tempo, mas que trarão uma das piores segundas-feiras que tive em bastante tempo.

Se eu passar o fim de semana com ele, vai ser exatamente como minha experiência com a bebida ontem à noite. Vai ser divertido e empolgante enquanto durar, e vou me esquecer de todas as outras coisas enquanto estiver com ele, mas depois a segunda-feira vai chegar. Ele vai se mudar, e vou ficar com uma ressaca de Owen muito pior que a ressaca de Owen que eu teria se simplesmente me afastasse dele agora.

Ele abre a porta do ateliê, e sinto uma rajada de vento frio, o que me atrai a entrar. Olho para o interior do ateliê e para Owen. Ele percebe a apreensão em meus olhos e estende a mão para mim. Entra comigo no ateliê e, por algum motivo, não resisto. A porta se fecha atrás de nós, e somos engolidos pela escuridão.

Escuto meu coração, porque tenho certeza de que está batendo tão alto que chega a fazer eco. Sinto Owen parado perto de mim, mas nenhum de nós se mexe. Escuto sua respiração, sinto sua proximidade, sinto o cheiro de limpeza do condicionador misturado com o que quer que seja que o deixa com o mesmo perfume da chuva.

— Está com dúvidas sobre passar o fim de semana com alguém que mal conhece? Ou com a ideia de passar o fim de semana comigo em particular?

— Não estou com medo por ser você, Owen. Estou *considerando* porque é você.

Ele dá um passo para trás, e, após meus olhos já terem se ajustado à escuridão, consigo ver claramente seu rosto. Ele está esperançoso. Animado. Sorrindo. Como dizer não àquela expressão?

— E se por enquanto eu concordar somente em passar o dia com você? Depois a gente vê.

Ele ri da minha sugestão, como se achasse idiota que eu não queira ficar o fim de semana inteiro com ele depois de passarmos um dia juntos.

— Que gracinha, Auburn — diz ele. — Mas tudo bem.

Ele exibe um sorriso largo quando me puxa para perto. Põe os braços ao meu redor e me ergue do chão, me deixando sem ar. Depois me coloca de novo no chão e abre a porta.

— Venha. Vamos passar na Target.

Faço uma pausa.

— Na Target?

Ele sorri e ajusta o boné na minha cabeça enquanto me empurra para debaixo do sol novamente.

— Não tenho com o que alimentar você. Então vamos fazer compras.

CAPÍTULO DEZ

Owen

Estou perdendo a conta das mentiras que ando inventando para ela, e mentir para alguém como Auburn não é algo que eu faria normalmente. Mas eu não tinha ideia de como lhe revelar a verdade. Fiquei com medo de fazer com que ela fosse embora, e estava com medo de admitir que, na verdade, não vou me mudar na segunda. A realidade é que estarei no tribunal na segunda. E, depois da audiência, vou para a cadeia ou para a reabilitação, dependendo de quem conseguir o que quer. Eu ou Callahan Gentry.

Quando meu pai passou no ateliê hoje de manhã, tomei o cuidado de não revelar demais, pois eu sabia que Auburn podia escutar. No entanto, manter a calma foi mais difícil do que eu esperava. Só queria que ele visse como a situação está me deixando abalado. Eu queria lhe agarrar a mão, fazê-lo subir a escada e apontar para ela, dormindo na minha cama. Eu queria dizer: "Olhe só para ela, pai. Olhe o que seu egoísmo está me custando." Em vez disso, fiz o que sempre faço. Permiti que as lembranças da minha mãe e do meu irmão me convencessem a não o confrontar. Eles são minha desculpa. São a desculpa do meu pai. Há anos que são as desculpas de nós dois, e receio que, se eu não encontrar uma maneira de parar de usar aquela noite como desculpa, Callahan e Owen Gentry nunca mais serão pai e filho.

Porém, nada me deixou com mais vontade de mudar essa vida que ela. Por mais que eu tenha tentado, por mais que eu tenha pensado a respeito, por mais que eu me sinta derrotado toda vez que minha culpa vence, jamais me senti tão forte como acontece quando estou com ela. Nunca senti que tenho um propósito da forma que sinto quando estou com ela. Penso nas primeiras palavras que falei para ela quando apareceu na porta do meu ateliê: "Você está aqui para me salvar?" *Está, Auburn?* Com certeza é o que parece, e faz muito tempo que não sinto nenhum pingo de esperança.

— Para onde você vai? — pergunta ela.

Sua voz poderia ser usada como uma forma de terapia. Estou convencido disso. Ela poderia entrar num quarto cheio de pessoas com depressão profunda, e tudo que precisaria fazer para curá-las seria abrir um livro e ler em voz alta.

— Para a Target.

Ela dá um tapa em meu ombro e ri, e fico feliz por ver esse seu lado novamente. Ela quase não riu o dia inteiro.

— Não estou falando de agora, seu bobo. Quero saber de segunda-feira. Para onde você vai? Para onde vai se mudar?

Olho para o outro lado da rua.

Encaro o céu.

Foco nos meus pés.

Olho para qualquer lugar que não sejam seus olhos, porque não quero mentir de novo para ela. Já menti uma vez hoje, e não vou conseguir repetir isso.

Estendo o braço e seguro sua mão. Ela permite, e o mero fato de saber que ela não me deixaria segurar sua mão se soubesse a verdade faz com que eu me arrependa de ter mentido para ela em primeiro lugar. No entanto, quanto mais espero para admitir a verdade, mais difícil fica.

— Auburn, não quero responder a essa pergunta, está bem?

Continuo encarando meus pés, sem querer que ela veja em meu rosto que a considero louca por topar passar o fim de semana comigo, porque ela merece muito mais do que sou capaz de dar. Porém, não acho que ela mereça alguém melhor que eu. Acho que ela seria perfeita para mim e que eu seria perfeito para Auburn, mas ela não merece fazer parte de todas as escolhas erradas que fiz na vida. Então, até descobrir como corrigir todos os meus erros, tudo que mereço com ela são dois dias. E sei que ela disse que íamos focar no dia de hoje antes que ela decidisse passar o fim de semana inteiro comigo, mas acho que nós dois sabemos que isso é o maior papo furado.

Ela aperta minha mão.

— Se não vai me contar por que vai se mudar, também não vou relevar por que me mudei para cá.

Eu estava querendo aprender tudo o que há para saber sobre ela neste fim de semana. Já tinha perguntas prontas para serem disparadas, mas vou precisar recuar, porque não vou contar sobre minha vida de jeito nenhum. Pelo menos, não agora.

— É justo — argumento, finalmente conseguindo olhar para ela de novo.

Ela sorri e aperta minha mão mais uma vez, e, porra, Auburn, você está tão linda que não dá para aguentar. Sem preocupações, sem raiva, sem culpa. O vento sopra uma mecha do seu cabelo na boca, e ela a afasta com a ponta dos dedos. Vou pintar este momento mais tarde.

Mas agora vou levá-la à Target para fazermos compras.

Porque ela vai ficar comigo.

O fim de semana inteiro.

~

Ela é moderada em relação a muitas coisas, mas nem um pouco quando o assunto é comida. Sei que ela tem noção de que só vai passar dois dias na minha casa, mas mesmo assim pegou comida suficiente para duas semanas.

Eu permito, porque quero que aquele seja o melhor fim de semana da sua vida, e pizza congelada e cereal certamente me ajudarão a tornar isso realidade.

— Acho que está bom. — Ela olha para o carrinho, remexendo nas coisas, conferindo se pegou tudo que queria. — Mas a gente vai ter de voltar de táxi. Não conseguimos carregar tudo isso.

Viro o carrinho logo antes de chegarmos à fila do caixa.

— A gente se esqueceu de uma coisa — digo.

— Como? Compramos a loja inteira.

Sigo na direção oposta.

— Seu presente de aniversário.

Espero que ela venha correndo atrás de mim e proteste, como a maioria das garotas provavelmente faria. Em vez disso, começa a bater palmas. Acho que talvez tenha dado um gritinho também. Ela agarra meu braço com ambas as mãos e pergunta:

— Quanto posso gastar?

Seu entusiasmo me lembra de uma vez em que meu pai me levou com Carey para a loja de brinquedos Toys "R" Us. Carey era dois anos mais velho, mas a diferença entre nossos aniversários era só de uma semana. Nosso pai fazia coisas assim, quando Callahan Gentry sabia ser pai. Eu me lembro de uma vez em particular em que ele queria transformar a compra dos presentes numa brincadeira. Disse para a gente escolher um número de corredor e um número de prateleira, e falou que poderíamos escolher o que quiséssemos daquela prateleira específica. Carey foi primeiro, e a gente acabou parando no corredor de Lego, típico golpe de sorte do meu irmão. Quando foi minha vez, não me dei tão bem. Meus números nos levaram para o corredor das Barbies, e dizer que fiquei chateado é pouco. Carey era o tipo de irmão que, quando não estava me batendo, costumava ser extremamente protetor. Ele olhou para meu pai e disse:

"E se a gente invertesse os números? Então, em vez de corredor quatro e prateleira três, a gente pudesse ir para a prateleira quatro do corredor três."

Meu pai sorriu com orgulho.

"Está parecendo um advogado, Carey."

Fomos até o corredor três, que era o de esportes. Nem lembro o que acabei escolhendo. Só me lembro daquele dia e de como, apesar do meu momento de pavor no corredor das Barbies, no fim aquela se tornou umas das melhores lembranças que tenho de nós três.

Seguro a mão dela e paro de empurrar o carrinho.

— Escolha um número de corredor.

Ela ergue a sobrancelha e olha para trás, tentando espiar as placas dos corredores, mas bloqueio sua visão.

— Sem trapacear. Escolha um número de corredor e um de prateleira. Vou comprar o que você quiser dessa prateleira.

Ela sorri. Gostou da brincadeira.

— Número treze da sorte — diz ela. — Mas como vou saber quantas prateleiras existem?

— Tente adivinhar. Talvez você tenha sorte.

Ela aperta o lábio inferior entre o polegar e o indicador, fixando o olhar em mim.

— Se eu disser prateleira um, é a mais alta ou a mais baixa?

— A mais baixa.

Ela sorri e seu olhar se anima.

— Então vai ser corredor treze e prateleira dois.

Ela está tão animada que eu até poderia pensar que jamais ganhou um presente. Fica mordendo o lábio inferior para não demonstrar todo o seu entusiasmo.

Meu Deus, ela é encantadora.

Eu me viro, e estamos do outro lado do corredor treze.

— Deve ser esportes ou eletrônicos.

Ela dá um pulinho e diz:

— Ou joias.

Ah, merda. A seção de joias fica perto dos eletrônicos. Talvez este seja o presente de aniversário mais caro que já comprei. Ela larga minha mão, pega o carrinho e começa a empurrá-lo mais depressa.

— Ande logo, Owen.

Se eu soubesse que ela ficava tão animada assim com presentes de aniversário, teria comprado um para ela no dia em que nos conhecemos. E todos os dias desde então.

Ainda estamos andando na direção do corredor treze quando passamos pelas joias e pelos eletrônicos, eliminando essas duas possibilidades. Paramos no corredor doze, e, apesar de estarmos diante do setor de esportes, ela continua empolgada.

— Estou tão nervosa! — diz ela, indo até o corredor treze na ponta dos pés.

Ela dá a volta no corredor e espia o próximo. Depois se vira de novo para mim e abre um sorriso enorme.

— Barracas de camping!

Em seguida ela desaparece.

Vou atrás e dou a volta no corredor com o carrinho, mas Auburn já está tirando uma da prateleira.

— Quero essa aqui — diz, animada. Mas depois a coloca de volta na prateleira. — Não, não, quero essa — murmura para si mesma. — Azul é a cor preferida dele.

Ela pega a azul, e eu até a ajudaria, mas não sei se consigo me mover. Ainda estou tentando assimilar suas palavras.

Azul é a cor preferida dele.

Quero perguntar quem é ele, e por que ela está pensando em acampar com alguém que prefere a cor azul, azul, apenas azul. Mas não digo nada, pois não tenho o direito de falar algo. Ela está me dando dois dias, não o resto da sua vida.

Dois dias.

Isso não vai ser o suficiente para mim, Auburn. Já consigo perceber. E essa pessoa que gosta de azul, quem quer que seja, não vai ter nenhuma chance nessa barraca, porque vou garantir que ela só pense em uma coisa quando vir uma barraca novamente: Oh My God.

～

Coloco todas as compras num táxi e me viro para pegar a barraca. Mas ela a retira das minhas mãos antes que eu possa guardá-la no porta-malas.

— Eu vou carregar isso. Quero passar no meu apartamento antes de ir para o seu, então vou levá-la comigo.

Olho para as compras e depois para ela.

— Por quê?

Fecho o porta-malas e noto suas bochechas corarem enquanto ela dá de ombros.

— Pode me deixar lá primeiro? Daqui a umas duas horas encontro você no seu apartamento.

Não quero deixá-la em casa. Auburn pode acabar mudando de ideia.

— Posso — concordo. — Claro.

Dou a volta para abrir a porta do carro. Acho que ela percebe que não quero que vá para casa, mas estou tentando disfarçar meu desapontamento. Quando entro no táxi, seguro sua mão e fecho a porta. Auburn diz o endereço para o motorista.

Estou olhando pela janela quando sinto ela apertar minha mão.

— Owen?

Eu me viro para ela, que exibe um sorriso tão meigo que faz meu maxilar doer.

— Só quero tomar um banho e pegar algumas roupas antes de ir para a sua casa. Mas prometo que vou mesmo, está bem?

Auburn está com uma expressão tranquilizadora.

Assinto, sem saber se devo acreditar. Talvez seja sua maneira de revidar o bolo que levou de mim. Ela não deixa de notar a hesitação em meus olhos e ri.

— Owen Mason Gentry — diz, tirando a barraca do colo e empurrando-a para o lado. Ela se senta em meu colo, e eu agarro sua cintura, sem ter ideia de qual é sua intenção, mas não estou preocupado o bastante a ponto de pará-la. Ela me encara nos olhos enquanto segura as laterais do meu rosto. — É melhor parar de se preocupar. E de duvidar.

Sorrio.

— Rimou.
Ela cai na gargalhada, e, por acaso, já falei que a amo? Não, não falei. Porque isso seria loucura. E impossível.
— Pra rimas, sou muito esperta — revela, sorrindo. — É só saber a hora certa. — Ela apoia as mãos em meu peito e olha para o teto do carro por um segundo, refletindo sobre o que vai dizer antes de me encarar nos olhos novamente. — Então, Owen, em mim você pode confiar. Meu desejo por você só faz aumentar.
Ela está tentando ser sedutora, e isso dá certo, mas também não consegue parar de rir de si mesma, o que é melhor ainda.
O táxi para na frente do seu apartamento. Ela estende o braço na direção da barraca, mas agarro seu rosto e a puxo na minha direção, aproximando meus lábios do seu ouvido.
— Então tome banho e esteja lá em casa daqui a uma hora exatamente. E aí, você, Auburn Mason Reed, será devorada completamente.
Quando me afasto e olho para ela, seu sorriso já desapareceu. Ela engole em seco de forma dramática, e sua reação às minhas palavras me faz sorrir. Abro a porta de trás, e ela sai do transe.
— Você é muito competitivo, Owen.
Ela se inclina sobre o banco e pega a barraca. Após Auburn sair do táxi, sorrio para ela, que retribui meu sorriso, mas nenhum dos dois se despede. Só vou me despedir dela uma vez, e vai ser na segunda-feira de manhã.

Estou prestes a tocar sua campainha. Sei que se passou apenas uma hora, e que ela ainda nem teve tempo de voltar para meu ateliê, mas não consegui parar de pensar que ela vai percorrer todo o caminho sozinha. Odeio o fato de que ela faz aquele percurso duas vezes por dia por causa do trabalho.

Mas não quero apressá-la, e não quero que ela ache que apareci lá porque duvidava dela. Talvez eu devesse me sentar na escada e esperar que ela abra a porta. Assim, vai parecer que cheguei bem na hora em que ela estava saindo. E, além disso, se no fim das contas ela não abrir a porta, vou saber que mudou de ideia daqui a duas horas. Se isso acontecer, posso simplesmente ir embora, e ela nunca vai saber que estive aqui, para início de conversa.

Mas e se ela já tiver saído e eu não tiver visto porque ela pegou um táxi? Ela pode estar no meu ateliê, e eu fiz essa burrice de aparecer na casa dela. *Merda.*

— Você quer entrar?

Eu me viro depressa e encontro Emory parada no corredor, me encarando. Está com a bolsa numa das mãos e as chaves na outra.

— Auburn ainda está aqui?

Emory assente e abre mais a porta.

— Ela está no quarto. Acabou de sair do banho.

Hesito, não me sentindo à vontade para entrar no apartamento dela sem que ela saiba disso. Emory percebe a hesitação em meu rosto, então se inclina para dentro de casa.

— Auburn! Aquele cara com quem você devia transar está aqui! O policial não, o outro!

O policial.

Emory se vira para mim novamente e assente, como se dissesse "de nada". Eu até diria que gosto dela, se não mencionasse o "outro" cara toda vez que abre a boca. Será que ele é o que gosta de azul?

Escuto Auburn resmungar dentro do apartamento.

—Juro por Deus, Emory, que você precisa ter mais tato com as pessoas — Ela aparece na soleira da porta, e Emory se afasta, na direção da saída. Seu cabelo está molhado, e ela trocou de roupa. Continua de calça jeans e com uma regata simples, mas são diferentes das que usava mais cedo. Gosto que ela seja tão casual. Está me olhando dos pés à cabeça. — Não se passou nem uma hora, Sr. Impaciente.

Auburn não parece irritada, o que é bom. Ela gesticula para que eu entre, então a acompanho pelo apartamento.

— Eu ia esperar lá fora — digo.

Ela entra no quarto e volta com uma mochila. Joga-a no balcão e se vira para mim, em expectativa.

— Eu estava entediado — confesso. — Pensei em acompanhar você até o ateliê.

Seus lábios se curvam, formando um sorriso.

— Você está muito a fim de mim, Owen. Segunda-feira vai ser um dia péssimo pra você — diz ela em tom de brincadeira, sem ter ideia de que está certa. — Ah! — Ela se vira para a sala e pega a barraca no sofá. — Me ajude a montar antes de ir. — Ela vai até o quarto com a barraca nas mãos. — É pequena, não vai demorar.

Balanço a cabeça, confuso, sem entender por que ela quer montar uma barraca dentro do próprio quarto. Mas ela não parece se incomodar com isso, então não questiono. Por que qual garota não merece uma barraca dentro do quarto?

— Quero que fique aqui.

Ela aponta para um local perto da cama enquanto chuta um tapete de yoga para fora do caminho. Dou uma olhada no quarto, tentando descobrir o que dá para saber sobre ela sem ter de perguntar. Não tem nenhuma foto na parede nem na cômoda, e a porta do armário está fechada. Parece que certo dia ela decidiu que se mudaria de Portland, e não trouxe nada quando veio. Por que será? Não foi uma mudança definitiva?

Ajudo-a a desembalar a barraca. Não percebi na loja, mas é uma barraca bem pequena. Cabem duas pessoas lá dentro, com uma divisória opcional no meio. Nós a montamos em menos de cinco minutos, mas, pelo jeito, para ela não basta simplesmente armá-la. Ela vai até o armário e pega dois cobertores na prateleira superior. Depois os coloca dentro da barraca e entra.

— Pegue dois travesseiros na minha cama — diz Auburn.

— Vamos ficar deitados aqui por alguns minutos antes de ir embora.

Agarro os travesseiros e me ajoelho diante da barraca. Enfio-os lá dentro, e ela os pega. Puxo a aba de volta e engatinho para dentro, mas vou para o outro lado em vez de fazer o que eu realmente queria: ir para cima dela.

Sou grande demais para a barraca, e meus pés ficam para fora, mas o mesmo acontece com Auburn.

— Acho que você comprou uma barraca para personagens de ficção.

Ela balança a cabeça e se apoia no cotovelo.

— Não fui eu que comprei, foi você. E é uma barraca infantil, Owen. Claro que a gente não cabe.

Ela fixa os olhos no zíper pendurado no topo da barraca.

— Olhe. — Ela segura o fecho e começa a puxá-lo. Uma rede desce lá de cima, e ela continua puxando o zíper das laterais até uma tela de malha nos separar. Ela apoia a cabeça no braço e sorri para mim. — Parece que a gente está num confessionário.

Rolo para ficar de lado, apoio a cabeça na mão e a encaro.

— Qual de nós dois está se confessando?

Ela semicerra os olhos e ergue o dedo, apontando para mim.

— Acho que podemos dizer que você está devendo algumas confissões para o mundo.

Ergo a mão e toco no dedo dela através da rede. Auburn abre a palma da mão e a pressiona na minha.

— A gente passaria a noite inteira aqui, Auburn. Tenho muitas confissões.

Eu poderia contar de onde a conheço. Fazer com que ela perceba por que sinto esse desejo avassalador de protegê-la. Mas alguns segredos serão enterrados comigo, e aquele certamente é um deles.

Em vez disso, faço outra confissão a ela. Uma que não significa tanto para mim. Algo menos arriscado.

— Tenho três números no meu celular. O do meu pai. O de Harrison. E o do meu primo Riley, mas não falo com ele há mais de seis meses. Só isso.

Ela fica em silêncio. Não sabe o que dizer, porque quem tem apenas três números nos contatos do celular? Alguma pessoa problemática, obviamente.

— Por que não tem mais nenhum número?

Gosto dos olhos dela. São muito reveladores, e ela está sofrendo por mim depois de perceber que não é a única pessoa que se sente sozinha em Dallas.

— Depois que terminei o colégio, meio que segui meu próprio caminho. Eu me dediquei à minha arte e mais nada. Perdi todos os meus antigos contatos quando mudei de aparelho mais ou menos um ano atrás, e, quando isso aconteceu, percebi que não falava com ninguém. Meus avós faleceram há anos. Só tenho um primo, e, como já comentei, a gente não se fala muito. Com exceção de Harrison e do meu pai, não preciso de nenhum número de telefone.

Seus dedos estão percorrendo minha palma. Ela olha para as próprias mãos e não mais para mim.

— Deixe eu ver seu telefone.

Eu o tiro do bolso e o entrego por debaixo da rede, porque falei a verdade. Ela pode conferir. São três números, só isso.

Ela move os dedos pela tela durante vários segundos antes de devolver meu celular.

— Tome. Agora tem quatro.

Olho para a tela e leio seu contato. Eu rio quando vejo o nome que ela colocou para si mesma.

Auburn Mason-é-o-melhor-nome-do-meio-de-todos Reed.

Guardo o celular no bolso e mais uma vez toco na mão dela através da rede.

— Sua vez — digo a ela, que balança a cabeça.

— Você ainda tem de fazer muitas confissões. Pode continuar.

Suspiro e me deito de costas. Não quero lhe contar mais nada, porque tenho medo de que, se a gente não sair logo dessa barraca, vá acabar contando tudo o que sei e tudo o que ela não quer ouvir. Talvez seja melhor assim. Se eu lhe contar a verdade, talvez ela aceite, confie em mim e perceba que as coisas serão diferentes quando eu voltar. Se eu lhe contar a verdade, pode ser que a gente tenha uma chance de sobreviver à segunda-feira.

— Sabe a noite em que não apareci aqui?

Faço uma pausa, porque meu coração está batendo tão acelerado que é difícil pensar. Sei que preciso admitir isso para ela, mas eu não sabia como abordar o assunto. Mesmo que eu conte a história sob um ponto de vista diferente, sei que ela vai ter uma reação negativa, e eu entendo. Mas cansei de não ser honesto com ela.

Rolo para ficar de lado e a encaro. Abro a boca para confessar, mas sou salvo pela batida de alguém à porta.

Sua expressão confusa indica que ela não está acostumada a receber visitas.

— Preciso atender. Espere aqui.

Ela sai da barraca no mesmo instante, então me deito de costas e solto o ar. Depois de segundos, ela volta para o quarto e se ajoelha na frente da barraca.

— Owen.

Sua voz está agitada, e eu me apoio nos cotovelos enquanto ela enfia a cabeça na barraca. Seus olhos estão cheios de preocupação.

— Preciso abrir a porta, mas, por favor, não saia do quarto, está bem? Explico tudo assim que ela for embora. Prometo.

Assinto, odiando o medo que reflete em sua voz. Também odeio o fato de que ela precisa me esconder de quem quer que esteja lá fora.

Ela se afasta e fecha a porta do quarto. Eu me encosto no travesseiro de novo e fico escutando com atenção, sabendo que estou prestes a ouvir uma de suas confissões, apesar de ela não parecer muito pronta para compartilhá-la comigo.

Escuto a porta do apartamento se abrir, e a primeira coisa que escuto é a voz de uma criança.

— Mamãe, olhe só! Olhe o que vovó Lydia comprou pra mim.

E então ouço sua resposta:

— Uau! Era exatamente o que você queria.

Ele acabou de chamá-la de mamãe?

Escuto o barulho de passos pelo chão. E a voz de uma mulher dizendo:

— Sei que é de última hora, mas a gente devia ter ido para Pasadena há horas. Só que minha sogra foi internada no hospital, e Trey está trabalhando...

— Caramba, Lydia — interrompe Auburn.

— Ah, ela está bem. Problemas de diabetes de novo, que não aconteceriam se ela simplesmente se cuidasse, como eu peço para fazer. Mas não obedece e depois espera que a família inteira abra mão dos planos para poder cuidar dela.

Escuto uma maçaneta girar.

— AJ, não — diz Auburn. — Não entre no quarto da mamãe.

— Enfim — continua a mulher —, preciso levar algumas coisas para ela, mas eles não permitem a entrada de crianças na UTI, então preciso que cuide dele por algumas horas.

— Claro — diz ela. — Aqui?

— Sim, não tenho tempo de levar você para nossa casa.

— Está bem — concorda Auburn.

Ela parece animada. Pelo visto, não está acostumada a ver a mulher lhe confiando esta tarefa. Está tão animada que acho que nem percebe que AJ abre a porta do seu quarto de novo.

— Venho buscá-lo mais tarde esta noite — avisa a mulher.

— Ele pode dormir aqui — responde Auburn, esperançosa.

— Levo ele de volta pela manhã.

A porta do quarto está aberta, e um garotinho se ajoelha bem na frente da barraca. Eu me apoio nos cotovelos e lhe retribuo o sorriso.

— Por que você está dentro de uma barraca? — pergunta ele.

Ergo o dedo até a boca.

— Shiu.

Ele sorri e entra na barraca. Parece ter uns 4 ou 5 anos, e seus olhos não são verdes como os de Auburn; têm diversas cores: tons de castanho, de cinza e de verde. Parece uma tela.

Ele não tem a cor de cabelo tão única como ela, pois o dele é castanho-escuro. Imagino que ele tenha herdado isso do pai, mas consigo ver muito de Auburn no menino. Principalmente em sua expressão, e em como ele parece ser muito curioso.

— A barraca é um segredo? — pergunta ele.

Confirmo com a cabeça.

— É. E ninguém sabe que essa barraca está aqui, então precisamos guardar segredo, está bem?

Ele sorri e assente, como se estivesse empolgado por ter um segredo.

— Sei guardar segredos.

— Que bom — digo para ele. — Porque os homens não ficam fortes por causa dos músculos. E sim por causa dos segredos. Quanto mais segredos a pessoa tiver, mais forte vai ser por dentro.

Ele sorri.

— Quero ser forte.

Estou prestes a dizer que ele volte para a sala antes que outra pessoa volte a atenção para mim, mas nesse momento escuto a porta do quarto se abrindo.

— AJ, venha dar um abraço em vovó Lydia — diz a mulher.

Seus passos ficam mais altos, e o menino arregala os olhos.

— Lydia, espere — pede Auburn, com pânico na voz.

Mas já é tarde demais, pois não tenho tempo de puxar os pés para dentro da barraca antes que a mulher entre no quarto.

Percebo que ela para imediatamente. Não preciso ver seu rosto para saber que ela não está muito contente com o fato de que o garoto está dentro da barraca.

— AJ — diz ela, com a voz firme. — Saia da barraca, querido.

Ele sorri para mim e põe o dedo diante da boca.

— Não estou numa barraca, vovó Lydia. Não tem nenhuma barraca aqui.

— Lydia, eu posso explicar — assegura Auburn, se curvando.

Ela gesticula para que AJ saia da barraca, e seus olhos encontram os meus durante apenas um segundo.

— Ele é só um amigo. Estava me ajudando a armar essa barraca para AJ.

— AJ, vamos embora, querido. — Lydia segura a mão dele, puxando-o da barraca. — Talvez você não veja nenhum problema em deixar seu filho perto de completos desconhecidos, mas eu vejo.

Percebo o desapontamento tomar conta de Auburn. E de AJ também, quando o garoto se dá conta de que Lydia não vai deixá-lo ficar. Vou atrás dele, saindo da barraca, e me levanto.

— Tudo bem, eu vou embora — digo. — A gente acabou de montar isso para ele.

Lydia me olha de cima a baixo, nada impressionada com o que quer que ache que está vendo. Quero olhá-la da mesma maneira, mas não quero fazer nada que piore a situação para Auburn. Quando presto mais atenção nela, percebo que já a vi. Faz tempo, mas ela não mudou nada, apenas seu cabelo preto e liso está um pouco mais grisalho. Ainda parece tão estoica e intimidante quanto tantos anos antes.

Ela se vira para o menino.

— AJ, pegue seu brinquedo. A gente precisa ir.

Auburn segue a mulher para fora do quarto.

— Lydia, por favor. — Ela acena para mim. — Ele está indo embora. Vou ficar sozinha com AJ aqui, prometo.

As mãos de Lydia param na porta do apartamento, e ela se vira para Auburn. Depois dá um breve suspiro.

— Você vai poder vê-lo no domingo à noite, Auburn. Está tudo bem, de verdade. Eu devia saber que não era uma boa ideia passar aqui sem avisar.

Ela olha para o menino por cima dos ombros de Auburn.

— Dê tchau para sua mãe, AJ.

Vejo Auburn fazer uma careta, e, com a mesma rapidez, ela abre um sorriso quando se vira e se ajoelha diante de AJ. Depois o puxa para perto e o abraça.

— Desculpe, mas você vai ter de ficar com a vovó Lydia hoje, está bem? — Ela se afasta dele e bagunça seu cabelo. — A gente se vê no domingo à noite.

— Mas quero ficar aqui — retruca ele, genuinamente desapontado.

Auburn tenta disfarçar com um sorriso, mas percebo que as palavras a deixam arrasada. Ela bagunça mais uma vez o cabelo do menino e diz:

— Outro dia, está bem? Mamãe tem de acordar supercedo e trabalhar amanhã, e você não vai se divertir nem um pouco se a gente só for dormir.

— Vai ser divertido — diz ele, e depois aponta para o quarto. — Você tem uma barraca e a gente pode dormir lá... — Eu e AJ nos entreolhamos, e ele percebe que acabou de mencionar a barraca secreta. Depois olha para Auburn e balança a cabeça.

— Deixe pra lá, você não tem uma barraca. Eu me enganei, você não tem, não.

Por mais que eu me sinta um lixo com o que está acontecendo, o garoto me faz sorrir.

— AJ, vamos.

Auburn lhe dá outro abraço apertado e sussurra:

— Eu te amo. Vou te amar para sempre.

Ela beija a testa dele, e ele dá um beijo em sua bochecha antes de segurar a mão de Lydia. Auburn nem se vira para se despedir da mulher, e não a culpo nem um pouco. Assim que a porta se fecha, ela se levanta e passa por mim, seguindo direto para o quarto. Observo-a puxar a aba da barraca e entrar.

Fico parado na porta, escutando-a chorar.

Agora tudo faz sentido. Foi por isso que ela ficou tão chateada quando levou um bolo de Lydia no seu aniversário, porque não pôde passar o dia com AJ.

Foi por isso que ela disse que a cor preferida dele era azul.

Foi por isso que ela se mudou para o Texas, por mais que pareça tão infeliz aqui.

E é por isso que não vou conseguir me afastar dela de jeito nenhum. Não depois do que testemunhei. Não depois de ver como ela é incrível e ama aquele garoto.

CAPÍTULO ONZE

Auburn

Escuto o zíper da divisória se abrindo, depois sinto a mão de alguém no meu braço, seguido de um braço deslizando para debaixo do meu travesseiro. Owen me puxa para perto, e quero me afastar imediatamente, mas, ao mesmo tempo, fico surpresa com o conforto que sinto em seus braços. Fecho os olhos e espero que ele comece a fazer perguntas. Apenas fico deitada, curtindo o consolo, antes que ele o roube com sua curiosidade.

Suas mãos sobem e descem pelo meu braço, me acariciando com delicadeza. Depois de vários minutos de silêncio, ele encontra meus dedos e os entrelaça com os seus.

— Quando eu tinha 16 anos — diz ele, baixinho —, minha mãe e meu irmão morreram num acidente de carro. Eu estava dirigindo.

Fecho os olhos com força. Nem consigo imaginar. De repente, meus problemas nem sequer parecem problemas.

— Meu pai passou várias semanas em coma depois disso. Não saí do lado dele em momento algum. Não porque eu queria estar lá quando ele acordasse, mas eu não sabia para onde ir. Nossa casa estava vazia. Meus amigos continuaram levando suas vidas, então mal os vi depois do funeral. No começo, alguns parentes me visitavam, mas até isso foi parando aos poucos. Depois do primeiro mês, era só eu e meu pai. E eu estava apavorado, porque se ele também morresse, eu não teria mais nenhum motivo para viver.

Rolo lentamente para ficar de costas, e olho para ele.

— O que aconteceu?

Owen leva os dedos até minha testa e afasta meu cabelo.

— Ele sobreviveu, é óbvio — responde, baixinho. — Acordou um pouco antes de o acidente completar um mês. E, por mais que eu tenha ficado feliz por ele ter ficado bem, acho que a ficha só caiu quando eu tive de contar a ele o que havia acontecido. Ele não se lembrava de nada do dia do acidente, nem de nada depois. E quando eu tive de contar que minha mãe e Carey tinham morrido, eu vi... eu vi que a vida se esvaiu dos seus olhos. E não voltou desde a noite em que aquilo aconteceu.

Enxugo minhas lágrimas.

— Sinto muito — digo a ele.

Ele balança a cabeça, como se não precisasse dos meus pêsames.

— Não sinta — afirma ele. — Não fico remoendo esse assunto. O acidente não foi culpa minha. Claro que sinto saudade e sofro todo dia, mas também sei que a vida tem de continuar. E minha mãe e Carey não gostariam que eu usasse suas mortes como desculpa.

Seus dedos se movem com delicadeza, para a frente e para trás, pelo meu maxilar. Ele não está me encarando nos olhos. Está olhando para além de mim, por cima da minha cabeça, refletindo.

— Às vezes, sinto tanta saudade de ambos que dói bem aqui — diz ele, cerrando o punho e encostando-o no peito. — Parece que tem alguém espremendo meu coração com toda a força do mundo.

Assinto, pois sei exatamente o que ele quer dizer. Eu me sinto assim toda vez que penso em AJ e no fato de que ele não está morando comigo.

— Toda vez que sinto isso, começo a pensar no que mais me dá saudade nos dois. Minha mãe, por exemplo, e a maneira que sorria para mim. Porque, acima de qualquer coisa, seu sorriso sempre me consolava, onde quer que a gente estivesse. Podíamos estar no meio de uma guerra, mas tudo o que ela precisaria fazer era se ajoelhar e me encarar nos olhos com aquele sorriso, e assim todos os meus medos e as minhas preocupações desapareciam. E, não sei como, mesmo nos dias em que ela não estava bem, quando eu sabia que ela não estava a fim de sorrir, fazia isso mesmo assim. Porque para ela nada importava além da minha felicidade. E sinto falta disso. Às vezes, sinto tanta falta que só melhoro quando a pinto.

Ele ri baixinho.

— Tenho uns vinte quadros da minha mãe guardados. É meio assustador.

Eu rio com ele, mas perceber como ele ama a mãe faz doer meu peito de novo, e minha risada se torna uma expressão fechada. Eu me pergunto se AJ vai sentir isso por mim algum dia, pois no momento não posso ser o tipo de mãe que eu gostaria de ser para ele.

Owen põe a mão em minha bochecha e me encara nos olhos muito seriamente.

— Reparei como você olhou para ele, Auburn. Vi como sorriu para ele. Sorriu para ele da mesma maneira que minha mãe sorria para mim. E não me importo com o que aquela mulher acha da mãe que você é. Eu mal te conheço e senti quanto você ama aquele garotinho.

Fecho os olhos e deixo suas palavras se infiltrarem em todas as dúvidas que já tive sobre minhas habilidades como mãe.

Faz mais de quatro anos que sou mãe.

Quatro.

E, nesses quatro anos, Owen é a primeira pessoa que diz alguma coisa capaz de me fazer sentir uma boa mãe. E, por mais que ele mal me conheça, e por mais que não saiba nada sobre minha situação, sinto que ele acredita nas palavras que diz. O mero fato de acreditar no que está dizendo me faz querer acreditar nisso também.

— É mesmo? — pergunto, baixinho. Abro os olhos e o encaro. — Porque às vezes sinto que...

Ele me interrompe, balançando a cabeça com determinação.

— Não — corta ele firmemente. — Não conheço sua situação, e imagino que, se você quisesse que eu soubesse, teria me contado. Então não vou perguntar. Mas o que sei é que acabei de testemunhar uma mulher se aproveitando das suas inseguranças. Não fique assim por causa dela, Auburn. Você é uma boa mãe. Uma boa mãe.

Outra lágrima escorre, e viro a cabeça depressa. Sei do fundo do coração que eu seria uma boa mãe se Lydia me desse a oportunidade. Sei que as coisas não estão assim por culpa minha. Eu tinha 16 anos e não estava preparada quando tive meu filho. Mas jamais soube como era bom ter alguém com fé em mim.

Descobrir sobre AJ podia ter feito Owen sair correndo. Descobrir que não tenho a guarda do meu filho podia ter feito ele me julgar erroneamente. Mas não foi o que aconteceu. Em vez disso, ele aproveitou a oportunidade para me incentivar. Para me fazer sentir melhor. E ninguém me fez sentir assim desde o dia em que Adam faleceu.

No entanto, agradecer não parece ser suficiente, então em vez de falar me viro para ele mais uma vez. Ele ainda está em cima de mim, me observando. Ergo a mão, colocando-a na sua nuca, e aproximo minha boca da dele.

Dou-lhe um beijo delicado, e ele não faz nada para me impedir, nem tenta prolongá-lo; apenas o aceita e inspira lentamente. Não entreabro os lábios, e nenhum dos dois tenta levar o beijo adiante. Acho que sabemos que aquele beijo é mais um "obrigado" que um "quero você".

Quando me afasto, seus olhos estão fechados e ele parece sentir a mesma paz que acabou de me proporcionar.

Eu me deito no travesseiro e o observo abrir os olhos devagar. Um sorriso se forma em seus lábios, e ele se deita ao meu lado, e ficamos encarando o topo da barraca.

— O pai dele foi meu primeiro namorado — digo, explicando minha situação.

É bom contar isso para ele. Não costumo contar muita coisa para as pessoas, mas, por alguma razão, quero contar tudo a Owen.

— Ele faleceu quando eu tinha 15 anos. Duas semanas depois, soube que estava grávida de AJ. Quando meus pais descobriram, quiseram que eu o colocasse para adoção. Eles tinham mais quatro filhos para cuidar além de mim, e já era difícil colocar comida na mesa para todos nós. Não tinham nenhuma condição de sustentar um bebê, mas eu não ia abrir mão do meu filho de jeito algum. Felizmente, Lydia sugeriu um meio-termo.

"Ela disse que, se eu concordasse em torná-la guardiã legal depois do nascimento, eu poderia morar com ela e ajudar a criá-lo. Ela queria confirmar que eu não o colocaria para adoção, e com a guarda dele, isso estaria garantido. Também disse que seria mais fácil para fazer um plano de saúde e por motivos médicos. Não questionei. Eu era muito nova e não fazia ideia do que tudo isso significava. Só sabia que era o único jeito de garantir que eu ficaria com AJ, então foi o que fiz. Eu teria assinado o que ela quisesse para ficar com ele.

"Depois que AJ nasceu, ela assumiu todo o controle. Jamais gostava de nada do que eu fazia. Por isso me senti ignorante. E, depois de um tempo, comecei a acreditar nela. Afinal, de contas eu era adolescente, nunca havia criado um bebê, então presumi que ela sabia mais que eu. Quando me formei no colégio, Lydia já estava tomando todas as decisões relacionadas a ele. Inclusive a de que ele ficaria com ela enquanto eu fizesse faculdade."

Owen encontra minha mão e a coloca entre nós dois, segurando-a. Gosto do seu gesto de incentivo, pois a confissão é difícil.

— Em vez de fazer um curso de quatro anos, decidi estudar cosmetologia, porque durava apenas um ano. Achei que, depois que eu me formasse e arranjasse minha própria casa, ela o deixaria morar comigo. Mas três meses antes da minha formatura, o marido de Lydia faleceu. Ela se mudou para o Texas para ficar mais perto de Trey, seu outro filho. E levou *meu* filho com ela.

Owen suspira.

— Foi por isso que você se mudou para o Texas? Você não conseguiu impedi-la de se mudar do Oregon?

Balanço a cabeça.

— Legalmente, ela pode levá-lo para onde quiser. Lydia disse que o Texas era um lugar melhor para criar uma criança e que, se eu quisesse o melhor para AJ, me mudaria para cá depois da formatura. Minha última aula acabou às 17h de uma sexta-feira e, em menos de 24 horas, eu havia me mudado para este apartamento.

— E seus pais? — pergunta Owen. — Não conseguiram fazer nada para impedir isso?

Balanço a cabeça.

— Meus pais têm apoiado minhas decisões, mas não se envolvem. Não são muito próximos de AJ, porque, quando estava grávida, saí de casa e me mudei para a de Lydia. Além disso, eles já têm preocupações demais. Eu ficaria mal se contasse como Lydia me trata, porque assim eu só faria com que se sentissem culpados por terem me deixado mudar de casa tantos anos antes.

— Então você simplesmente finge que está tudo bem?

Olho para ele e assinto, um pouco preocupada com o que vou ver em seus olhos. Desprezo? Desapontamento? Porém, quando nos entreolhamos, não vejo nada disso. Vejo compaixão. E talvez um pouco de raiva.

— Tem algum problema se eu disser que odeio Lydia?

Sorrio.

— Também a odeio — digo, dando um risinho. — Mas também a amo. Ela ama AJ tanto quanto eu, e sei que ele a ama. Sou grata por isso. Mas jamais lhe teria concedido a guarda se soubesse que as coisas acabariam assim. Achei que ela queria ajudar, mas hoje percebo que está usando AJ para substituir o filho que perdeu.

Owen se aproxima de mim. Ergo os olhos para encará-lo, e ele baixa o olhar para me encarar de volta.

— Você vai recuperar seu filho — afirma ele. — Um tribunal não tem motivo para não deixar seu filho com você.

Sua afirmação me faz sorrir, por mais que eu saiba que ele está errado.

— Pesquisei todas as minhas opções. Um tribunal não tiraria uma criança de alguém que tem sua guarda legal desde o nascimento, a não ser que haja uma razão legítima para isso. Lydia nunca vai concordar em deixar meu filho morar comigo o tempo inteiro. A única opção que tenho, na verdade, é fazer tudo o que posso para satisfazer suas vontades enquanto poupo todo centavo que sobrar para pagar o advogado que contratei para me ajudar. Mas nem mesmo ele parece muito esperançoso.

Ele apoia a cabeça na mão e leva a outra até meu rosto. Seus dedos percorrem delicadamente a maçã do meu rosto, e seu toque faz com que meus olhos queiram se fechar. De alguma forma, consigo mantê-los abertos, apesar da sensação tranquilizadora da sua pele na minha bochecha.

— Sabe de uma coisa? — pergunta ele, sorrindo. — Tenho certeza de que, por sua causa, determinação acabou de se tornar minha qualidade preferida numa pessoa.

Sei que mal o conheço, mas realmente não quero que ele se mude na segunda-feira. Tenho a sensação de que ele é a única coisa boa que aconteceu na minha vida desde que cheguei ao Texas.

— Não quero que você se mude, Owen.

Ele olha para baixo, deixando de me encarar. Suas mãos vão até meu ombro, então faz um desenho invisível com a ponta do dedo, acompanhando-o com os olhos. Parece arrependido, e não é só porque vai embora. Está chateado com algo mais sério, e percebo sua confissão na ponta da língua. Ele continua me escondendo alguma coisa.

— Você não arranjou um emprego — digo. — Não é por isso que vai se mudar na segunda, é?

Owen continua sem olhar para mim. Nem precisa responder, pois seu silêncio confirma o que eu disse. Mas, mesmo assim, responde:

— Não.

— Para onde você vai?

Percebo ele se contrair sutilmente. Para onde quer que vá, não quer me contar. Tem medo do que vou achar. E, para ser sincera, estou com medo do que vou escutar. Já basta de negatividade por hoje.

Por fim, ele ergue os olhos e encontra os meus novamente, e sua expressão arrependida me deixa com vontade de não ter tocado no assunto. Ele abre a boca para responder, mas balanço a cabeça.

— Não quero saber ainda — digo depressa. — Depois você me conta.

— Depois do quê?

— Depois desse fim de semana. Não quero pensar em confissões. Não quero pensar em Lydia. Vamos simplesmente passar as próximas 24 horas evitando nossas tristes realidades.

Ele sorri, grato.

— Na verdade, gostei dessa ideia. Bastante.

Nosso momento é interrompido pelo ronco feroz do meu estômago. Agarro a barriga, envergonhada. Ele ri.

— Também estou com fome — confessa. Depois sai da barraca e me dá a mão para me ajudar a sair. — Quer comer aqui ou lá em casa?

Balanço a cabeça.

— Não sei se aguento andar quinze quadras — afirmo, indo para a cozinha. — Você gosta de pizza congelada?

Estamos apenas preparando a pizza, mas não me divirto tanto com um garoto desde Adam. Engravidar aos 15 anos fez com que não sobrasse muito tempo para minha vida social, então dizer que tenho pouca experiência é um eufemismo. Eu costumava ficar nervosa só de pensar em me aproximar de outro garoto, mas Owen causa o efeito oposto em mim. Fico muito calma quando estamos perto.

Minha mãe diz que há pessoas que você encontra e, depois, passa a conhecer melhor, e que há pessoas que você encontra e já conhece bem. Sinto como se Owen fosse esse segundo tipo. Nossa personalidade parece se complementar, como se a gente se conhecesse desde sempre. Só hoje me dei conta de como preciso de alguém assim na minha vida. Alguém que preencha os buracos que Lydia criou na minha autoestima.

— Se não tivesse tanta pressa em se formar, que carreira teria escolhido em vez de cosmetologia?

— Qualquer coisa — respondo rapidamente. — Tudo.

Owen ri. Ele está apoiado na bancada do lado do fogão, e estou sentada no outro balcão, à sua frente.

— Sou péssima para cortar cabelo. Odeio escutar os problemas de todo mundo enquanto estão sentados na cadeira do salão. Juro que as pessoas não sabem dar valor a quase nada, e escutá-las reclamando de besteiras me deixa de péssimo humor.

— Sob esse ponto de vista, a gente trabalha com a mesma coisa — diz Owen. — Pinto confissões, e você é obrigada a escutá-las.

Concordo com a cabeça, mas tenho a impressão de que também posso estar parecendo ingrata.

— Algumas clientes são ótimas. Gente que eu adoro atender. Acho que o problema não é que eu não goste das pessoas, mas ter precisado escolher algo que eu não queria fazer.

Ele me observa por um instante.

— Bem, a boa notícia é que você é jovem. Meu pai costumava me dizer que nenhuma decisão é permanente na vida, exceto tatuagem.

— Concordo com essa lógica — admito, rindo. — E você? Sempre quis ser artista?

O *timer* do forno apita, e Owen o abre imediatamente para conferir a pizza. Depois a empurra de volta para dentro. Sei que é só uma pizza congelada, mas é excitante ver um homem assumir a cozinha.

Ele se inclina na bancada de novo.

— Não escolhi ser artista. A arte meio que me escolheu.

Amo sua resposta. Também sinto inveja, pois queria ter nascido com um talento natural. Algo que tivesse me escolhido, para que eu não precisasse cortar o cabelo dos outros o dia inteiro.

— Já pensou em voltar a estudar? — pergunta ele. — Talvez se formar em algo que lhe interesse de verdade?

Dou de ombros.

— Um dia, talvez. Mas agora meu objetivo é AJ.

Ele dá um sorriso compreensivo diante da minha resposta. Não consigo pensar em nenhuma pergunta que eu queira fazer, pois o silêncio é agradável. Gosto de como ele me olha quando ficamos em silêncio. Seu sorriso é demorado, e seu olhar me cobre inteira, feito uma manta.

Pressiono as mãos na bancada e observo meus pés balançando. De repente, acho difícil continuar olhando para ele, porque tenho medo de que ele perceba como estou gostando daquilo.

Sem dizer nada, ele começa a se aproximar de mim. Nervosa, mordo o lábio inferior, afinal ele está vindo até mim com alguma intenção, mas acho que não é a de me fazer mais perguntas. Observo suas palmas encostarem em meus joelhos e deslizarem lentamente para cima. Suas mãos roçam minhas coxas, subindo até parar em meu quadril.

Quando o encaro nos olhos, me perco completamente. Ele está me observando com um desejo tão grande que eu não sabia que era capaz de provocar em alguém. Ele põe a mão nas minhas costas e me puxa na sua direção. Toco seus antebraços e aperto com força, sem saber o que vai acontecer em seguida, mas completamente preparada para permitir o que quer que seja.

Seu sorriso fraco desaparece conforme seus lábios se aproximam dos meus. Minhas pálpebras tremulam e se fecham completamente no instante em que sinto sua boca bem perto da minha.

— Estou com vontade de fazer isso desde que te vi — sussurra ele.

Sua boca encosta na minha, e, no início, seu beijo é igual ao que dei nele dentro da barraca: meigo, doce e inocente. Mas a inocência some assim que ele passa as mãos no meu cabelo e desliza a língua nos meus lábios.

Não sei como consigo me sentir tão leve e tão pesada ao mesmo tempo, mas seu beijo me faz sentir como uma nuvem. Subo as mãos pelo seu pescoço e me esforço para beijá-lo como ele está me beijando, mas tenho medo de que minha boca nem se compare à dele. De jeito algum sou capaz de fazer com que ele sinta o mesmo que eu.

Owen puxa minhas pernas, colocando-as em volta de sua cintura, e depois me tira da bancada e nos leva para a sala, sem interromper nosso beijo. Tento ignorar o cheiro da pizza começando a queimar no forno, porque não quero que ele pare. Mas também estou com muita, muita fome, e não quero que a pizza queime.

— Acho que a pizza está queimando — sussurro no instante em que chegamos ao sofá.

Ele me coloca delicadamente de costas enquanto balança a cabeça.

— Vou fazer outra pra você.

Sua boca se reconecta com a minha, e de repente não me importo mais com a pizza.

Ele se abaixa no sofá, mas não fica em cima de mim completamente. Mantém os braços em ambos os lados da minha cabeça, e não faz nada que indique que está esperando mais que apenas aquele beijo.

Então é isso que dou para ele. Eu o beijo, e ele retribui, e só paramos quando o detector de fumaça começa a tocar. Assim que percebemos que o barulho está vindo do meu apartamento, nos separamos e pulamos do sofá. Ele corre até o forno e o abre enquanto pego a caixa de papelão da pizza e começo a abanar o detector de fumaça.

Owen tira a pizza do forno, e está tão queimada que é impossível comer.

— Talvez a gente deva parar em algum lugar no caminho da minha casa.

O detector de fumaça finalmente para de apitar, e jogo a caixa da pizza na bancada.

— Ou a gente pode comer as toneladas de comida que você comprou hoje na Target.

Ele tira a luva de cozinha e a coloca no fogão. Estende a mão para mim e me puxa em sua direção, aproximando novamente a boca da minha.

Tenho certeza de que seus beijos são a melhor dieta que existe, pois toda vez que seus lábios encostam nos meus, esqueço completamente que estou faminta.

Assim que nossas línguas se tocam, escuto uma batida forte e repentina à porta. Nossas bocas se afastam, e nos viramos e olhando para a porta assim que a escancaram. Quando vejo Trey parado na soleira da porta, me afasto imediatamente de Owen. Odeio perceber que meu primeiro instinto é me separar dele, porque a última coisa que quero é que Owen ache que tenho algum envolvimento com Trey. Na verdade, eu teria me afastado dele independentemente de quem tivesse chegado.

Mas eu não queria que tivesse sido Trey.

— Merda — murmura Owen.

Olho para ele, e sua expressão é pura decepção, seus ombros estão caídos. No mesmo instante percebo que ele deve estar interpretando errado o fato de Trey ter escancarado a porta daquele jeito.

Eu me viro de novo para Trey que, por alguma razão, se dirige depressa até a cozinha, fulminando Owen com o olhar.

— O que você está fazendo aqui?

Olho para Owen, que não está prestando atenção em Trey. Está olhando diretamente para mim.

— Auburn — diz ele. — A gente precisa conversar.

A risada de Trey me faz estremecer.

— Sobre o que precisam conversar, Owen? Você ainda não contou a ela?

Owen fica vários segundos de olhos fechados, depois os abre e encara Trey.

— Quando você vai ficar satisfeito, Trey? Porra.

Meu coração está martelando meu peito, e tenho a sensação de que estou prestes a descobrir por que um se sente desse jeito em relação ao outro, mas, no momento, não sei se quero saber. Não pode ser coisa boa.

Trey dá dois passos na direção de Owen, até ficar a centímetros do seu rosto.

— Suma do apartamento dela. Desapareça da vida de Auburn. Se conseguir fazer essas duas coisas, provavelmente ficarei satisfeito.

— Auburn — diz Owen, com firmeza.

Trey dá vários passos na minha direção, colocando-se entre mim e Owen, para que eu não possa mais vê-lo. Estou encarando Trey nos olhos e não enxergo nada além de raiva.

Ele aponta para trás.

— Sabe esse cara que você trouxe para seu apartamento? O cara que deixou se aproximar do seu filho? Ele foi preso por posse de drogas, Auburn.

Balanço a cabeça, rindo, sem acreditar. Não sei por que Trey está dizendo essas coisas. Ele dá um passo para o lado, e vejo Owen novamente.

Sinto um peso gigantesco no coração, pois a expressão de Owen diz tudo. Vejo arrependimento e remorso. Era isso que ele ia me contar mais cedo. Foi essa confissão que pedi para ouvir só segunda-feira.

— Owen? — pronuncio seu nome quase num sussurro.

— Eu queria ter contado — afirma ele. — Não é tão grave quanto ele faz parecer, Auburn. Juro.

Owen começa a se aproximar de mim, mas Trey se vira imediatamente e o empurra na parede. Seu braço vai parar no pescoço de Owen.

— Você tem cinco segundos para dar o fora daqui, porra!

Os olhos de Owen continuam fixos nos meus, apesar do braço pressionando seu pescoço. Ele assente.

— Vou pegar minhas coisas no quarto dela e vou embora.

Trey o observa com cautela durante vários segundos e depois o solta. Vejo Owen entrar no quarto para buscar suas "coisas".

Sei que Owen não trouxe nada para cá.

Trey está me observando.

— O tio do seu filho é um policial, porra. Acha que não investigo os antecedentes das pessoas que entram na sua vida?

Não tenho o que responder. Ele tem razão.

Desapontado, Trey balança a cabeça enquanto Owen sai do meu quarto. Antes que Trey se vire para ele, Owen dá uma olhada rápida na barraca. Seus olhos me dizem algo que ele não quer falar em voz alta. Ele passa por Trey e sai do apartamento sem olhar para trás.

Trey vai até a porta e a bate. Ele para com as mãos nos quadris, me encarando, esperando uma explicação. Se eu não achasse que ele iria atrás de Lydia e contaria tudo o que acabou de acontecer para ela, eu o mandaria à merda. Em vez disso, faço o de sempre. Digo o que eles querem ouvir.

— Desculpe. Eu não sabia.

Ele se aproxima de mim e aperta delicadamente meus braços enquanto me fita nos olhos.

— Eu me preocupo com você, Auburn. Por favor, não confie em ninguém sem falar comigo antes. Eu poderia ter alertado você sobre esse garoto.

Ele me abraça, e preciso de toda a minha força para retribuir seu abraço, mas faço isso.

— Você não precisa da reputação de Owen no meio da relação com seu filho. Não seria bom pra você.

Assinto, encostada em seu peito, mas tenho vontade empurrá-lo para longe de mim depois dessa ameaça velada. Ele é igual à mãe, sempre usa minha situação com AJ para me manipular. É algo que me consome e que rouba a confiança que eu ganhara momentaneamente nos braços de Owen.

Eu me afasto e tento sorrir.

— Não quero nada com ele — afirmo. É difícil dizer essas palavras, pois há certa verdade nelas. Nem sequer consigo pensar em como estou furiosa com Owen, pois Trey continua parado à minha frente. — Obrigada por me contar — agradeço, me dirigindo para a porta. Eu a abro para que ele perceba a indireta. — Mas quero ficar um pouco sozinha. Foi um dia longo.

Trey vai até a porta e depois recua.

— Vejo você no jantar de domingo?

Assinto e dou mais um sorriso falso para agradá-lo. Assim que fecho a porta, eu a tranco e corro até meu quarto. Entro na barraca e encontro um pedaço de papel no meu travesseiro. Eu o pego e leio.

Por favor, passe lá no ateliê hoje à noite. A gente precisa conversar.

Releio tantas vezes o bilhete de Owen que eu provavelmente saberia copiá-lo com a letra idêntica. Eu me deito no travesseiro e suspiro fundo, porque não tenho ideia do que fazer. Nada justifica o fato de que ele vai para a cadeia, nem o fato de que mentiu para mim. Mas, apesar de tudo o que acabou de acontecer, cada parte de mim o deseja imensamente. Mal o conheço, mas já sinto aquela fisgada familiar no coração. Preciso vê-lo mais uma vez, mesmo que seja para me despedir.

CAPÍTULO DOZE

Owen

Eu devia ter contado a Auburn. Assim que saí da prisão, devia ter ido direto para seu apartamento e contado tudo. Faz mais de uma hora que estou andando de um lado para o outro no ateliê. Só faço isso quando estou furioso, e acho que nunca me senti tão zangado como agora. Vou acabar fazendo um buraco no chão se não parar.

Mas sei que ela já deve ter lido meu recado. Já se passaram duas horas desde que o deixei no travesseiro, e estou começando a achar que Auburn desistiu de mim. Não a culpo. Por mais que eu queira convencê-la de que Trey não faz bem a ela e de que não sou tão ruim quanto parece, tenho a sensação de que não vou ter essa oportunidade. Não sei o que lhe disseram sobre mim.

Quando começo a me aproximar da escada, escuto alguém bater à porta de vidro. Não ando depressa até a porta. Saio em disparada.

Quando a abro, nós nos entreolhamos por um instante, e depois ela olha para cima do ombro, nervosa. Auburn segura a porta e entra depressa, fechando-a.

Odeio isso. Odeio o fato de ela ter medo de estar aqui, medo de que alguém possa vê-la entrar.

Ela não confia em mim.

Auburn se vira na minha direção, e odeio o desapontamento que inunda seus olhos neste momento.

A gente precisa conversar, e não quero que seja aqui, então a envolvo, o braço atrás dela, e tranco a porta.

— Obrigado por ter vindo.

Ela não responde. Fica esperando que eu diga mais alguma coisa.

— Sobe comigo?

Ela olha para o corredor por cima dos meus ombros e assente. Em seguida, me acompanha pelo ateliê, seguindo até meu apartamento. É impressionante como as coisas estão diferentes entre nós dois. Duas horas atrás, tudo estava perfeito. E agora...

É incrível como uma verdade pode distanciar duas pessoas.

Vou até a cozinha e ofereço algo para ela beber. Se tomar alguma coisa, talvez a conversa dure mais. Tenho tanta coisa para explicar, mas ela precisa me dar a oportunidade de fazer isso.

Ela não quer beber nada.

Está parada no meio do quarto e parece ter medo de se aproximar de mim. Ela dá uma olhada ao redor, como se nunca tivesse estado aqui. Noto sua expressão. Agora que sabe a verdade, ela me enxerga de outra forma.

Em silêncio, observo-a examinar o quarto por um tempo. Por fim, seus olhos encontram os meus novamente, e há uma longa pausa até que ela cria coragem para me perguntar o que veio descobrir aqui:

— Você é um viciado, Owen?

Ela vai direto ao ponto. Sua franqueza me faz estremecer, pois não é uma simples resposta sim ou não. E, pela maneira como olha para a escada, ela parece não querer esperar muito tempo pela resposta.

— Se eu disser não, faria alguma diferença para nós dois?

Ela passa vários segundos me olhando em silêncio, e depois balança a cabeça.

— Não.

Eu tinha a impressão de que ela ia responder isso. E, assim, perco a vontade de explicar meu lado da história. De que adiantaria se minha resposta não importa? Contar a verdade só complicaria as coisas.

— Você vai para a cadeia? — pergunta ela. — Foi por isso que falou que ia se mudar?

Inclino a garrafa e me sirvo uma taça de vinho. Dou um gole demorado e lento antes de concordar com a cabeça.

— Provavelmente. É meu primeiro delito, então duvido que cumpra muito tempo.

Ela solta o ar e fecha os olhos. Quando os abre novamente, observa os próprios pés. Ela leva as mãos aos quadris e continua evitando contato visual comigo.

— Quero a guarda do meu filho, Owen. Eles usariam você contra mim.

— Quem são eles?

— Lydia e Trey. — Ela está olhando para mim. — Nunca vão confiar em mim se souberem que tenho algum envolvimento com você.

Eu estava esperando algo parecido com uma despedida quando ela chegou aqui, mas não esperava essa mágoa que veio com suas palavras. Eu me sinto um idiota por não ter pensado em como isso a afetaria. Estava tão preocupado com o que ela acharia de mim quando descobrisse que só agora percebo o risco que corre seu relacionamento com o filho.

Eu me sirvo de mais uma taça de vinho. Agora que sabe da minha prisão, não deve ser uma ideia muito boa deixá-la testemunhar que estou virando a taça.

Fico esperando ela se virar e ir embora, mas não faz isso. Na verdade, dá alguns passos lentos na minha direção.

— Será que eles deixam você ir pra reabilitação em vez de ser preso?

Viro a segunda taça de vinho.

— Não preciso de reabilitação.

Coloco a taça na pia.

Percebo que ela fica totalmente desapontada. Conheço essa expressão. Já vi tantas vezes que sei o que significa, e não gosto de saber que o desejo que ela sentia por mim logo se transformou em pena.

— Não tenho nenhum problema com drogas, Auburn. — Eu me inclino para a frente até ficarmos a uns 30 centímetros de distância. — Meu problema é o fato de que, pelo visto, você está envolvida com Trey. Posso até ter antecedentes criminais, mas é com ele que você devia tomar cuidado.

Ela ri baixinho.

— Ele é policial, Owen. Você vai ser preso por posse de drogas. Em qual dos dois acha que devo confiar?

— Nos seus instintos — respondo imediatamente.

Ela olha para as próprias mãos, entrelaçadas em cima da bancada. Pressiona as pontas do polegar umas nas outras.

— Meu instinto me diz para fazer o que é melhor para meu filho.

— Exatamente — digo a ela. — Foi por isso que falei para você confiar nos seus instintos.

Ela olha para mim, e noto a mágoa em seus olhos. Eu não devia ter jogado isso na cara dela, eu sei. Sei exatamente o que ela sente ao me olhar. Frustração, desapontamento, raiva. Vejo as mesmas coisas toda vez que me encaro no espelho.

Dou a volta no balcão e seguro seu punho. Puxo-a na minha direção e a abraço. Durante alguns segundos, ela deixa. Mas depois me afasta, balançando a cabeça com força.

— Não posso.

São só duas palavras, mas significam apenas uma coisa. O fim.

Ela se vira e vai até a escada.

— Auburn, espere — peço.

Ela não espera. Chego ao topo da escada e escuto seus passos ecoarem pelo ateliê. Não é assim que as coisas deveriam terminar. Eu me recuso a deixá-la partir assim, pois se for embora se sentindo desse jeito, vai achar muito fácil jamais voltar.

Desço os degraus imediatamente e corro atrás dela. Eu a alcanço assim que seus dedos tocam a maçaneta da porta. Puxo sua mão, viro seu corpo e aproximo meus lábios dos seus.

CAPÍTULO TREZE

Auburn

Ele me beija com convicção, arrependimento e raiva, envolvendo tudo com ternura. Quando nossas línguas se encontram, é uma fuga momentânea da realidade da nossa despedida. Nós dois soltamos o ar baixinho, pois é exatamente assim que um beijo deveria ser. Meus joelhos estão quase cedendo por causa da sensação dos seus lábios nos meus.

Retribuo seu beijo, apesar de saber que não vai dar em nada. Não vai corrigir nada. Não vai compensar os erros que ele cometeu, mas também sei que aquela pode ser a última vez que vou me sentir desse jeito, e não quero me privar disso.

Ele envolve meu corpo com o braço, subindo a mão pelo meu pescoço até chegar ao cabelo. Ele segura meu rosto e parece memorizar cada aspecto do que sentimos enquanto nos beijamos, pois ele sabe que, depois que a gente parar, só teremos as memórias.

Pensar que esta é nossa despedida me irrita... Ele me deu esperança, mas Trey a roubou com a verdade.

De repente, nosso beijo fica doloroso, mas não é uma dor física. Quanto mais nos beijamos, mais percebemos o que estamos perdendo, e isso dói. Fico assustada por saber que devo ter encontrado uma das poucas pessoas no mundo capazes de me fazer sentir assim, e já vou ter de abrir mão disso.

Estou tão cansada de abrir mão das únicas coisas que quero na vida...

Ele se afasta e me encara nos olhos com uma expressão de sofrimento. Leva a mão até minha nuca e depois até minha bochecha, roçando o polegar no meu lábio inferior.

— Isso já está doendo.

Ele aproxima a boca da minha novamente, e me dá um beijo macio como veludo. Mexe devagar a cabeça até posicionar a boca em meu ouvido.

— Então é isso? É assim que vai acabar?

Assinto, apesar de ser a última coisa que quero. Mas é o fim. Mesmo se ele mudasse completamente de vida, suas escolhas do passado ainda afetariam a minha.

— Às vezes, a gente não tem uma segunda chance, Owen. Às vezes, as coisas simplesmente acabam.

Ele estremece.

— A gente não teve nem uma *primeira* chance.

Quero dizer que a culpa não é minha; é dele. Mas ele sabe disso. Não está me pedindo outra chance. Só está chateado porque já acabou.

Ele apoia as mãos na porta de vidro atrás de mim, me prendendo entre seus braços.

— Desculpe, Auburn — pede ele. — Sua vida é bem complicada, e de jeito algum eu queria complicar ainda mais. — Ele pressiona os lábios na minha testa e abre a porta. Depois recua dois passos e balança delicadamente a cabeça. — Eu entendo. E me desculpe.

Não aguento seu olhar aflito nem a aceitação em suas palavras. Estendo o braço para trás, destranco a porta, depois me viro e vou embora.

Escuto a porta se fechar atrás de mim, e esse se torna o som que menos gosto no mundo inteiro. Ergo o punho cerrado até o coração, pois estou sentindo exatamente o que ele falou que sente quando fica com saudade de alguém. E não entendo, porque só faz algumas semanas que o conheci.

"Há pessoas que você encontra e, depois, passa a conhecer melhor, e há pessoas que você encontra e já conhece bem."

Não me importa se faz pouco tempo que o conheço. Não me importa se ele mentiu para mim. Vou me permitir ficar triste e sentir pena de mim mesma, porque, apesar do que quer que ele tenha aprontado no passado, ninguém me fez sentir o que ele provocou hoje. Owen me fez sentir orgulho de mim mesma como mãe. Por causa disso, o fato de ter de me despedir dele merece algumas lágrimas, e não vou deixar que eu me sinta culpada por causa disso.

Estou na metade do caminho, e, no instante em que enxugo a última lágrima que me permiti por causa da despedida, um carro para ao meu lado e diminui a velocidade. Pelo canto do olho percebo imediatamente que é uma viatura de polícia. Paro de andar quando Trey baixa a janela e se inclina por cima do banco.

— Entre, Auburn.

Não discuto. Abro a porta e entro, e ele segue para meu apartamento. Não gosto do seu comportamento. Não sei se está agindo como um namorado ciumento ou como um irmão superprotetor. Tecnicamente, ele não é nenhuma dessas coisas.

— Você estava no ateliê?

Fico olhando pela janela, pensando o que devo responder. Ele vai saber que estou mentindo se eu disser não, e preciso que Trey confie em mim. De todas as pessoas do mundo, preciso que tanto Lydia quanto Trey percebam que tudo o que faço é por AJ.

— Sim. Ele me devia dinheiro.

Escuto-o inspirar e expirar fundo. Por fim, ele para no acostamento e deixa o carro em ponto morto. Não quero olhar diretamente para ele, mas percebo que ele tapa a boca com a mão, tensionando o maxilar para conter a frustração.

— *Acabei* de dizer que ele era perigoso, Auburn. — Ele me encara. — Você é burra?

Ele passou dos limites. Escancaro a porta do carro e a bato ao sair. Antes que eu dê três passos, ele para bem à minha frente.

— Ele não é perigoso, Trey. Tem um vício. E não tem nada rolando entre a gente. Só fui pegar meu pagamento pelo trabalho que fiz no ateliê.

Trey observa meu rosto, provavelmente tentando perceber se estou mentindo. Solto o ar e reviro os olhos.

— Se estivesse rolando alguma coisa, eu teria passado mais de cinco minutos no ateliê. — Passo por ele e sigo na direção do meu apartamento. — Caramba, Trey. Você está agindo como se tivesse algum motivo para ter ciúme.

Ele surge na minha frente de novo, me obrigando a parar. Passa vários segundos me encarando em silêncio.

— Estou com ciúmes, Auburn.

Imediatamente, preciso engolir em seco. Também continuo olhando para ele, esperando que volte atrás no que disse, o que não acontece. O olhar de Trey é totalmente sincero.

Ele é o irmão de Adam. O tio de AJ.

Não posso.

É Trey.

Passo por ele e continuo andando. Estamos a apenas uma quadra do meu apartamento, então não fico surpresa quando escuto seus passos atrás de mim. Sigo em frente, tentando assimilar as duas últimas horas da minha vida, mas é um pouco difícil fazer isso enquanto o irmão ciumento do meu namorado morto me persegue.

Quando alcanço minha porta, eu a destranco e me viro para ele. Seus olhos parecem facas de trinchar, me escavando, me esvaziando. Estou prestes a dizer boa noite quando ele ergue o braço e apoia a mão no caixilho da porta, ao lado da minha cabeça.

— Você pensa nisso?

Sei exatamente a que ele está se referindo, mas me faço de desentendida.

— Nisso o quê?

Seus olhos se fixam em meus lábios.

— Em nós dois.

Nós dois.

Eu e Trey.

Posso dizer sinceramente que não, que nunca penso nisso. Mas não quero magoá-lo, então não respondo nada.

— Faz sentido, Auburn.

Balanço a cabeça, quase com firmeza. Não quero parecer muito relutante, mas é exatamente como estou me sentindo.

— Não faz *nenhum* sentido — respondo. — Você é irmão de Adam. É tio de AJ. Isso o deixaria confuso.

Trey dá um passo para a frente. É diferente de quando Owen se aproxima de mim. A proximidade de Trey é sufocante, como se eu precisasse esmurrar o ar para conseguir respirar.

— Eu o amo, Auburn. Sou a única figura paterna do seu filho — afirma Trey. — Ele está morando na minha casa com minha mãe, e se nós dois ficássemos juntos...

Eu me empertigo imediatamente.

— Espero que não esteja prestes a usar meu filho como justificativa para que eu fique com você.

A raiva em minha voz me surpreende, então sei que Trey também fica surpreso.

Ele passa a mão no cabelo e parece não saber o que dizer. Olha para o corredor enquanto tenta elaborar uma resposta.

— Olhe — diz ele, me encarando novamente. — Não estou tentando usá-lo para me aproximar de você. Sei que foi a impressão que passei. Só estou dizendo que... faz sentido. Nós dois juntos é algo que faz sentido.

Não respondo, porque tudo o que ele diz tem um pouco de verdade. Lydia confia mais em Trey que em qualquer pessoa no mundo. E se Trey e eu ficássemos juntos...

— Pense nisso — diz ele, sem esperar uma resposta minha ainda. — A gente pode ir devagar. Para ver se dá certo. — Ele afasta a mão do caixilho da porta e se afasta, me dando espaço para respirar. — A gente conversa no domingo à noite. Preciso voltar ao trabalho. Promete que vai deixar a porta trancada?

Assinto e odeio meu gesto, porque não quero que ele ache que concordei com tudo o que ele acabou de dizer.

Mas... faz sentido. Ele mora na mesma casa que AJ e Lydia, e tudo o que quero é passar mais tempo com meu filho. Cheguei ao ponto em que nem me importo com o que é preciso fazer para passar mais tempo com AJ... Preciso disso. Estou morrendo de saudade.

Não gosto do fato de estar considerando sua proposta. Não sinto por Trey nem uma fração do que eu sentia por Adam. E nem dá para comparar com o que sinto por Owen.

Mas ele tem razão. Ficarmos juntos me deixaria mais próxima de AJ. E o que sinto por AJ é mais forte que o que sinto por qualquer coisa ou pessoa no mundo. Vou fazer o que for preciso para ter meu filho de volta.

O que for preciso.

～っ

Antes de me mudar para cá, Lydia me garantiu que o trânsito não era tão ruim em Dallas. Quando perguntei quanto tempo eu levaria do meu possível apartamento até sua casa, ela respondeu: "Ah, são só uns 15 quilômetros."

Ela só se esqueceu de dizer que 15 quilômetros em Dallas significam uns 45 minutos de táxi. Na maioria das noites, só saio do trabalho às 19h. Quando entro no táxi para ir até a casa dela, já está na hora de AJ dormir. Por causa disso, ela diz que minhas visitas durante a semana são inconvenientes.

"Ele fica agitado", justifica ela.

Então todo o tempo que tenho com meu filho são os jantares de domingo e algum dia da semana, quando a convenço a me deixar visitá-lo. Claro que passo o máximo de tempo possível no domingo. Às vezes, chego na hora do almoço e só vou embora depois que ele dorme. Sei que ela fica irritada com isso, mas não estou nem aí. Ele é meu filho, e eu não devia ter de pedir permissão para visitá-lo.

Hoje foi um dia excepcionalmente longo com ele, e amei cada segundo. Assim que acordei, tomei banho e chamei um táxi. Estou aqui desde o café da manhã, e AJ não saiu do meu lado. Assim que terminamos o jantar, eu o trouxe para o sofá e ele pegou no sono em meu colo depois de meio episódio de desenho animado. Normalmente lavo a louça e arrumo as coisas depois do jantar, mas dessa vez não me ofereço para fazer isso. Hoje só quero abraçar meu filhinho enquanto ele dorme.

Não sei se Trey está tentando provar que pode cuidar da casa, ou se passei a enxergá-lo um pouco diferente, mas foi ele quem assumiu e limpou a cozinha inteira. Pelo barulho que escuto, ele acabou de encher e ligar o lava-louça.

Ergo os olhos quando ele aparece na porta que divide a cozinha e a sala. Ele se encosta no caixilho da porta e sorri ao nos ver abraçados no sofá.

Fica nos observando em silêncio por um instante, até Lydia aparecer e interromper aquele momento tranquilo.

— Espero que ele não esteja dormindo há muito tempo — diz ela, olhando para AJ em meus braços. — Quando ele dorme muito cedo, acorda no meio da noite.

— Faz alguns minutos que ele dormiu — digo. — Ele vai ficar bem.

Ela se senta em uma das poltronas ao lado do sofá e olha para Trey, que ainda está parado na porta.

— Vai trabalhar esta noite? — pergunta ela.

Trey assente e se empertiga.

— Vou. Na verdade, preciso ir — diz ele, e olha para mim.

— Quer uma carona para casa?

Olho para AJ em meus braços. Não estou nem um pouco pronta para ir embora, mas não sei se devo fazer o que preciso com AJ adormecido em meu colo. Tenho criado coragem para conversar com Lydia sobre nosso acordo, e agora parece um momento tão bom quanto qualquer outro.

— Na verdade, eu queria conversar com sua mãe sobre uma coisa antes de ir embora — digo para Trey.

Sinto Lydia olhar para mim, mas não retribuo seu olhar. Era de se esperar que, depois de morar tanto tempo com uma pessoa, como é o meu caso, eu não devia mais ter medo dela. Porém, é difícil não sentir medo de alguém que detém tanto poder sobre a coisa que você mais quer na vida.

— Seja lá o que for, a conversa pode esperar, Auburn — diz Lydia. — Estou exausta, e Trey precisa trabalhar.

Passo a mão no cabelo de AJ. Ele tem o cabelo do pai. Macio e fino como seda.

— Lydia — digo baixinho. Olho para ela, sentindo um frio na barriga e o coração na boca. Toda vez que tento tocar nesse assunto, ela me impede, mas preciso resolver isso logo. — Quero conversar com você sobre a guarda. E ficaria muito feliz de conversar hoje, porque não estou aguentando não poder ficar com ele tanto quanto antes.

Quando eu morava com eles em Portland, eu o via todo dia. A guarda não era um problema na época porque, depois do colégio, eu ia para a mesma casa do meu filho. Apesar de Lydia ter a palavra final sobre tudo o que envolvia AJ, eu ainda me sentia a mãe.

No entanto, desde que ela o pegou e se mudou para Dallas vários meses atrás, estou me sentindo a pior mãe do mundo. Nunca vejo meu filho. Toda vez que converso com ele ao telefone, choro quando desligo. É inevitável pensar que ela está tentando nos distanciar de propósito.

— Auburn, você pode visitá-lo quando quiser.

Balanço a cabeça.

— Mas é exatamente esse o problema — digo. — Não posso. — Minha voz sai fraca, e odeio estar parecendo uma criança. — Você não gosta que eu o visite durante a semana, e nem deixa ele dormir lá em casa.

Lydia revira os olhos.

— Por um bom motivo — diz ela. — Como posso confiar nas pessoas que você deixa entrar na sua casa? O último rapaz que estava em seu quarto era um criminoso condenado.

Olho para Trey, que imediatamente desvia a vista de mim. Ele sabe que o fato de ter contado a Lydia sobre o passado de Owen criou uma barreira entre mim e AJ. Ele nota a raiva em meu rosto, então entra na sala.

— Vou colocar AJ na cama — diz ele.

Eu me sinto agradecida por isso, pelo menos. AJ não precisa acordar e ouvir nossa conversa. Entrego meu filho para Trey e me viro para Lydia.

— Eu não teria deixado ele ficar com AJ no apartamento — digo em minha defesa. — Ele nem sequer estaria no meu apartamento se eu soubesse que você ia levar AJ lá pra casa.

Seus lábios se contraem, e seus olhos se estreitam em desaprovação. Odeio a maneira que ela me olha.

— O que está me pedindo, Auburn? Quer que seu filho durma no seu apartamento às vezes? Quer aparecer aqui toda noite logo antes da hora de dormir e agitá-lo até ele perder o sono? — Ela se levanta, frustrada. — Crio esse menino desde que nasceu, então não pode esperar que eu aceite que ele fique na presença de um desconhecido.

Também me levanto. Ela não vai ficar em pé ao meu lado para me fazer sentir inferior.

— *Nós duas* o criamos desde que ele nasceu, Lydia. Participei de todos os momentos. Ele é meu filho. Sou a mãe dele.

Eu não devia ter de pedir permissão para passar algum tempo com ele.

Lydia me encara, e espero que esteja entendendo e aceitando o que digo. Ela precisa perceber como está sendo injusta.

— Auburn — diz ela, exibindo um sorriso falso. — Já criei filhos, então sei como rotina e horários são importantes para o desenvolvimento de uma criança. Se quer visitá-lo, não tem problema algum. Mas vamos precisar organizar um horário mais constante para que isso não o afete negativamente.

Esfrego as mãos no rosto, para cima e para baixo, tentando aliviar um pouco minha frustração. Solto o ar e, com calma, apoio as mãos no quadril.

— Não o afete negativamente? — repito. — Como ele pode ser afetado negativamente com a presença da mãe para colocá-lo na cama toda noite?

— Ele precisa de constância, Auburn...

— E é o que estou tentando *dar*, Lydia! — grito. Assim que ergo a voz, paro de falar. Nunca ergui a voz com ela. Nenhuma vez.

Trey volta para a sala, e Lydia olha para ele e depois para mim.

— Deixe Trey levá-la em casa — diz ela. — Está tarde.

Ela não se despede nem pergunta se o assunto acabou. Sai da sala, como se tivesse colocado um ponto final na conversa, independentemente de eu ter terminado ou não.

— Afe! — resmungo, nada contente com a conversa.

Além de não conseguir dizer que quero que meu filho more comigo, também não fui capaz de melhorar minha situação. Ela sempre fala em "constância" e "rotinas", como se eu estivesse tentando tirá-lo da cama à meia-noite para comer panquecas todos os dias. Tudo o que eu quero é ver meu filho com mais frequência do que ela permite. Não entendo como ela pode não perceber como isso me magoa. Ela devia ficar grata porque quero desempenhar meu papel de mãe. Tenho certeza de que existem pessoas na sua situação que adorariam que os pais de seus netos dessem a mínima para eles.

A risada de Trey me distrai do meu pensamento. Eu me viro para ele, que está sorrindo.

Jamais quis tanto esmurrar um sorriso. Se existir um momento mais inadequado para rir que agora, não quero estar presente.

Ele percebe que não estou achando graça na sua risada, mas não tenta disfarçá-la. Balança a cabeça e abre o armário do corredor para pegar suas coisas.

— Você acabou de gritar com minha mãe — diz ele. — Uau!

Eu o fulmino com o olhar enquanto ele põe o coldre no uniforme policial.

— Que bom que acha graça da minha situação — digo secamente.

Passo por ele e saio de casa. Quando alcanço seu carro, entro e bato a porta. Assim que fico sozinha na escuridão, começo a chorar.

Eu me permito chorar o máximo que consigo até ver Trey saindo da casa vários minutos depois. Contenho as lágrimas imediatamente e seco os olhos. Depois que ele entra no carro e fecha a porta, fico encarando a janela e torço para que esteja óbvio que não estou a fim de conversar.

Acho que ele percebe que me deixou furiosa, porque não diz nada durante todo o caminho para minha casa. E, apesar de não ter trânsito, vinte minutos demoram a passar quando está tão silencioso.

Após estacionar na frente do meu prédio, ele sai do carro e me acompanha até lá dentro. Ainda estou furiosa quando chego à minha porta, mas a tentativa de escapar para dentro do meu apartamento sem me despedir é frustrada quando ele agarra meu braço e me obriga a virar.

— Desculpe — diz ele. — Eu não estava rindo da sua situação, Auburn. — Balanço a cabeça e sinto a tensão cerrando meu maxilar. — É que... não sei. Ninguém grita com minha mãe, e achei engraçado. — Ele dá um passo na minha direção e ergue a mão até o caixilho da porta. — Na verdade — continua —, achei até um pouco sexy. Eu nunca tinha visto você zangada.

Olho para ele imediatamente.

— Está falando sério, Trey?

Juro por Deus que, se havia alguma chance de que algum dia eu pudesse achá-lo atraente, ele acabou de arruiná-la de vez com esse comentário.

Ele fecha os olhos e recua um passo. Ergue as mãos, se rendendo.

— Não estou insinuando nada — diz ele. — Foi um elogio. Mas é óbvio que você não está a fim de ser elogiada, então talvez a gente possa tentar isso outra hora.

Reajo à despedida com um breve aceno enquanto me viro e fecho a porta. Depois de alguns segundos, escuto Trey me chamando do outro lado da porta.

— Auburn — diz ele baixinho. — Abra a porta.

Reviro os olhos, mas me viro e abro a porta. Ele está parado com os braços cruzados. Está com uma expressão arrependida. Apoia a cabeça no caixilho da porta, e isso me lembra da noite em que Owen ficou exatamente naquela posição. Eu achava bem melhor quando era Owen quem estava ali.

— Vou falar com minha mãe — diz ele. Essas palavras me fazem parar e prestar total atenção a Trey. — Você tem razão, Auburn. Devia passar mais tempo com AJ, e ela só está dificultando as coisas para você.

— Vai falar com ela? Mesmo?

Ele dá um passo para a frente até ficar na soleira da porta.

— Eu não quis deixar você chateada mais cedo — diz ele. — Queria que você se sentisse melhor, mas pelo jeito deu errado. Não fique zangada, está bem? Não sei se aguento ver você zangada comigo.

Engulo em seco diante do pedido de desculpa e balanço a cabeça.

— Não estou zangada com você, Trey. É só... — Inspiro e expiro lentamente. — Às vezes sua mãe me deixa frustrada pra cacete.

Ele sorri, concordando.

— Sei o que quer dizer — afirma ele. Depois se afasta da porta e olha para o corredor. — Preciso trabalhar. A gente se fala mais tarde, OK?

Assinto e dou um sorriso genuíno para ele. O fato de estar disposto a falar com Lydia por mim merece alguns sorrisos. Ele se afasta vários passos antes de se virar e ir embora. Fecho a porta do apartamento depois que ele desaparece no corredor. Ao me virar, sinto meu coração na garganta quando vejo Emory a alguns metros de mim.

Segurando um gato.

Um gato que me parece muito familiar...

Aponto para Owen-Gata.

— O quê... — Abaixo o braço, totalmente confusa. — Como?

Ela olha para a gata e dá de ombros.

— Owen passou aqui há mais ou menos uma hora — diz ela. — Deixou isso e um bilhete.

Balanço a cabeça.

— Ele deixou sua gata?

Ela se vira e anda até a sala.

— E um bilhete. Ele disse que você saberia onde encontrá-lo.

Vou até meu quarto e logo em seguida me ajoelho e entro na barraca. Há um papel dobrado em um dos travesseiros. Eu o pego e me deito, depois o abro.

Auburn,

Sei que é muito pedir para você ficar com Owen, mas eu não tinha mais a quem pedir. Meu pai é alérgico a gatos, e talvez tenha sido por isso que adotei Owen, para início de conversa. Harrison só vai voltar para Dallas na terça, mas, se precisar, pode deixá-la no bar.

Sei que já repeti isso várias vezes, mas realmente peço desculpas. Você merece alguém que possa te dar o que você precisa, e, neste momento, esse alguém não sou eu. Se eu soubesse que você apareceria na minha porta algum dia, eu teria feito tudo diferente.

Tudo.

Por favor, não deixe que ninguém faça você se sentir menos do que é.

Cuide-se.

P.S.: Sei que qualquer dia desses você vai ter de deixar alguém usar seu banheiro. Mas me faça o favor de tirar aqueles sabonetinhos de concha de lá. Não aguento

*imaginar que outra pessoa possa amar aqueles sabonetes
tanto quanto eu.*

*P.P.S.: Você só precisa alimentar Owen uma vez por dia.
É bem fácil mantê-la viva. Agradeço com antecedência
por cuidar dela, independentemente do tempo que passar
fazendo isso. Sei que ela estará em boas mãos, pois vi você
desempenhando o papel de mãe, e é excelente nisso.*

— Owen

Fico chocada com as lágrimas que escorrem pelas minhas bochechas. Fecho a carta e logo em seguida saio do quarto. Quando
encontro Emory na sala, pego Owen-Gata dos seus braços e
a levo até meu quarto. Fecho a porta e me aconchego na cama
com ela. A gata aceita e se deita ao meu lado, como se devesse
estar exatamente aqui.

Ficarei feliz em tomar conta dela, pelo tempo que Owen
precisar. Porque a presença dela me conecta a ele. E, por alguma razão, sinto que preciso dessa conexão com Owen, porque
assim sinto uma dor um pouco menos intensa no peito quando
penso nele.

CAPÍTULO CATORZE

Owen

Olho para meu pai, parado, cheio de culpa, na porta da sala de espera. Estou sentado a uma mesa muito parecida com aquela de algumas semanas atrás, quando fui preso. Mas agora estou pagando o preço pela detenção.

Olho para meus pulsos e empurro um centímetro as algemas para aliviar um pouco a pressão.

— Para que serve seu diploma em Direito se não consegue me livrar disso aqui?

Sei que foi golpe baixo, mas estou furioso. Frustrado. Em estado de choque por ter sido condenado a 90 dias na prisão, apesar de ser meu primeiro delito. Sei que teve tudo a ver com o fato de o Juiz Corley estar comandando o caso. Esse é o tamanho do meu azar. *Claro* que meu destino cairia nas mãos de um dos amigos superficiais do meu pai.

Ele fecha a porta da sala de espera, trancando nós dois ali dentro. É nosso último encontro antes que me levem para minha cela, e, sinceramente, eu preferia que meu pai nem estivesse aqui.

Ele dá três passos lentos até o centro da sala e, depois, para ao meu lado.

— Por que diabo não aceitou a reabilitação? — resmunga ele.

Fecho os olhos, desapontado por ele ter focado nisso.

— Não preciso de reabilitação.

— Era só um curto período na clínica, e tudo isso desapareceria do seu registro criminal.

Ele está furioso. Está gritando. Seu plano era que eu aceitasse a reabilitação, mas tenho certeza de que esta é sua maneira de se sentir melhor com o fato de eu ter sido preso. Se eu passasse algum tempo na reabilitação, e não na prisão, seria mais fácil para ele digerir. Talvez eu tenha escolhido a prisão só para irritá-lo.

— Posso falar com o Juiz Corley. Avisar que você tomou a decisão errada na esperança de que ele reconsidere a sentença.

Balanço a cabeça.

— Vá embora, pai.

Sua expressão não muda. Ele não sai da sala.

— Vá! — digo mais alto. — Vá embora! Não quero que venha me visitar. Não quero que me ligue. Não quero falar com você enquanto eu estiver aqui, porque espero mesmo que você siga o próprio conselho.

Ele continua parado, então dou um passo para perto e passo por ele. Bato à porta.

— Me deixe sair! — digo para o oficial de justiça.

Meu pai põe a mão no meu ombro, e me desvio dela.

— Não, pai. Só... Agora não dá.

A porta se abre, e depois me conduzem por um corredor, me afastando do meu pai. Minhas algemas são retiradas, e as grades tinem atrás de mim, em seguida me sento na cama dobrável. Apoio a cabeça nas mãos e me lembro do fim de semana que passei aqui. O fim de semana em que eu devia ter feito tudo diferente.

Se eu simplesmente tivesse percebido que o que estou fazendo não está protegendo ninguém. Nem ajudando ninguém.

Na verdade, estou dando corda, o que faço há anos. *E agora estou pagando o preço mais alto de todos, porque isso está me custando você, Auburn.*

TRÊS SEMANAS ANTES

Olho para o celular e estremeço ao ver o número do meu pai. Se ele está me ligando assim tão tarde, só pode significar uma coisa.

— É melhor eu ir embora — digo, colocando o celular no silencioso e guardando-o no bolso.

Empurro a xícara na direção de Auburn e, por mais que ela se vire rapidamente para disfarçar, percebo que fica desapontada.

— Bem, obrigada pelo trabalho — diz ela. — E por ter me acompanhado até aqui.

Eu me inclino sobre o balcão e apoio a cabeça nas mãos. Esfrego-as no rosto, mas tudo o que queria fazer era dar um murro em mim mesmo. As coisas estavam correndo tão bem entre nós, mas, no instante em que recebo uma ligação do meu pai, eu me fecho e passo a pior impressão possível.

Ela acha que vou embora porque alguma garota me ligou. Essa hipótese não poderia estar mais longe da verdade, e, por mais que eu odeie ter acabado de desapontá-la, me sinto feliz ao perceber que ela ficou com ciúmes. As pessoas só ficam com ciúmes quando há algum sentimento oculto no meio.

Ela finge que está ocupada lavando minha xícara de café, e não percebe que estou me aproximando por trás.

— Não era uma garota — digo a ela.

A proximidade da minha voz a assusta, e ela se vira com os olhos arregalados. Não responde, então me aproximo mais um passo e repito para garantir que ela está entendendo e que acredita em mim.

— Não quero que ache que estou indo embora porque outra garota acabou de me ligar.

— Não é da minha conta quem liga pra você, Owen.

Sorrio, por mais que ela não esteja me vendo. Claro que não é da conta dela, mas quer que seja da conta dela tanto quanto eu. Diminuo a distância entre nós quando apoio as palmas das mãos no balcão, uma a cada lado do seu corpo. Encosto o queixo em seu ombro e sinto vontade de me enterrar em seu pescoço e sentir seu cheiro, mas agarro o balcão e permaneço onde estou. Fica ainda mais difícil controlar meus impulsos quando sinto ela se encostar em mim.

Há tantas coisas que eu quero nesse momento. Quero abraçá-la. Quero beijá-la. Quero pegá-la nos braços e carregá-la até minha cama. Quero que passe a noite comigo. Quero confessar para ela tudo o que estou guardando desde que a vi na minha porta.

Quero tanto tudo isso que estou disposto a fazer a última coisa de que tenho vontade: desacelerar as coisas para não a assustar.

— Quero ver você de novo.

Quando ela diz "Está bem", preciso de todas as minhas forças para não erguê-la num rodopio. De alguma maneira, consigo manter a calma e a compostura, mesmo enquanto ela me acompanha até a porta e nos despedimos.

E, quando ela finalmente fecha a porta pela última vez, quero bater de novo. Quero que ela abra a porta pela quarta vez para que eu possa encostar meus lábios nos seus e ter uma provinha de como espero que nosso futuro seja.

Antes que eu possa decidir se vou embora e espero até amanhã ou se a faço abrir a porta para me dar um beijo de boa-noite, meu celular decide por mim. Eu o tiro do bolso depois que começa a tocar, e atendo meu pai.

— Você está bem? — pergunto.

— Owen... Merda... Isso...

Pela sua voz, percebo que andou bebendo. Ele murmura alguma coisa ininteligível e depois... nada.

— Pai?

Silêncio. Quando saio do prédio, pressiono a mão no ouvido para tentar escutá-lo melhor.

— Pai! — grito.

Escuto um ruído e depois mais murmúrios.

— Sei que não devia ter feito isso... Desculpe, Owen, não consegui...

Fecho os olhos e tento manter a calma, mas ele está dizendo coisas sem sentido.

— Me diga onde está. Estou a caminho.

Ele murmura o nome de uma rua que não fica longe da sua casa. Digo para ele ficar onde está, e corro até meu apartamento para pegar o carro.

Não faço ideia do que vou encontrar quando chegar lá. Só espero que ele não tenha feito nenhuma idiotice que acabe levando-o para a prisão. Até então ele teve sorte, mas não é possível uma pessoa ter tanta sorte e continuar se safando desse jeito.

Quando estaciono na rua, não vejo nada. Há algumas casas por ali, porém é uma área mais deserta, próxima à subdivisão onde ele mora. Perto do fim da rua, finalmente avisto seu carro. Parece que derrapou para fora da pista.

Paro no acostamento e saio a fim de checar como ele está. Vou até a frente do carro para ver se houve algum dano, mas não há nada. Os faróis estão acesos, e parece que ele simplesmente não conseguiu descobrir como voltar à pista.

Ele está dormindo no banco da frente, com as portas trancadas.

— Pai!

Bato na janela até que, por fim, ele acorda. Atrapalha-se com os botões da porta e baixa a janela, tentando destrancar o carro.

— Botão errado — digo. Enfio o braço pela janela e destranco a porta, abrindo-a. — Chegue para lá.

Meu pai encosta a cabeça no apoio e me olha com uma expressão desapontada.

— Estou bem — murmura ele. — Só precisava tirar um cochilo.

Eu o cutuco com o ombro para que ele saia do banco do motorista. Ele resmunga e vai para o do carona, encostando-se na porta. Infelizmente, isso está se tornando parte da rotina. Só no último ano, é a terceira vez que precisei resgatá-lo. Não parecia tão grave quando eram só os analgésicos, mas agora ele passou a misturá-los com álcool e fica difícil esconder das outras pessoas.

Tento ligar o carro, mas ainda está engrenado. Coloco-o em ponto morto e o ligo com calma. Engato a ré e sigo para a pista sem qualquer problema.

— Como você fez isso? — pergunta ele. — Não funcionou quando tentei.

— Estava engrenado, pai. Não dá para ligar o carro quando está engrenado.

Assim que passo pelo meu carro estacionado no meio-fio, ergo a chave e o tranco. Vou ter de pedir a Harrison que venha me buscar e me trazer de volta até meu carro depois que eu deixar meu pai em casa.

Após um quilômetro e meio dirigindo, o choro começa. Meu pai está todo encurvado, encostado na janela do carona, e seu corpo inteiro começa a estremecer por causa das lágrimas. Isso costumava me incomodar, mas acabei ficando imune. E é provável que eu odeie mais o fato de ter me tornando imune à sua depressão do que odeie sua depressão propriamente dita.

— Desculpe mesmo, Owen — diz ele, engasgando. — Eu tentei. Eu tentei, eu tentei, eu tentei. — Está chorando tanto que fica cada vez mais difícil entender suas palavras, mas ele prossegue: — Só mais dois meses, é só disso que preciso. Depois procuro ajuda, prometo.

Ele continua derramando suas lágrimas de vergonha, e essa é a parte mais difícil para mim. Aguento suas variações de humor, os períodos de abstinência, as ligações tarde da noite. Faz anos que lido com essas coisas.

Ver suas lágrimas é o que acaba comigo. Perceber que ele continua arrasado por causa daquela noite é o que me faz aceitar suas desculpas. Perceber a depressão em sua voz é o que traz de volta o horror daquela noite, e, por mais que eu queira odiá-lo por ser tão fraco, também quero aplaudi-lo por ainda estar vivo. Não sei se eu teria vontade de viver se estivesse no seu lugar.

Seu choro para imediatamente assim que as luzes invadem o carro. Já fui parado pela polícia várias vezes. Sei que é apenas rotina quando tem um carro na rua tão tarde da noite. Mas fico nervoso por causa do estado em que meu pai se encontra.

— Pai, deixe eu resolver isso — digo, parando no acostamento. — Ele vai saber que você está bêbado se você abrir a boca e falar.

Ele assente e, mesmo nervoso, observa o policial se aproximar do carro.

— Onde está o seguro? — pergunto ao meu pai no instante em que o policial alcança nossa janela.

Meu pai remexe no porta-luvas enquanto baixo a janela.

No mesmo instante percebo que o policial me parece familiar, mas não sei de onde o conheço. Só quando ele se abaixa e me encara nos olhos que me lembro dele. Acho que seu nome é Trey. Não acredito que me lembro disso.

Que ótimo. Fui parado pela única pessoa em quem já dei um soco na cara.

Ele não parece se lembrar de mim, o que é bom.

— Carteira de motorista e seguro — diz ele, com firmeza.

Tiro o documento da carteira, e meu pai me entrega o papel do seguro. Quando entrego os dois para Trey, ele confere minha papelada primeiro. E no mesmo instante sorri, irônico.

— Owen Gentry? — Ele bate no carro com minha carteira de motorista e ri. — Caramba. Achei que nunca mais escutaria esse nome.

Passo os polegares pelo volante e balanço a cabeça. Com certeza ele lembra. O que não é nada bom.

Trey ergue a lanterna e ilumina o interior do carro, percorrendo o banco de trás e depois parando em meu pai, que protege os olhos com o cotovelo.

— É você, Callahan?

Meu pai assente, mas não responde.

Trey ri de novo.

— Olhe só, que ótima surpresa.

Presumo que Trey conhece meu pai porque ele é um advogado de defesa, e talvez isso não nos ajude naquele momento. É comum os advogados que defendem criminosos serem odiados pelos policiais que *prendem* esses criminosos.

Trey baixa a lanterna e dá um passo para trás.

— Saia do carro, senhor. — Ele se dirige a mim, então obedeço. Abro a porta e saio. Quase imediatamente, ele agarra meu braço e me puxa até me virar de forma voluntária e colocar os braços no capô. Ele começa a me apalpar. — Está em posse de alguma coisa que eu deva saber?

Hein? Balanço a cabeça.

— Não. Só estou levando meu pai para casa.

— Bebeu hoje?

Penso nos drinques que tomei no bar mais cedo, mas já faz algumas horas. Não sei se devo mencioná-los. A hesitação na minha resposta não o agrada. Ele me vira e fixa a lanterna bem diante dos meus olhos.

— Quanto você bebeu?

Balanço a cabeça e tento desviar o olhar da luz ofuscante.

— Só alguns drinques. Já faz um tempo.

Ele se afasta e pede para meu pai sair do carro. Felizmente, meu pai abre a porta. Pelo menos está sóbrio o suficiente para isso.

— Dê a volta no carro — ordena Trey.

Ele observa meu pai cambalear do lado do carona até onde estou, segurando-se no carro em busca de apoio durante o caminho. Está nitidamente bêbado, e não faço ideia se é ilegal o passageiro estar embriagado. Pelo que Trey sabe, meu pai não estava dirigindo.

— Tenho permissão para fazer uma busca no veículo?

Olho para meu pai em busca de algum sinal, mas ele está de olhos fechados, encostado no carro. Parece prestes a pegar no sono. Eu me pergunto se devo ou não permitir a busca, mas imagino que recusar só aumentaria as suspeitas de Trey. Além disso, meu pai sabe quais são as consequências de andar com algo que possa colocá-lo em apuros, então, por mais que hoje ele tenha feito a burrada de dirigir depois de beber, duvido muito que ele tenha alguma coisa aqui que possa pôr sua carreira em risco. Dou de ombros casualmente e respondo:

— À vontade.

Só quero que Trey coloque para fora de uma vez seu desejo de vingança e vá embora.

Trey ordena que a gente fique perto da parte de trás do veículo enquanto se inclina por cima do banco da frente. Meu pai está em alerta, observando-o atentamente. Aperta as próprias mãos, com os olhos arregalados de medo. Pela sua expressão, já sei que é bem provável que Trey encontre alguma coisa no carro.

— Pai — sussurro, desapontado.

Nós nos entreolhamos, e ele me lança um olhar arrependido. Meu pai já me prometeu incontáveis vezes que iria procurar ajuda. Mas acho que ele esperou tempo demais.

Ele fecha os olhos quando Trey se dirige para o banco de trás. Depois põe um, dois, três frascos de comprimidos em cima do carro. Abre cada um e inspeciona o conteúdo.

— Parece oxicodona — comenta Trey, girando um comprimido entre o polegar e o indicador. Ele olha para mim e depois para meu pai. — Algum de vocês tem receita para isso aqui?

Olho para meu pai, torcendo, mesmo sem muita esperança, para que ele tenha uma receita. Mas sei que estou apenas me iludindo.

Trey sorri. *O filho da mãe sorri, como se tivesse encontrado ouro.* Ele apoia os cotovelos no carro e enfia de volta os comprimidos nos frascos, um por um.

— Sabe — diz ele, sem olhar para nenhum de nós, mas falando com os dois. — Oxicodona é considerada uma penalidade do grupo um quando obtida ilegalmente. — Ele olha para mim. — Sei que você não é advogado, como seu pai, então me deixe explicar em termos leigos. — Ele se empertiga e tampa os frascos. — No estado do Texas, ser preso por uma penalidade do grupo um é um delito grave, que automaticamente leva à prisão estadual.

Fecho os olhos e solto o ar. É a última coisa de que meu pai precisa. Se ele perder a carreira além de tudo o que já perdeu, não vai sobreviver de maneira alguma.

— Sugiro que, antes de algum de vocês falar de novo, pense no que aconteceria se um advogado de defesa fosse acusado de um delito grave. Tenho quase certeza de que ele perderia a licença para exercer a profissão.

Trey contorna o veículo e para entre mim e meu pai. Depois olha meu pai dos pés à cabeça.

— Pense nisso por um instante. Um advogado que fez carreira defendendo criminosos perde o direito à profissão e se *torna* o criminoso. Não poderia ser mais irônico. — Depois Trey se vira para mim. — Trabalhou hoje à noite, Gentry?

Inclino a cabeça, confuso com sua pergunta.

— Você é dono daquele ateliê, não é? Hoje não foi uma das noites em que abriu?

Odeio o fato de que ele sabe sobre meu ateliê. Odeio ainda que esteja perguntando sobre esse assunto.

Confirmo com a cabeça.

— Sim. Primeira quinta-feira de todo mês.

Ele dá um passo à frente.

— Foi o que achei — diz ele, girando os três frascos nas mãos. — Vi você saindo do ateliê com alguém mais cedo. Uma garota?

Ele estava me seguindo? Por que estaria me seguindo? E por que me perguntaria sobre Auburn?

Minha garganta fica seca.

Não acredito que a ficha só caiu agora. *Claro* que Auburn tem alguma relação com Trey. É provavelmente por causa da família dele que ela voltou para o Texas.

— Sim — digo, encontrando uma forma de amenizar a situação. — Ela trabalhou para mim esta noite, então a acompanhei até sua casa.

Ele semicerra os olhos diante da minha resposta e assente.

— Pois é — diz ele secamente. — Não gosto muito de vê-la trabalhando para alguém como você.

Sei que ele é um policial, mas no momento só consigo ver um babaca na minha frente. Os músculos do meu braço se tensionam, e seus olhos focam imediatamente em meus punhos cerrados.

— O que quer dizer com "alguém como eu"?

Ele olha para mim mais uma vez e cai na gargalhada.

— Bem, nós dois não temos uma história muito boa, não é? Você me atacou na primeira vez que nos encontramos. Assim que parei seu carro esta noite, você admitiu que estava dirigindo bêbado. E agora... — Ele olha para os comprimidos em suas mãos. — Agora encontro isto aqui no veículo que você estava dirigindo.

Meu pai dá um passo à frente.

— Isso aí é...

— Pare! — grito para meu pai, interrompendo-o.

Sei que ele vai dizer que é dono dos comprimidos, mas não está sóbrio o suficiente para se dar conta do que isso faria com sua carreira.

Trey ri de novo, e, sinceramente, já cansei de ouvir esse som.

— Enfim — diz ele. — Se ela precisar de alguém para levá-la até sua casa, pode me chamar.

Ele bate no capô com o frasco de comprimidos.

— Então, de quem é isso aqui?

Meu pai olha para mim. Percebo que há um conflito em seus olhos, pois ele não sabe o que dizer. E não dou a oportunidade de que diga nada.

— É meu.

Fecho os olhos e penso em Auburn, pois este momento e a ameaça indireta de Trey para que eu fique longe dela estão acabando com qualquer chance que a gente pudesse ter.

Merda.

Minha bochecha encosta no metal frio do capô.

— Você tem o direito de permanecer em silêncio...

Minhas mãos são puxadas para trás, e as algemas, fechadas.

Parte Dois

Parte Dois

CAPÍTULO QUINZE

Auburn

Faz vinte e oito dias que Owen foi condenado a noventa dias de prisão. Muita coisa pode acontecer em vinte e oito dias.

Aperto mais o cobertor em volta de seu corpo e me inclino para dar um beijo na testa de AJ.

— Vejo você depois da escola amanhã, está bem?

AJ sorri para mim, e, assim como toda vez em que ele faz isso, eu me derreto. Ele é igual a Adam. Com exceção do tom avermelhado em seu cabelo predominantemente castanho, tudo nele é igual a Adam, até os trejeitos.

— Você vai comer com a gente?

Assinto e o abraço novamente. Ter de me despedir dele, sabendo que não está dormindo na minha casa, é a parte mais difícil para mim. Eu devia colocá-lo para dormir numa cama que ficasse em nossa própria casa.

No entanto, o que quer que Trey tenha dito para Lydia funcionou, pois tenho vindo aqui mais vezes durante a semana, e ela não me criticou.

— Está pronta? — pergunta Trey atrás de mim.

— Boa noite, AJ. Vou te amar para sempre.

Ele sorri.

— Boa noite, mamãe. Vou te amar para sempre.

Apago a luz enquanto saio do quarto e fecho a porta. Trey estende a mão para mim, enquanto andamos até a sala. Olho para nossas mãos entrelaçadas, e tudo que sinto é culpa. Nas últimas semanas, tentei corresponder aos seus sentimentos, mas até agora não funcionou como eu esperava.

Vamos até a sala de estar, e Lydia está sentada no sofá. Seus olhos se fixam imediatamente em nossas mãos. Ela dá um breve sorriso, e não sei o que isso significa. Trey disse que ela não teve reação quando ele contou sobre nosso primeiro encontro na semana passada, mas sei que ela tem alguma opinião. Quase acho que ela ficaria feliz, pois se eu criar uma ligação positiva com ela por meio de Trey, o risco de que eu pegue meu filho e o leve de volta para Portland diminui muito.

— Vai trabalhar hoje? — pergunta ela a Trey.

Ele assente enquanto solta minha mão e pega a chave do armário da entrada.

— Nas próximas três semanas estou escalado para o turno da noite — conta ele.

Ele enfia a chave na porta e pega a arma no coldre.

Minha atenção se desvia de Trey para uma foto de Adam pendurada na parede da sala. Ele não devia ter mais de 14 anos naquela imagem. Toda vez que venho aqui, me esforço ao máximo para não a olhar, mas fico chocada ao perceber como AJ se parece com o pai. Quanto mais velho meu filho fica, mais vejo as feições de Adam. Mas saber que Adam não passou dos 16 anos me faz imaginar como teria sido sua aparência na idade adulta. Se ele estivesse vivo, será que se pareceria com Trey? Será que AJ vai se parecer com Trey?

— Auburn.

A voz de Trey está tão perto que eu me sobressalto. Quando olho para ele, Trey lança um breve olhar para a foto de Adam e depois se vira para a porta de casa. Parece desapontado por eu ter ficado encarando a foto, e me sinto bastante culpada. Para ele deve ser difícil saber que eu sentia algo tão forte pelo irmão. Sei que seria ainda mais difícil se ele descobrisse que *continuo* sentindo algo muito forte por seu irmão.

— Boa noite, Lydia — me despeço, andando até a porta.

Ela sorri, mas sempre acho que tem alguma coisa estranha em seu sorriso. Quase como se houvesse um pouco de culpa por trás. Pode ser apenas minha consciência, mas nunca superei o fato de que ela parece se ressentir de mim devido ao tempo que passei com Adam antes de ele falecer. Acho que ela não gostava do que Adam sentia por mim, e tenho certeza de que não gostava de quanto tempo ele queria passar comigo.

E isso me deixa apreensiva até certo ponto, porque, por mais que ela pareça apoiar meu relacionamento com Trey, fico preocupada com o que vai acontecer se as coisas não derem certo entre nós dois. Justamente por esse motivo não oficializei nada, pois quando eu fizer isso, preciso estar preparada para o que pode acontecer com AJ se nós dois não durarmos como um casal.

❧

Trey me acompanha até a porta do meu apartamento, como fez quase todas as noites daquela semana. Sei que ele continua esperando que eu o convide para entrar, mas ainda não cheguei a esse ponto. Não sei quando vou chegar, mas finalmente deixei que me beijasse ontem à noite, algo que eu não tinha em mente. Ele simplesmente me beijou. Eu havia destrancado a porta, e, quando me virei para ele, seus lábios encostaram nos meus antes que eu pudesse concordar ou recusar. Eu queria dizer que gostei, mas o que mais senti foi constrangimento, por vários motivos.

Ainda fico apreensiva com o fato de que eu era apaixonada pelo seu irmão. Talvez eu ainda esteja apaixonada pelo seu irmão, e pode ser que esse sentimento nunca passe. Também fico apreensiva por só ter transado com seu irmão. E me preocupo com o fato de AJ considerar Trey apenas como um tio desde que nasceu, e não quero confundi-lo caso as coisas fiquem sérias entre nós.

Também tem o problema da atração. Trey com certeza é um cara bonito. É confiante e tem uma ótima carreira. Porém, tem alguma coisa a mais além dos músculos e do cabelo escuro penteado com perfeição. Ele também é totalmente diferente de como Adam era. Algo que, na verdade, me desanima.

Adam tinha bondade. Passava uma tranquilidade. Quando eu estava com ele, me sentia segura.

Sinto o mesmo com Owen e acho que por isso me senti atraída. Ele tem várias qualidades iguais às de Adam.

Até agora, não senti o mesmo com Trey. Tento não pensar que posso estar me comprometendo com alguém que receio não ser boa pessoa. No entanto, sempre associei Trey a Lydia desde que o conheci, então talvez não tenha a ver com o caráter de Trey. Talvez eu o tenha julgado injustamente por achar que sua mãe não é boa pessoa.

Por causa disso, estou tentando ficar mais receptiva à ideia de estar com ele. E foi por isso que deixei que me beijasse ontem à noite, pois às vezes a intimidade cria certa conexão entre as pessoas, que elas não conseguiriam de outra maneira.

Destranco a porta e inspiro lentamente antes de me virar. Tento enfiar na minha cabeça que quero que ele me beije, que seu beijo pode ser bom e excitante, mas tenho certeza de que não vou sentir nem uma fração do que senti quando Owen me beijou.

Aquilo, sim, foi um beijo.

Fecho os olhos e tento tirar Owen da cabeça, mas é difícil. Quando você cria uma ligação com alguém tão depressa e sente algo tão intenso no beijo, não é fácil esquecê-lo mesmo depois de ele fazer alguma coisa que a magoa. E, por mais que eu não queira me envolver com os problemas sérios de Owen, não consigo parar de pensar nele. Talvez porque a pessoa que conheci e a que ele acabou revelando ser não pareçam a mesma. E por mais que eu tente esquecê-lo, não consigo não me preocupar. Fico preocupada pensando o que ele está fazendo no momento. Eu me preocupo com quanto tempo ele vai passar na prisão. E com seu ateliê. E com Owen-Gata, porque ainda estou com ela e sei que, assim que Owen for solto, vou ter de encontrá-lo novamente para devolver seu bicho de estimação.

Fico preocupada pensando em como vou conseguir esconder isso de Trey, pois ele acha que Owen-Gata é de Emory.

Ele também acha que o nome da gata é Docinho.

— Vai trabalhar amanhã? — pergunta Trey.

Eu me viro e olho para ele. É bem mais alto que eu, e às vezes isso me intimida. Confirmo com a cabeça.

— De 9h às 16h.

Ele leva a mão ao meu pescoço e se inclina para me beijar. Fecho os olhos e me esforço para gostar do momento em que sua boca encosta na minha. Por um instante, imagino que estou beijando Owen, mas odeio ter de fazer isso.

O beijo é rápido. Ele está atrasado para o trabalho, então sou poupada do constrangimento de não o convidar para entrar.

Trey sorri para mim.

— É a segunda vez que me deixou beijar você.

Sorrio.

— Me ligue quando sair do trabalho amanhã — diz ele. — Que seja às três da tarde.

Assinto novamente, e Trey se vira para ir embora. Abro a porta do apartamento, mas ele me chama antes que eu a feche depois de entrar. Ele se reaproxima da porta e me olha com uma expressão séria.

— Não se esqueça de trancar as portas hoje à noite. Ouvi dizer que Gentry foi solto antes do tempo, e não me surpreenderia se ele passasse aqui numa tentativa de se vingar de mim.

O ar some dos meus pulmões, e tenho de disfarçar a dificuldade para respirar. Não quero que ele perceba que suas palavras me deixaram abalada, então balanço a cabeça rapidamente.

— Por que ele ia querer se vingar de você?

— Porque, Auburn, eu tenho o que ele não pode ter.

Fico inquieta, porque não gosto do fato de Trey achar que "é meu dono". Essa é mais uma diferença entre Trey e Owen. Tenho a impressão de que Owen nunca diria que "me tem".

— Vou deixar trancada. Prometo.

Trey assente e segue pelo corredor. Fecho a porta e a tranco. Fico encarando a tranca.

Destranco-a.

Não sei por quê.

Owen-Gata ronrona aos meus pés, então me abaixo e a coloco no colo. Depois vou para meu quarto, e a primeira coisa que faço, que também foi a primeira coisa que fiz ontem à noite depois de beijar Trey, é escovar os dentes. Sei que é um pensamento absurdo, mas sinto que beijar Trey seria como trair Owen.

Quando termino de escovar os dentes, volto para o quarto e observo Owen-Gata entrar na barraca. Não tive coragem de desmontá-la, principalmente por saber que, assim que AJ puder passar a noite aqui, vai adorar a barraca. Também entro e me deito. Coloco Owen-Gata em cima da minha barriga e lhe faço carinho.

Meus sentimentos estão muito confusos. Sinto uma onda de adrenalina, porque sei que Owen não está mais preso e pode muito bem aparecer aqui para buscar a gata a qualquer momento durante a semana. Mas também fico nervosa, pois não sei o que vai acontecer quando encontrar com ele novamente. E odeio o fato de que fico mais ansiosa ao pensar na possibilidade de vê-lo que com o beijo de Trey.

Owen-Gata pula do meu peito quando recebo uma mensagem no celular. Tiro-o do bolso e desbloqueio a tela.

Meu coração tenta escapar do peito quando leio a mensagem de Owen.

Vestido de Carne.

Eu me levanto imediatamente, vou até a sala e escancaro a porta do apartamento. Assim que nossos olhares se encontram, sinto como se houvesse um punho espremendo toda a vida do meu coração.

Meu Deus, como senti saudades.

Ele avança um passo, cheio de hesitação. Não quer me deixar constrangida com sua presença, mas percebo, pela sua expressão, que ele sente o mesmo aperto no coração.

Recuo um passo, entrando no apartamento e abrindo mais a porta, convidando-o silenciosamente para dentro. Um sorriso discreto se insinua nos cantos dos seus lábios, e ele se aproxima devagar da porta. Depois que ele passa por ela, dou um passo para o lado até ele entrar completamente. Ele apoia a mão na porta e a fecha, depois se vira e a tranca. Quando se volta para mim, sua expressão está aflita, como se ele não soubesse se deve se virar para ir embora ou me abraçar.

Eu meio que quero que ele faça as duas coisas.

CAPÍTULO DEZESSEIS

Owen

Eu queria que Auburn soubesse como pensei nela. Que toda noite eu me perguntava se o aperto em meu peito era de fato saudade ou simplesmente porque eu não podia vê-la. Às vezes, as pessoas desejam o que não podem ter, e confundem isso com gostar de alguém.

De todo jeito, o sentimento está presente. A pressão, a dor, a expectativa que aumenta aos poucos na minha barriga e que me encoraja a me aproximar e tomar sua boca com a minha. Até já teria feito isso se, no caminho até aqui, eu não tivesse visto Trey saindo do apartamento dela. Felizmente, ele é um babaca distraído e sequer notou minha presença.

Mas eu definitivamente o vi. E fiquei me perguntando o que ele estava fazendo ali tão tarde da noite. Não que eu tenha o direito de saber, mas não tenho como conter a curiosidade.

Semana passada ele foi me visitar na cadeia. Avisaram que eu tinha uma visita, e achei que era meu pai. Uma pequena parte de mim esperava que fosse Auburn. Nunca pensei que ela fosse me visitar enquanto eu estivesse preso, mas acho que a esperança de que isso pudesse acontecer me manteve mais otimista do que eu teria ficado caso não acreditasse que fosse possível.

Quando entrei na sala de visitas e vi Trey ali parado, a princípio achei que ele não estava lá para me ver. Mas depois que ele me fulminou com o olhar, ficou claro. Fui até a cadeira separada para mim e me sentei, e ele fez o mesmo.

Ele passou vários minutos me encarando sem dizer nada. Eu o encarei de volta. Não sei se ele achou que sua mera presença já me intimidava o suficiente, mas não falou nada. Apenas ficou dez minutos inteiros sentado, me encarando.

Eu me mantive firme. Fiquei com vontade de rir algumas vezes, mas consegui me conter. Por fim, ele se levantou, mas continuei sentado. Ele contornou a mesa e quase se virou para a saída atrás de mim, mas, antes disso, acabou parando para me olhar.

— Fique longe da minha garota, Owen.

Nesse instante ele perdeu meu contato visual. Não por ter me deixado furioso ou nervoso, mas porque suas palavras foram como um soco terrível no meu estômago. A última coisa que eu queria era ouvi-lo chamando Auburn de "sua garota". Não tem nada a ver com meu ciúme; tem tudo a ver com meus instintos em relação a Trey.

E por mais que eu precise admitir que odeio ter feito tantas besteiras na vida a ponto de que seria ruim nós dois ficarmos juntos, sinto ainda mais raiva porque ele pode ficar com ela. Ela merece alguém melhor. *Muito* melhor.

Ela merece ficar comigo.

Se ao menos ela soubesse disso... Auburn está me encarando como se quisesse me abraçar de uma vez. Como se quisesse me beijar. E, acredite em mim, se ela fizesse alguma dessas coisas agora com certeza eu ia adorar.

Está parada com as mãos ao lado do corpo, como se não soubesse o que fazer com elas. Ergue a mão direita e a leva ao peito, flexionando o bíceps do braço esquerdo. Depois olha para os próprios pés.

— Você está bem. — Sua voz sai extremamente insegura. Não sei se ela está me fazendo uma pergunta ou apenas um comentário. De qualquer jeito, concordo com a cabeça. Ela solta o ar discretamente, e seu alívio é algo que eu não esperava. Eu não achava que ela estivesse preocupada comigo. Esperava que estivesse, mas esperar algo e ver com os próprios olhos são coisas bem distintas.

Não sei o que está acontecendo neste momento, mas nós dois damos um rápido passo para a frente ao mesmo tempo. Só paramos quando os braços dela envolvem meu pescoço, e meus braços envolvem suas costas, e nos abraçamos; um abraço apertado e desesperado.

Inclino a cabeça na direção do seu pescoço e sinto seu cheiro. Se seu cheiro tivesse cor, seria cor-de-rosa. Doce e inocente com um toque de rosas.

Depois de um abraço longo e mesmo-assim-curto-demais, ela recua um passo e segura minha mão. Depois me puxa até seu quarto, e eu a sigo. Quando ela abre a porta, presto atenção na barraca azul que continua montada ao lado da sua cama. Ela não a desmontou, o que me faz sorrir. Ela fecha a porta do quarto depois que entramos e pega os travesseiros na cama, sorrindo com doçura ao jogá-los dentro da barraca, e depois entra.

Ela se deita, e eu rastejo ao seu lado e também me deito. Ficamos virados um para o outro, e, por vários instantes, tudo o que fazemos é nos entreolhar. Por fim, ergo a mão e afasto uma mecha de cabelo da sua testa, mas percebo que ela recua um pouco. Abaixo a mão.

Parece que ela não quer iniciar a conversa porque sabe que a primeira coisa que precisa mencionar é seu relacionamento com Trey. Não quero deixá-la constrangida, mas também preciso saber a verdade. Pigarreio e, de alguma maneira, consigo dizer as palavras para as quais não quero resposta.

— Você está com ele agora?

São as primeiras palavras que digo para ela desde que nos despedimos um mês antes. Odeio o fato de ter sido necessário escolher essas palavras. Eu devia ter dito "senti saudade" ou "você está linda". Eu devia ter dito palavras que ela gostaria de ouvir, em vez disso disse palavras que são difíceis para ela. Sei que são difíceis para ela escutar porque ela baixa o olhar, não consegue mais me encarar.

— É complicado — diz ela.

Ela não faz ideia de como é complicado...

— Você o ama?

Ela nega com a cabeça imediatamente. O que me enche de alívio, mas também odeio o fato de que ela está com alguém pelos motivos errados.

— Por que está com ele?

Ela encontra meu olhar, a expressão séria.

— Pelo mesmo motivo por que não posso ficar com você. — Ela faz uma pausa. — AJ.

Essa é provavelmente a única coisa que eu não queria ouvir, pois é a única coisa que não tenho como controlar.

— Ele faz você se aproximar de AJ, e eu faço exatamente o oposto.

Ela assente de forma bem sutil.

— Você sente algo por ele? Qualquer coisa?

Ela fecha os olhos, como se estivesse envergonhada.

— Como falei... é complicado.

Estendo o braço e seguro sua mão. Levo-a até minha boca e beijo o dorso.

— Auburn, olhe para mim.

Ela me encara de novo, e, mais que tudo, quero me inclinar para beijá-la. Mas é a última coisa de que ela precisa. Só complicaria ainda mais sua vida.

— Desculpe — sussurra ela.

Balanço a cabeça imediatamente. Não preciso ouvir como ela lamenta porque não podemos ficar juntos. Não podemos ficar juntos por minha culpa. Não dela.

— Eu entendo. E eu nunca ia querer que você fizesse parte de nada que pudesse afastar você do seu filho. Mas precisa entender que Trey não é a resposta. Ele não é uma boa pessoa, e você não quer que AJ cresça tendo ele como exemplo.

Ela se deita de costas e fica olhando para cima. Não gosto da distância que Auburn acabou de criar entre nós, mas também sei que minhas palavras não são novidade para ela, porque sabe o tipo de pessoa que Trey é.

— Ele ama AJ. E faz bem para ele.

— Por quanto tempo? — pergunto. — Por quanto tempo ele vai ter de fingir até te conquistar? Porque isso não vai durar, Auburn.

Ela leva as mãos até o rosto, e seus ombros estremecem. No mesmo instante, coloco o braço ao seu redor e a puxo para meu peito. Eu não tinha a intenção de chegar aqui e fazê-la chorar.

— Desculpe — sussurro. — Não estou dizendo nada que você já não saiba. Tenho certeza de que analisou suas opções, e se essa é a melhor pra você, eu entendo. Mas simplesmente odeio isso.

Passo a mão no seu cabelo e lhe beijo o topo da cabeça. Ela me deixa abraçá-la durante vários minutos, e curto cada um desses minutos porque nós dois sabemos que a próxima coisa que ela vai me dizer é adeus.

Não quero que ela precise dizer isso, então beijo o topo da sua cabeça mais uma vez. Beijo sua bochecha e, depois, roço os dedos em seu maxilar, virando seu rosto para mim. Eu me inclino para a frente e encosto delicadamente meus lábios nos dela. Não dou tempo para que ela pense sobre isso. Fecho os olhos, solto-a e saio da barraca.

Ela fez sua escolha, e por mais que não seja a escolha que nós dois queremos, é a única boa para ela no momento. E preciso respeitar isso.

Deixo a gata no ateliê e decido que meia-noite é uma ótima hora para ver meu pai. Ele honrou meu pedido e não me visitou nem me ligou enquanto estivesse preso. Fiquei surpreso por ele não ter aparecido, mas uma pequena parte de mim tem esperança de que ele só não me visitou porque ver o próprio filho ser preso por causa dos seus erros foi a gota d'água.

Ao longo dos anos aprendi a não ficar muito esperançoso, mas eu estaria mentindo se dissesse que não estou rezando para que ele tenha optado pela reabilitação enquanto estive preso.

Eu achava que ele estaria dormindo ou fora de casa, então levei minha chave. Todas as luzes estão apagadas.

Depois que entro, imediatamente vejo o brilho fraco da televisão. Eu me viro para a sala e encontro meu pai deitado no sofá com o rosto para baixo. Saber que ele não está na reabilitação me deixa totalmente desapontado, mas não posso negar que sinto uma pequena esperança de que, na verdade, ele está deitado no sofá porque não está mais respirando.

O que não é algo que um filho devia sentir pelo pai.

Eu me sento na mesa de centro, a meio metro dele.

— Pai.

Ele não acorda imediatamente. Estendo o braço para o lado e pego o frasco de comprimidos. O fato de que acabei de passar um mês na cadeira por sua causa devia ter sido mais que suficiente para que nunca mais encostasse nessas coisas. Ao encontrar o frasco, fico com vontade de sair dessa casa e nunca mais olhar para trás.

Meu pai é uma pessoa boa. Sei disso. Se não fosse uma pessoa boa, seria mais fácil me afastar. Eu teria feito isso há muito tempo. Mas sei que ele não consegue se controlar. Faz anos que ele não consegue.

Depois do acidente, ele sentiu muita dor, tanto física quanto emocional. O fato de ter passado um mês inteiro dopado e em coma não ajudou em nada.

Quando ele finalmente acordou e começou a se recuperar, só os comprimidos conseguiam aliviar sua dor. Quando passou a precisar de mais do que era receitado, os médicos se recusaram.

Durante semanas, tive de vê-lo sofrer. Ele não trabalhava, não saía da cama, estava num estado constante de sofrimento e depressão. Naquela época, eu não achava que meu pai era capaz de deixar algo tão pequeno quanto um comprimido dominá-lo totalmente, mas eu era ingênuo. A única coisa que eu via nele era um homem que estava sofrendo e que precisava da minha ajuda. Eu estava dirigindo o carro que tirou a vida da sua esposa e do seu filho, e teria feito tudo para melhorar a situação. Para corrigir o que tinha acontecido. Senti muita culpa durante bastante tempo por causa do acidente, por mais que eu soubesse que meu pai não me culpava. Foi a única coisa certa que ele fez: repetir que não era culpa minha.

Mesmo assim, é difícil não se sentir culpado quando se tem apenas 16 anos. Eu só queria melhorar a situação para ele. Começou quando eu mesmo passei a pegar receitas de analgésicos. Era fácil fingir dor nas costas depois de um acidente muito grave. Depois de vários meses em que a dor dele só aumentava, chegamos ao ponto em que nem meus comprimidos adicionais bastavam.

Foi também nessa época que meu médico interrompeu o uso dos meus analgésicos e se recusou a me dar outra receita. Acho que ele sabia o que acontecia e não quis contribuir para o vício do meu pai.

Eu tinha alguns amigos no colégio que sabiam como arranjar os comprimidos que meu pai queria, então passei a conseguir o remédio para ele com pessoas que eu conhecia. Foi assim durante dois anos, até esses amigos se cansarem de roubar dos estoques dos pais ou se mudarem para cursar faculdade. Desde então, tenho arranjado os comprimidos com minha outra fonte: Harrison.

Ele não é traficante, mas passar boa parte do dia perto de alcoólatras facilita as coisas quando ele precisa entrar em contato com alguém para arranjar algo. Ele também sabe que os analgésicos não são para mim, e é só por isso que os providencia quando peço.

Mas, como sabe que fui preso por causa dos comprimidos que ele forneceu para meu pai, não quer mais arranjá-los. Para Harrison, já basta, e eu esperava que isso significasse o fim para meu pai também, pois seria o fim do seu fornecimento.

No entanto, aqui está ele com mais comprimidos. Não sei como os arranjou, mas fico nervoso por saber que tem outra pessoa, além de Harrison e de mim, que sabe do seu vício. Ele está sendo ainda mais descuidado.

Por mais que eu tenha tentado convencer meu pai a frequentar a reabilitação, ele tem medo do que aconteceria com sua carreira se fosse para a clínica e as pessoas descobrissem. Por enquanto, o vício está destruindo apenas sua vida pessoal. Porém, está quase chegando ao ponto de destruir sua vida profissional. É só uma questão de tempo, pois o álcool está desempenhando um papel importante e os incidentes dos quais o resgatei no ano passado têm se tornado cada vez mais frequentes. E sei que vícios não melhoram de repente. São combatidos ativamente ou estimulados ativamente. E, no momento, ele não está fazendo droga nenhuma para combatê-lo.

Abro a tampa, coloco os comprimidos na palma da mão e começo a contá-los.

— Owen? — murmura meu pai.

Ele se senta. Está observando com atenção os remédios na minha mão, se importando mais com o que estou fazendo que com o fato de que fui solto antes do tempo.

Largo os comprimidos ao meu lado na mesa de centro. Uno as mãos entre os joelhos e sorrio para meu pai.

— Conheci uma garota há pouco tempo.

A expressão dele diz tudo. Está completamente confuso.

— O nome dela é Auburn.

Eu me levanto e me aproximo do console da lareira. Olho para a última foto de família que tiramos. Foi mais de um ano antes do acidente, e odeio que aquela seja a última lembrança que tenho de como os dois eram. Eu queria uma lembrança mais recente na minha mente, mas as lembranças somem bem mais rápido que fotos.

— Que bom, Owen — murmura meu pai. — Mas já passou da meia-noite. Você não podia ter me contado amanhã?

Volto para onde ele está, mas desta vez não sento. Em vez disso, o encaro. Encaro o homem que já foi meu pai.

— Você acredita em destino, pai?

Ele pisca.

— Antes de vê-la, eu não acreditava. Mas ela mudou isso no segundo em que me disse seu nome. — Mordo o interior da minha bochecha por um segundo antes de continuar. Quero que ele tenha tempo de assimilar tudo o que estou dizendo. — Ela tem o mesmo sobrenome do meio que eu.

Ele ergue a sobrancelha, exibindo seu olho vermelho.

— Ter o mesmo sobrenome não significa necessariamente que é destino, Owen. Mas que bom que você está feliz.

Meu pai esfrega a cabeça, ainda confuso com minha presença ali. Tenho certeza de que não é toda noite que um filho acorda o pai de um cochilo de madrugada causado pelo efeito das drogas para falar da garota que conheceu.

— Quer saber qual a melhor coisa sobre ela?

Meu pai dá de ombros. Sei que ele quer me dizer para dar o fora, mas sabe que não seria educado fazer isso quando a pessoa acabou de passar um mês na cadeia por sua culpa.

— Ela tem um filho.

Isso o desperta um pouco mais. Ele olha para mim.

— É seu?

Não respondo. Se ele estivesse prestando atenção, teria me escutado quando falei que só a conheci há pouco tempo. Pelo menos *oficialmente*.

Eu me sento à sua frente. E o encaro bem nos olhos.

— Não. Ele não é meu. Mas, se fosse, garanto que nunca o colocaria nas situações em que você me colocou nos últimos anos.

O olhar do meu pai se fixa no chão.

— Owen... — diz ele. — Nunca pedi para você fazer...

— Nunca me pediu para *não* fazer! — grito.

Eu me levanto novamente e o encaro. Nunca senti tanta raiva dele. Não gosto disso.

Agarro o frasco de comprimidos e vou até a cozinha. Jogo-os na pia e abro a torneira. Depois de jogar todos, vou até seu escritório. Escuto-o vir atrás de mim quando percebe o que estou fazendo.

— Owen! — grita ele.

Sei que ele também recebe uma receita legalizada, além do que arranjo para ele, então vou para trás da escrivaninha e abro a gaveta. Encontro mais um frasco com comprimidos, pela metade. Ele sabe que não deve tentar me deter fisicamente, então dá um passo para o lado enquanto implora para que eu não faça isso.

— Owen, você sabe que preciso deles. Sabe o que acontece quando não os tomo.

Mas desta vez não o escuto. Começo a jogá-los no ralo, contendo-o enquanto isso.

— Preciso disso! — grita ele sem parar, tentando agarrar os comprimidos, que desaparecem ralo abaixo.

Ele consegue pegar um entre os dedos e o enfia na boca. Isso faz meu estômago doer. Meu pai parece muito menos humano quando está tão desesperado e fraco.

Depois de me livrar do último comprimido, eu me viro para ele. Meu pai está tão envergonhado que nem olha para mim. Encosta os cotovelos no balcão e apoia as mãos na cabeça. Dou um passo para perto dele e me encosto no balcão enquanto falo calmamente:

— Já a vi com o filho dela. Vi o que ela sacrifica por ele — digo. — Vi que um pai ou mãe deve fazer tudo o que for possível para que o filho tenha a melhor vida que os pais podem dar. E quando a vejo com ele, penso em nós dois e em como nosso relacionamento está uma merda, pai. Está uma merda desde aquela noite. E desde então tudo o que eu queria era que você tentasse melhorar. Mas você nem tentou. Só piorou, e não posso ficar parado e ser parte disso. Você está se matando, e não vou mais deixar a culpa que sinto ao vê-lo sofrer servir de desculpa para as coisas que faço por você.

Eu me viro na direção da porta da frente, mas não antes de passar pelo console da lareira e pegar o porta-retratos. Passo por ele e saio da casa.

— Owen, espere!

Paro antes de descer a escada e me viro para ele. Meu pai para na porta, esperando que eu grite de novo. Mas não faço isso. No segundo em que vejo seus olhos sem vida, a culpa se infiltra novamente em minha alma.

— Espere — repete ele.

Acho que ele nem faz ideia do que está me pedindo. Só sabe que nunca viu esse meu lado antes. O lado determinado.

— Não *posso* esperar, pai. Faz anos que estou esperando. Não tenho mais nada para dar.

Eu me viro e me afasto dele.

CAPÍTULO DEZESSETE

Auburn

— AJ, quer de gotas de chocolate ou de mirtilo?

Estamos fazendo compras. AJ, Trey e eu. A última vez que estive naquela Target foi com Owen, e faz algum tempo. Quase três meses, para ser mais exata. Não que eu esteja contando. Mas estou, é claro. Faço o que posso para deixar isso de lado. Tenho tentado focar no que está surgindo entre Trey e mim, mas estou sempre o comparando a Owen.

Eu mal conhecia o cara, mas, por alguma razão, ele tocou uma parte de mim que permanecia intocável desde Adam. E apesar das coisas que Owen fez, sei que ele é uma boa pessoa. Por mais que eu tente superar a dor que sinto no peito quando penso nele, os sentimentos ainda estão presentes, e não tenho ideia do que fazer para que desapareçam.

— Mamãe — diz AJ, puxando a barra da minha camisa.
— Posso?

Saio do meu devaneio.

— Pode o quê?

— Pegar um brinquedo.

Começo a balançar a cabeça, mas Trey responde antes que eu tenha a chance:

— Sim, vamos dar uma olhada nos brinquedos. — Ele segura a mão de AJ e recua. — Encontre a gente na seção de brinquedos quando acabar — diz ele, virando-se.

Observo os dois, que estão rindo, e a mãozinha de AJ é engolida pela de Trey. Essa cena faz com que eu me odeie por não me esforçar mais. Trey ama AJ, e AJ obviamente ama Trey, e estou sendo completamente egoísta só porque não sinto com Trey a mesma ligação que eu tinha com Owen. Passei dois dias com Owen. Só isso. Provavelmente eu teria descoberto alguma coisa sobre ele de que não gostaria se tivéssemos passado mais tempo juntos, então é bem possível que eu esteja apegada à *ideia* que criei de Owen, e não aos meus verdadeiros sentimentos por ele.

Pensar assim me faz sentir bem melhor. Talvez eu não tenha sentido uma ligação imediata com Trey, mas certamente nossa proximidade está aumentando. Especialmente com a maneira que ele trata AJ. Quem faz AJ feliz me faz feliz.

Pela primeira vez em muito tempo, percebo que estou sorrindo ao pensar em Trey e não em Owen. Pego a maioria dos itens da lista antes de ir até a seção de brinquedos. Uso a seção de esportes como atalho e paro no mesmo instante ao virar no corredor.

Se o destino faz piadas, aquela definitivamente é a pior de todas.

Owen está me encarando com uma expressão de quem não está acreditando no que vê, e a minha deve espelhá-la. No mesmo momento, tudo o que eu tentava sentir por Trey se torna dez vezes menor... e todos os meus sentimentos são direcionados para Owen. Agarro o carrinho e me pergunto se não seria melhor virar na direção oposta sem falar com ele. Owen entenderia, tenho certeza.

Ele também deve estar tão confuso quanto eu, pois nós dois paramos de andar assim que nos vimos. Nenhum de nós diz nada. Nenhum de nós recua.

Ficamos apenas nos olhando.

Meu corpo inteiro sente seu olhar, e cada parte de mim dói. A principal razão das minhas dúvidas sobre meu relacionamento com Trey está parada bem na minha frente, me lembrando de como é sentir algo de verdade por alguém.

Owen sorri, e de repente eu queria estar na seção de limpeza, porque acabei de derreter e alguém vai precisar limpar o chão.

Ele olha para a esquerda, depois para a direita, e então seu olhar se fixa em mim.

— Corredor treze — diz ele, sorrindo. — Deve ser o destino.

Sorrio, mas meu sorriso desaparece com o som da voz de AJ.

— Mamãe, olhe! — exclama ele, jogando dois brinquedos no carrinho. — Trey disse que posso levar os dois.

Trey.

Trey, Trey, Trey, que, pela reação de Owen, deve estar bem atrás de mim. Ele se empertiga e tensiona o corpo, segurando o carrinho com ambas as mãos. Está olhando para alguém atrás de mim.

Um braço envolve minha cintura, me agarrando possessivamente. Trey para ao meu lado, e sinto que ele está olhando para Owen. Leva a mão até minha lombar, e seus lábios tocam minha bochecha. Fecho os olhos porque não quero ver a expressão de Owen.

— Venha, linda — diz Trey, querendo que eu me vire.

Ele jamais tinha me chamado de linda. Sei que só usou essa palavra na frente de Owen para fazer nosso relacionamento parecer mais sério do que é.

Depois de ele puxar meu braço mais uma vez, finalmente me viro e saio andando com Trey.

Terminamos de pegar os poucos itens que faltam na lista. Trey passa o tempo inteiro sem falar comigo. Ele continua conversando com AJ, mas dá para perceber que está irritado. Estou com o maior frio na barriga porque ele nunca me deu um gelo antes, e não sei o que esperar.

O silêncio continua durante a fila do caixa e no caminho até o carro. Trey põe as compras no porta-malas enquanto coloco o cinto de segurança em AJ no banco de trás. Depois de afivelá-lo no assento para crianças, fecho a porta. Quando me viro, me deparo com Trey me encarando, encostado no carro. Ele está tão imóvel que nem parece respirar.

— Você falou com ele?

Balanço a cabeça.

— Não. Eu tinha acabado de virar no corredor no instante em que você e AJ apareceram.

Trey está com os braços cruzados, e seu maxilar está tenso. Ele passa vários segundos olhando por cima do meu ombro antes de me encarar de novo.

— Você transou com ele?

Eu me empertigo, chocada com sua pergunta. Ainda mais porque estamos ao lado da porta de AJ. Olho para meu filho dentro do carro, mas ele está prestando atenção nos brinquedos, não em nós dois. Quando olho de novo para Trey, acho que estou mais zangada que ele.

— Você não pode ficar zangado porque encontrei alguém por acaso numa loja, Trey. Não controlo quem vem fazer compras aqui.

Tento passar por ele, que agarra meu braço e me empurra para o carro, pressionando seu peso no meu corpo. Ele ergue a mão e a apoia na lateral da minha cabeça, depois leva a boca ao meu ouvido. Meu coração está batendo descompassado, pois não faço ideia do que ele vai fazer.

— Auburn — diz ele, num sussurro grave e ameaçador. — Ele entrou no seu apartamento. Entrou no seu quarto. Estava naquela merda de barraca com você. Agora preciso que me diga se ele já entrou em *você*.

Estou balançando a cabeça, fazendo o que posso para acalmá-lo, porque AJ está apenas a 30 centímetros de distância, dentro do carro. Ele está agarrando meu punho com a mão direita, esperando minha resposta. Vou dizer o que for preciso para garantir que ele não surte de vez agora.

— Não — sussurro. — Não foi nada desse tipo. Eu mal o conhecia.

Trey se afasta alguns centímetros e me encara nos olhos.

— Que bom — diz ele. — Porque tive a impressão oposta pelo jeito que ele olhava para você.

Ele pressiona os lábios na minha testa e alivia um pouco a pressão no meu punho. Dá um sorriso gentil para mim, mas isso causa o efeito oposto. Fico apavorada ao perceber que seu humor pode mudar tão bruscamente como acabou de acontecer. Ele me puxa para um abraço, e encosta o rosto no meu cabelo. Depois inspira e expira lentamente.

— Desculpe — murmura ele. — Vamos dar o fora daqui.

Ele abre a porta do carona para mim e a fecha depois que entro. Solto o ar, aliviada porque o momento acabou, mas sei muito bem que sua reação serviu como um grande alerta.

Atraindo minha atenção, meus olhos focam no carro do outro lado do estacionamento. Owen está parado ao lado do veículo, olhando na minha direção. Seu olhar deixa claro que ele acabou de testemunhar tudo o que aconteceu. No entanto, para alguém do outro lado do estacionamento, pode ter parecido apenas um momento de carinho em vez do que realmente era. O que também explicaria seu olhar sofrido.

Ele abre a porta do carro na mesma hora que Trey faz o mesmo. Fico olhando para Owen por tempo suficiente para observar o momento que ele leva a mão ao coração e cerra o punho. As palavras que ele usou para descrever a saudade que sentia da mãe e do irmão surgem na minha cabeça. "*Às vezes, sinto tanta saudade que dói bem aqui. Parece que tem alguém espremendo meu coração com toda a força do mundo.*"

Trey sai do estacionamento, e, logo antes de Owen sumir do meu campo de visão, ergo discretamente o punho cerrado até o peito. Continuamos nos olhando até não ser mais possível.

~

O incidente no mercado, na véspera, não foi mais mencionado. Trey e AJ passaram a noite inteira na minha casa, e Trey se comportou como se não houvesse nada errado enquanto preparava panquecas com gotas de chocolate para AJ. Na verdade, ocorreu o contrário: Trey parecia estar com um excelente humor. Não sei se estava apenas fingindo para compensar a raiva que expressou no estacionamento, ou se realmente gosta de passar tempo com a gente.

Seu bom humor repentino também pode ter surgido porque ele sabia que ia passar quatro dias sem me ver e não queria partir com um clima ruim entre nós. Ele foi para uma conferência em

San Antonio esta manhã e, quando se despediu de mim ontem à noite, percebi que ele parecia apreensivo em me deixar. Ele me perguntou várias vezes sobre meus horários e os planos que eu tinha para o fim de semana. Lydia vai levar AJ para passar o fim de semana visitando sua família em Pasadena. Se eu não tivesse de trabalhar hoje, teria ido com eles.

Mas não fui, e agora tenho o fim de semana inteiro pela frente, sem nada para fazer. Acho que isso deixa Trey nervoso. Está evidente que ele é um pouco desconfiado em relação a Owen.

E com razão. Afinal, aqui estou eu, duas horas depois de Trey ter saído de Dallas, parada na frente do ateliê de Owen. Todo dia, quando passo na frente do seu ateliê, enfio discretamente um pedaço de papel pela fresta da porta. Deixei mais de vinte confissões nas últimas semanas. Sei que ele está cheio de confissões, então ele não tem como saber quais eram minhas. Mas me sinto melhor ao deixá-las ali. A maioria das confissões é coisa trivial que não tem nada a ver com ele. Normalmente tem relação com AJ, mas nunca escrevo de uma forma que possa deixar claro que sou eu. Tenho certeza de que ele não faz ideia de que as deixo aqui. Mas, de todo jeito, sinto como se fosse uma terapia.

Olho para a confissão que acabei de escrever.

Penso em você toda vez que ele me beija.

Dobro o papel e enfio na fresta, sem pensar duas vezes. Desde aquele momento ontem no mercado, sinto sua presença. Quero ouvir sua voz de novo. Quero ver seu sorriso de novo. Fico repetindo a mim mesma que deixar essa confissão é apenas uma maneira de colocar um ponto final na nossa situação para que eu possa seguir em frente com Trey, mas sei que meus motivos são puramente egoístas.

Pego outro pedaço de papel na bolsa e escrevo depressa:

Ele vai passar o fim de semana fora da cidade.

Enfio o papel na fresta sem nem sequer dobrá-lo. Assim que o largo, sinto um aperto no peito e me arrependo imediatamente do que acabei de escrever. Não foi uma confissão, foi um convite. E preciso desfazê-lo. Agora mesmo. Não sou esse tipo de garota.

Por que acabei de fazer isso?

Tento enfiar os dedos na fresta, sabendo que o papel já caiu no chão. Pego outro pedaço de papel na bolsa e escrevo algo em sequência ao último bilhete.

Ignore aquela confissão. Não foi um convite. Não sei por que escrevi aquilo.

Enfio o papel na fresta e, no mesmo instante, me arrependo ainda mais dessa confissão. Estou parecendo uma idiota. Mais uma vez, rasgo outro pedaço de papel e escrevo, sabendo muito bem que o que eu devia fazer era afastar caneta e papel do meu alcance.

Você devia pensar em algum jeito para que pessoas pudessem retirar suas confissões, Owen. Tipo uma política de devolução de vinte segundos, ou algo assim.

Também enfio essa confissão na porta e guardo o papel e a caneta na bolsa.

O que foi que acabei de fazer?

Ponho a alça da bolsa no ombro e sigo a caminho do salão. Juro que essa foi a coisa mais constrangedora que já fiz. Talvez ele não as leia antes de segunda-feira, quando o final de semana já tiver terminado.

～

Já se passaram oito horas desde meu lapso daquela manhã, quando eu passava na frente do ateliê de Owen. Tive bastante tempo para refletir sobre por que achei que poderia deixar algo daquele tipo para que ele lesse. Sei que foi um momento de fraqueza, mas não é justo fazer isso com ele. Se Owen realmente sentiu algo por mim durante o curto período de tempo em que o conheci, não tem nada que ele possa fazer sobre o fato de que eu me recuso a ficar com ele. Mas aí eu vou lá e deixo bilhetes idiotas como fiz nas últimas semanas, apesar de hoje ter sido a primeira vez que deixei confissões relacionadas a nós dois.

Mas já tomei minha decisão, e, por mais que eu não sinta por Trey o que ele sente por mim, eu nunca o trairia. Depois de me comprometer com alguém, sou o tipo de pessoa que honra o compromisso.

Eu e Trey já conversamos sobre não sair com mais ninguém, apesar de necessariamente eu não sentir que *nós dois* estamos juntos. O que significa que preciso encontrar uma maneira de esquecer Owen. Preciso parar de me preocupar com ele. Preciso parar de passar na frente do ateliê quando sei que existem outros caminhos. Preciso concentrar minha atenção e energia no relacionamento com Trey, pois, se quero que ele faça parte da vida de AJ, preciso me esforçar para que nosso namoro dê certo.

E Trey tem sido bom para mim. Sei que o ataque de ciúmes de ontem no estacionamento me assustou, mas não o culpo. Ter me visto com Owen muito provavelmente o encheu de insegurança, então claro que ele ficou com raiva. E Trey faz bem para AJ. Ele poderia nos sustentar de uma maneira que não sou capaz. Não existe nenhuma razão no mundo para que eu não queira que meu relacionamento com Trey dê certo, além do meu egoísmo.

— Estou indo — diz Donna, olhando pelo canto da parede. — Você se importa de trancar salão?

Donna é a funcionária mais nova, e faz cerca de duas semanas que está aqui. Ela já tem mais clientes que eu e faz um trabalho bem melhor. Não que eu seja ruim no que faço, mas não sou ótima. É difícil ser ótima em algo que você odeia.

— Sem problemas.

Ela se despede, e termino de lavar as tigelas de tinta na pia. Vários minutos depois que ela vai embora, o sino toca, indicando que alguém entrou. Dou a volta na divisória para avisar a quem quer que seja que o salão já fechou, mas minhas palavras ficam presas na garganta quando o vejo.

Ele está na porta, dando uma olhada no local. Quando seu olhar se fixa em mim, a música no alto-falante para bem na hora e um silêncio pesado toma conta do local.

Se eu conseguisse sentir por Trey apenas uma fração do que Owen me faz sentir só de estar parado do outro lado do salão, eu provavelmente não teria nenhum problema em fazer o relacionamento dar certo.

Mas não sinto isso com mais ninguém. Só com Owen.

Ele avança na minha direção com uma confiança silenciosa. Estou imóvel. Acho que nem meu coração está batendo. Sei que meus pulmões não se mexem, porque estou sem respirar desde que dei uma olhada do outro lado da divisória e me deparei com ele ali.

Owen para quando está a cerca de um metro e meio de mim. Não desviou o olhar nenhuma vez, e não consigo mais controlar o movimento do peito, que está subindo e descendo de forma tão evidente. Sua mera presença causa um verdadeiro turbilhão dentro de mim.

— Oi — cumprimenta ele.

Sua expressão é de cautela. Não demonstra nenhuma emoção. Não sei se está com raiva das minhas confissões, mas ele está aqui, então obviamente sabe que eram minhas. Como não respondo seu cumprimento, ele olha por cima do meu ombro por um instante. Passa a mão no cabelo e depois se vira novamente para mim.

— Você tem tempo para fazer um corte? — pergunta ele.

Meus olhos se fixam em seu cabelo, que está bem mais comprido que quando o cortei da última vez.

— Vai confiar no meu corte de novo?

Fico chocada com o tom brincalhão na minha voz. As coisas sempre parecem fáceis com ele, independentemente das circunstâncias.

— Depende. Você está sóbria?

Sorrio, aliviada por ele ter entrado na brincadeira mesmo em meio à nossa guerra fria. Assinto e aponto para o fundo do salão, onde ficam os lavatórios. Ele anda na minha direção, mas passo por ele e vou até a porta do salão para trancá-la. A última coisa de que preciso é que alguma pessoa que não deve vê-lo aqui entre no salão.

Quando volto para o fundo, ele já está sentado no mesmo lugar onde lavei seu cabelo da última vez. E, assim como naquele dia, seus olhos nunca desviam do meu rosto. Testo a água antes de molhar seu cabelo. Depois, coloco xampu na palma e massageio até formar espuma. Por alguns segundos, seus olhos se fecham, e aproveito a oportunidade para observá-lo.

Seus olhos abrem de novo assim que começo a enxaguar seu cabelo, então desvio a vista rapidamente.

Eu queria que ele dissesse alguma coisa. Se está aqui, tem um motivo. E não é para ficar me encarando.

Quando termino, andamos em silêncio até a parte da frente do salão. Ele se senta na minha cadeira, e seco seu cabelo com uma toalha. Não tenho certeza se respiro alguma vez enquanto corto seu cabelo, mas me esforço para me concentrar no que faço, e não nele. O salão nunca esteve tão silencioso.

Também nunca esteve tão barulhento.

Não consigo evitar que os pensamentos disparem em minha cabeça. Pensamentos sobre como foi ser beijada por ele. Pensamentos sobre como ele me fez sentir quando seus braços estavam ao meu redor. Pensamentos sobre como nossas conversas pareciam tão naturais e reais a ponto de eu nunca querer que terminassem.

Quando finalizo o corte com a tesoura, penteio seu cabelo para o lado e depois o limpo. Tiro a capa e a sacudo. Dobro-a e a guardo na gaveta.

Ele se levanta e pega a carteira. Antes de guardá-la de volta, põe uma nota de cinquenta dólares no balcão.

— Obrigado — agradece ele, sorrindo.

Depois se vira para ir embora, e eu balanço a cabeça imediatamente, sem querer que ele vá. Ainda nem discutimos as confissões. Ele nem sequer me disse por que veio até aqui.

— Espere — peço. Assim que chega à porta, ele se vira lentamente. Tento pensar no que dizer, mas não vou conseguir colocar para fora nada do que realmente quero falar. Em vez disso, olho para a nota de cinquenta dólares, a pego, erguendo--a. — É dinheiro demais, Owen.

Ele fica encarando em silêncio pelo que parece uma eternidade e, em seguida, abre a porta e sai sem dizer nada.

Eu me sento na minha cadeira, completamente confusa com minha reação. O que eu queria que ele fizesse? Que tentasse alguma coisa? Que me convidasse para ir ao ateliê?

Eu não teria aceitado nenhuma das duas coisas e fico me achando uma pessoa terrível por estar chateada com o fato de nada disso ter acontecido.

Olho para a nota de cinquenta dólares na minha mão. Finalmente percebo que tem algo escrito atrás. Eu a viro e leio a mensagem anotada com hidrocor preto.

Preciso de pelo menos uma noite com você. Por favor.

Cerro o punho e o levo até o peito. Só consigo pensar na batida inconstante do meu coração e na rápida expansão dos meus pulmões, em busca de mais ar.

Jogo o dinheiro no balcão e apoio a cabeça nas mãos.

Ai, meu Deus.

Ai, meu Deus.

Nunca na vida eu quis tanto fazer a coisa errada.

～

Quando paro na frente do seu ateliê, penso em tomar uma decisão da qual não vou me orgulhar amanhã. Se eu entrar, sei o que vai acontecer entre nós. E por mais que eu saiba que Trey não está em Dallas, que a probabilidade de que ele descubra é pequena, isso continua não sendo certo.

Também não fico com menos vontade por pensar que ele pode descobrir.

Antes que eu me decida, a porta se abre e a mão de Owen segura a minha. Ele me puxa para dentro do ateliê escuro e fecha a porta em seguida, trancando-a. Espero meus olhos se ajustarem à escuridão e minha consciência se ajustar ao fato de que estou aqui. Dentro do ateliê.

— Não devia ficar parada lá fora — diz ele. — Alguém pode te ver.

Não sei a quem ele está se referindo, mas é impossível que Trey me veja esta noite, pois está em San Antonio.

— Ele não está na cidade.

Owen está a menos de 50 centímetros de distância, me observando com a cabeça inclinada para o lado. Noto um pequeno sorriso surgir em seus lábios.

— Foi o que ouvi dizer.

Olho para os pés, envergonhada. Fecho os olhos e tento me convencer a partir. Estou arriscando tudo estando aqui. Sei que, se eu conseguisse interromper os pensamentos que surgem na minha cabeça, eu seria capaz de ver que estou fazendo uma besteira. Flagrados ou não, ficar com ele não vai melhorar nada. Só vai piorar as coisas, pois é bem provável que meu desejo por ele só aumente depois desta noite.

— Eu não devia estar aqui — sussurro.

Ele me olha com a mesma expressão resoluta.

— Mas está.

— Só porque você me puxou para dentro sem perguntar nada.

Ele ri baixinho.

— Você estava parada na frente da minha porta tentando decidir o que fazer. Eu só te ajudei a decidir.

— Ainda não decidi nada.

Ele balança a cabeça.

— Decidiu, sim, Auburn. Decidiu muitas coisas. Escolheu ficar com Trey a longo prazo. E está escolhendo ficar comigo esta noite.

Mordo o lábio inferior e desvio o olhar dele. Não gosto do seu comentário, por mais que seja verdadeiro. Às vezes, a verdade machuca, mas dizê-la em voz alta não a torna preto no branco.

— Você está sendo injusto.

— Não, estou sendo egoísta — diz ele.

— É a mesma coisa.

Ele dá um passo na minha direção.

— Não, Auburn, não é. Injusto seria te dar um ultimato. Ser egoísta é fazer algo assim.

Seus lábios tocam os meus com força e determinação. Suas mãos deslizam pelo meu cabelo e vão para minha nuca. Ele me beija como se estivesse me dando todos os beijos que queria ter me dado no passado, e todos os beijos que gostaria de poder me dar no futuro.

Todos, de uma só vez.

Ele leva as mãos até minhas costas e me puxa na sua direção. Nem sei mais onde minhas mãos estão. Acho que estou me segurando nele com todas as minhas forças, mas meu corpo inteiro está completamente dormente, com exceção da boca. A única coisa de que tenho total consciência é de que sua boca está na minha. Seu beijo é tudo o que sei no momento.

E só quero pensar nisso.

Mas, caramba, Trey se infiltra em meus pensamentos. Não importa quão fortes são meus sentimentos por Owen: minha lealdade é de Trey. As ações de Owen me obrigaram a tomar uma decisão, e agora nós dois temos de lidar com as consequências.

Eu me afasto, encontrando forças para empurrar seu peito. Nossas bocas se separam, mas minhas mãos continuam encostadas em seu corpo. Sinto seu peito subir e descer intensamente, e saber que ele sente o mesmo que eu quase me faz puxá-lo de volta para minha boca.

— Trey — digo, ofegante. — Estou com Trey agora.

Owen fecha os olhos com força, como se fosse doloroso ouvir aquele nome. Ele respira de forma tão ofegante que precisa recuperar o fôlego antes de responder. Abre os olhos e fixa o olhar no meu.

— Só seu compromisso está com Trey. — Ele ergue a mão e pressiona a palma na minha camisa, em cima do meu coração — Todas as outras partes estão comigo.

Suas palavras me afetam mais que seu beijo. Tento inspirar, mas a mão pressionando meu peito não deixa. Ele dá um passo para perto, e ficamos muito próximos um do outro. Sua palma continua em meu peito, mas agora seu outro braço está envolvendo minha lombar.

— Ele não deixa seu coração assim, Auburn. Trey não o enlouquece a ponto de tentar sair do peito.

Fecho os olhos e me encosto nele. Acho que meu corpo escolhe por mim, porque minha mente não está controlando mais nada. Encosto o rosto em seu pescoço e escuto silenciosamente nossas respirações se recusando a desacelerar. Quanto mais tempo ficamos ali, e quanto mais ele fala mais intenso nosso desejo se torna. Sinto pela maneira que ele me abraça. Escuto na súplica desesperada da sua voz. Sinto toda vez que seu peito sobe e desce.

— Entendo porque teve de escolher Trey — diz Owen. — Não gosto disso, mas entendo. Também sei que você passar uma noite comigo não significa que não vai passar o resto da vida com ele. Mas, como já falei... sou egoísta. E se tudo o que vou conseguir com você é uma noite, eu aceito. — Ele ergue minha cabeça do seu ombro e inclina meu rosto para o seu. — Aceito o que você quiser me dar. Porque sei que, se você sair por aquela porta, daqui a dez anos... daqui a vinte anos... a gente vai se lembrar desta noite e se arrepender de não ter deixado nossos corações falarem mais alto.

— É isso que me assusta — digo a ele. — Tenho medo de deixar meu coração falar mais alto uma vez, e nunca mais conseguir ignorá-lo.

Owen baixa a boca até a minha e sussurra:

— Ah, se eu tivesse essa sorte...

Sua boca encosta na minha de novo, e desta vez sinto cada parte do meu corpo. Eu o puxo para mim com o mesmo desespero com que ele me puxa para si. Sua boca está por todo canto, e ele me beija aliviado, sabendo que esse beijo significa que concordei com o que quer que ele esteja me pedindo. É minha maneira de dizer que ele pode ter esta noite.

— Preciso de você lá em cima — afirma ele. — Agora.

Começamos a percorrer o ateliê, mas nenhum de nós consegue afastar nossas mãos ou nossas bocas, então demoramos algum tempo. Assim que alcançamos a escada, ele começa a subir de costas, tornando o beijo ainda mais difícil. Quando percebe que a gente não está chegando a lugar algum, ele finalmente agarra minha mão e se vira, me puxando escada acima até o apartamento.

Sua boca encontra a minha de novo, e é um beijo completamente diferente do anterior. Ele envolve minha cabeça com as mãos e me beija sem pressa. É um beijo delicado e forte, cheio de altos e baixos e de intensidade.

Ele me beija como se eu fosse uma tela.

Agarra minhas mãos e entrelaça os dedos nos meus. Sua testa encosta na minha quando o beijo chega ao fim.

Ninguém nunca me fez sentir algo tão intenso assim. Nem mesmo Adam. E talvez a maneira como me sinto quando ele me beija seja tão rara que eu nunca mais vá passar por isso.

Fico apavorada com esse pensamento, e é o que sela meu destino até a manhã seguinte, pois o que quer que eu sinta por Owen não deve ser ignorado. Nem em nome da minha fidelidade a Trey.

E, sinceramente, não me importo com que tipo de pessoa isso me torna.

— Tenho medo de nunca mais sentir isso com outra pessoa — sussurro.

Ele aperta minha mão.

— Tenho medo de que você sinta.

Eu me afasto e olho para ele, porque preciso que ele saiba que o que sinto por Trey nunca se igualará a isso.

— Nunca vou ter isso com ele, Owen. Nem perto.

Sua expressão não se enche de alívio como eu esperava. Na verdade, é quase como se eu tivesse dito algo que ele não queria ouvir.

— Eu queria que você tivesse isso — diz ele. — Não quero imaginar você passando o resto da vida com alguém que não a merece.

Ele põe os braços ao meu redor, e enfio o rosto em seu pescoço novamente.

— Não foi o que eu quis dizer — retruco. — Não estou dizendo que ele me merece menos que você. Só que sinto uma ligação diferente com você, e isso me assusta.

Ele agarra minha nuca e leva a boca ao meu ouvido.

— Talvez não ache que ele merece você menos que eu, mas é exatamente isso que estou dizendo, Auburn. — Ele baixa as mãos até agarrar minhas coxas e me levanta. Depois me carrega pelo quarto e me põe na cama. Depois se deita em cima de mim, posicionando minha cabeça entre seus braços. Ele me beija delicadamente na testa e em seguida na ponta do nariz. Seus olhos encontram os meus, e eu jamais tinha visto tanta sinceridade e honestidade neles. — Ninguém merece você tanto quanto eu.

Suas mãos tocam o botão da minha calça jeans, e ele o desabotoa. Seus lábios encontram meu pescoço enquanto ele continua me convencendo, com suas palavras, de que é exatamente aqui que devemos estar.

— Ninguém enxerga você como eu.

Fecho os olhos e escuto o som da sua voz. Espero ele tirar minha calça, ansiando pelo toque da sua mão na minha pele. Suas palmas deslizam pelas laterais das minhas pernas, depois sua boca encontra a minha novamente.

— Ninguém entende você como eu.

Ele pressiona o corpo no meu no mesmo instante em que sua língua invade minha boca. Gemo, o quarto começa a rodar, e a combinação das suas palavras, do seu toque e do seu corpo no meu é como jogar gasolina em fogo. Ele começa a puxar minha camisa e meu sutiã por cima da cabeça. Não faço nada para ajudá-lo ou pará-lo. Sou inútil em relação ao seu toque.

— Ninguém faz seu coração bater como eu.

Ele me beija, parando apenas para tirar a camisa. De alguma maneira, recupero o controle dos meus sentidos quando percebo que minhas mãos estão puxando sua calça jeans, tentando tirá-la para que eu possa sentir sua pele na minha.

Ele pressiona a palma sobre o meu coração.

— E ninguém mais merece entrar em você sem conseguir entrar aqui primeiro.

Suas palavras pingam pela minha boca feito gotas de chuva. Ele me beija delicadamente e depois se levanta da cama. Meus olhos continuam fechados, mas escuto sua calça jeans caindo no chão e uma embalagem sendo rasgada. Sinto suas mãos nos meus quadris quando ele enfia os dedos embaixo da minha calcinha e a puxa para baixo. E só quando ele volta a ficar em cima de mim que finalmente crio coragem para abrir os olhos.

— Diga — sussurra ele, olhando para mim. — Quero ouvir você dizer que eu te mereço.

Deslizo as mãos pelos seus braços, pelas curvas dos seus ombros, pelas laterais do seu pescoço, chegando até seu cabelo. Encaro-o bem nos olhos.

— Você me merece, Owen.

Ele leva a testa até a lateral da minha cabeça, agarra minha perna, ergue-a e a prende ao redor da cintura.

— E você me merece, Auburn.

Ele se empurra para dentro de mim, e não sei qual barulho é mais alto: seu grunhido ou meu "Oh my God".

Ele se enterra bem no fundo de mim e para. Depois me olha, ofegante, e sorri.

— Não sei se você disse isso porque isso é incrivelmente gostoso ou se está zombando das minhas iniciais de novo.

Sorrio enquanto arfo.

— As duas coisas.

Nossos sorrisos desaparecem quando ele volta a se mexer. Mantém a boca perto da minha, mas longe o suficiente para que consiga me encarar nos olhos. Ele entra e sai de mim lentamente, enquanto seus lábios começam a me beijar de leve. Gemo e, mais que tudo, sinto vontade de fechar os olhos, mas quero me lembrar de como ele está me olhando toda vez que respiro fundo.

Ele se afasta e se empurra dentro de mim na mesma hora em que seus lábios encostam na minha bochecha. Começa a encontrar um ritmo entre cada beijo, e mantém o olhar focado no meu a cada estocada.

— É isso que quero que você lembre, Auburn — diz ele baixinho. — Não quero que se lembre de como era me sentir dentro de você. Quero que se lembre de como era quando eu olhava para você.

Seus lábios roçam os meus tão delicadamente que quase não os sinto.

— Quero que lembre como seu coração reage toda vez que beijo você.

Seus lábios tocam os meus, e tento gravar na memória todas as sensações que seu beijo e suas palavras provocam em mim. Sua mão desliza pelo meu cabelo, e ele ergue um pouco minha cabeça, me beijando com intensidade.

Ele se afasta para que a gente possa recuperar o fôlego. Encarando meus olhos, ele diz:

— Quero que se lembre das minhas mãos e de como elas não conseguem parar de te tocar.

Sua boca sobe pelo meu maxilar até alcançar minha orelha.

— E quero que lembre que qualquer um pode fazer amor. Mas sou o único que merece fazer amor com você.

Quando ouço essas palavras, meus braços envolvem seu pescoço, e sua boca colide com a minha. Ele me penetra com força, e sinto vontade de gritar. De chorar. Quero implorar para que nunca pare, mas o que quero ainda mais é este beijo. Quero me lembrar de cada detalhe. Quero gravar o gosto dele na minha língua.

Os próximos vários minutos são um borrão de gemidos, beijos, suor, mãos e bocas. Ele está em cima de mim, depois fico em cima dele, e em seguida ele volta para cima de mim. Quando sinto o calor de sua boca em meu seio, me entrego completamente. Deixo minha cabeça tombar, meus olhos se fecharem, e meu coração vai parar nas palmas de suas mãos.

Estou tão agitada, tão tonta, tão grata por ter decidido ficar que nem percebo quando tudo acaba. Continuo muito ofegante, e meu coração martela o peito. Não sei se simplesmente chegar ao clímax com Owen significa o fim da experiência. Porque voltar ao normal depois de ficar com ele é tão incrível quanto o que ocorre durante.

Estou deitada em seu peito, com seus braços ao meu redor, e achei que nunca mais ficaria nessa posição. É uma posição que me dá a sensação de estar no lugar certo, mas não posso fazer nada para continuar aqui.

Isso me faz lembrar do dia em que tive de me despedir de Adam. Eu sabia que o que a gente sentia um pelo outro era mais do que as pessoas entendiam, e demorei uma eternidade para superar o fato de ter sido arrancada dele antes de estar pronta para isso.

E agora a mesma coisa está acontecendo com Owen. Não estou pronta para me despedir. Tenho medo de dizer adeus.

Mas preciso, apesar de doer pra caramba.

Se eu soubesse conter minhas lágrimas, faria isso. Não quero que ele me escute chorando. Não quero que ele saiba como estou chateada com o fato de não podermos ter isso todos os dias das nossas vidas. Não quero que ele me pergunte o que aconteceu de errado.

Quando ele sente minhas lágrimas escorrerem em seu peito, ele não faz nada para contê-las. Em vez disso, simplesmente me abraça mais forte e encosta a bochecha no topo da minha cabeça. Sua mão acaricia delicadamente meu cabelo.

— Eu sei, querida — sussurra ele. — Eu sei.

CAPÍTULO DEZOITO

Owen

Eu devia ter imaginado que ela não estaria mais aqui quando eu acordasse. Senti sua mágoa ontem à noite, enquanto ela apenas pensava em se despedir, então o fato de ter partido sem precisar fazer isso não me surpreende.

O que me surpreende é a confissão que encontro no travesseiro ao meu lado. Eu a pego para ler, mas antes vou para o seu lado da cama. Ainda dá para sentir seu cheiro. Desdobro o papel e leio suas palavras.

Para sempre vou me lembrar da noite passada, Owen. Mesmo quando eu não dever mais.

Ponho a mão no peito e cerro o punho.

Já sinto saudade suficiente para sofrer, e Auburn deve ter ido embora apenas uma hora atrás. Releio várias vezes a confissão. É de longe minha preferida, mas é também a mais dolorosa.

Vou até minha sala de trabalho, arrasto a tela com seu retrato inacabado até o centro do cômodo e preparo tudo. Pego todo o material de que vou precisar, depois paro na frente do quadro. Fico encarando a confissão, imaginando sua aparência exata enquanto ela escrevia, e finalmente tenho a inspiração necessária para terminar o retrato.

Pego o pincel e a pinto.

⌒

Não sei direito quanto tempo se passou. Um dia. Dois dias. Acho que parei para comer no mínimo três vezes. Está escuro lá fora, pelo menos isso eu sei.

Mas finalmente acabei.

Raras vezes sinto que meus quadros estão finalizados. Sempre tem alguma coisa que quero acrescentar, como algumas pinceladas a mais ou mais uma nuance. Porém, com cada quadro chega uma hora que preciso simplesmente parar e aceitá-lo como é.

Estou neste momento com este quadro. É provável que seja a pintura mais realista que já fiz em tela.

Sua expressão está exatamente como quero me lembrar dela. Não é de felicidade. Na verdade, ela parece um pouco triste. Quero pensar que é a mesma expressão que vai surgir em seu rosto toda vez que ela pensar em mim. Uma expressão que revela como sente minha falta. Mesmo quando não devia.

Arrasto o quadro para encostá-lo na parede. Encontro a confissão que ela deixou no meu travesseiro hoje de manhã, e a colo na parede ao lado do seu rosto. Puxo a caixa com as confissões que ela me deixou nas últimas semanas, e colo todas ao redor do quadro.

Dou um passo para trás e encaro a única parte que ainda tenho dela.

~◦

— O que aconteceu entre você e Auburn? — pergunta Harrison.

Dou de ombros.

— O de sempre?

Balanço a cabeça.

— De jeito nenhum.

Ele ergue a sobrancelha.

— Caramba — diz. — Isso é novidade. Quero ouvir o resto dessa história. — Ele pega outra cerveja e a desliza para mim pelo balcão. Ele se inclina para a frente e abre a lata. — Mas quero a versão resumida. Tenho de fechar em algumas horas.

Sorrio.

— É fácil. Ela é a razão de tudo, Harrison.

Ele olha para mim, confuso.

— Você disse para resumir — explico a ele. — Esta é a versão resumida.

Harrison balança a cabeça.

— Bem, nesse caso mudei de ideia. Quero a versão detalhada.

Sorrio e confiro meu celular. Já são mais de 22h.

— Talvez da próxima vez. Já faz mais de duas horas que estou aqui.

Coloco dinheiro no balcão e tomo um último gole de cerveja. Ele acena para que eu vá embora enquanto me viro para voltar ao ateliê. O quadro de Auburn, que terminei mais cedo, já deve estar quase seco. Acho que vai ser a primeira vez que penduro uma tela no meu quarto.

Tiro a chave do bolso e a enfio na porta, mas não está trancada.

Sei que a tranquei. Nunca saio sem trancá-la.

Empurro a porta, e, no instante em que faço isso, meu mundo inteiro para. Olho para a esquerda. Para a direita. Entro no ateliê e me viro, observando o dano que causaram a tudo que tenho. Tudo pelo que trabalhei.

Há linhas de tinta vermelha pelas paredes, pelo chão, cobrindo todos os quadros que estão no primeiro andar. A primeira coisa que faço é correr até o quadro mais próximo. Toco a tinta espalhada pela tela e percebo que já está secando. Deve estar secando há cerca de uma hora. Quem quer que tenha feito isso estava me esperando sair.

Assim que penso em Trey, o verdadeiro pânico me domina. Subo a escada imediatamente e vou direto para minha sala de trabalho. Assim que escancaro a porta, eu me inclino e apoio as mãos nas coxas. Suspiro fundo, aliviado.

Não tocaram nele.

Quem quer que tenha entrado aqui não encostou no quadro que fiz dela. Depois de me permitir parar alguns minutos a fim de me recuperar, me aproximo do quadro. Apesar de não terem tocado nele, tem alguma coisa diferente.

Alguma coisa estranha.

Então percebo que a confissão que ela deixou no meu travesseiro...

...sumiu.

CAPÍTULO DEZENOVE

Auburn

— Está esperando alguém? — pergunto a Emory.

Tem alguém batendo à porta, então olho para meu celular. Já passou das 22h.

Ela balança a cabeça.

— Não é para mim. Humanos não gostam de mim.

Rio e vou até a porta. Pelo olho mágico, vejo que é Trey, e suspiro fundo.

— Quem quer que seja, você parece desapontada — diz Emory num tom maçante. — Deve ser seu namorado.

Então se levanta e vai para o quarto, e fico contente por perceber que pelo menos ela aprendeu o significado de privacidade.

Abro a porta para deixá-lo entrar. Fico um pouco confusa, sem saber por que ele está aqui, para início de conversa. São mais de 22h, e ele disse que só voltaria a Dallas amanhã.

Assim que a porta se abre, ele entra depressa. Dá um beijo rápido na minha bochecha e diz:

— Preciso usar seu banheiro.

Seu jeito apressado me confunde por um segundo, e o observo tirar as coisas do cinto: arma, algemas, chaves do carro. Ele coloca tudo na bancada, e acabo notando o suor pingando em sua têmpora. Ele parece nervoso.

— Pode usar — digo, gesticulando para o banheiro. — Sinta-se em casa.

Ele vai direto para o banheiro e, assim que abre a porta, vivencio um pequeno momento de pânico.

— Espere! — digo, correndo atrás dele.

Trey se afasta da porta, e passo por ele. Vou até a pia e pego todos os sabonetes em forma de concha. Saio do banheiro enquanto ele observa minhas mãos com curiosidade.

— E com o que devo lavar as mãos? — pergunta ele.

Aponto a cabeça para o armário.

— Tem sabonete líquido aí dentro — digo, olhando para os sabonetes em minhas mãos. — Visitas não podem usar isso aqui.

Ele fecha a porta na minha cara, e levo os sabonetes para meu quarto, me sentindo um pouco ridícula.

Tenho sérios problemas.

Deixo os sabonetes no criado-mudo e pego meu celular. Recebi várias mensagens, e só uma é da minha mãe. Vejo que todas as outras são de Owen. Começo da primeira e vou subindo.

Me ligue.

Você está bem?

É importante.

Vestido de carne.

Por favor, me ligue.

Se não responder em cinco minutos, vou até aí.

Respondo imediatamente.

Não venha, Trey está aqui. Estou bem.

Aperto enviar e digito outra mensagem.

Você está bem?

Ele responde no mesmo instante.

Alguém invadiu meu ateliê esta noite. Destruíram tudo.

Levo minha mão até a boca depressa e arquejo.

Ele pegou sua confissão, Auburn.

Meu coração vai parar na garganta, e ergo os olhos rapidamente para conferir se Trey não está na minha porta. Não quero que ele veja minha reação, senão vai querer saber para quem estou mandando mensagem. Eu me apresso para digitar outra.

Você chamou a polícia?

Recebo sua resposta assim que escuto a porta do banheiro se abrir.

Para quê, Auburn? Para que venham limpar a bagunça que fizeram?

Leio a mensagem duas vezes.

A bagunça que fizeram?

Imediatamente apago todas as mensagens. Deixo o telefone no criado-mudo e tento parecer normal, mas não consigo tirar a última mensagem de Owen da cabeça. Ele acha que Trey fez isso?

Quero dizer que ele está errado. Que Trey não seria capaz de fazer algo como o que aprontaram para Owen, mas não sei mais em quem ou no que acreditar.

Trey aparece na porta, e eu analiso seus olhos, tentando encontrar alguma pista, mas sinto como se estivesse olhando para uma parede.

Sorrio para ele.

— Você voltou antes.

Ele não retribui meu sorriso. Meu coração passa a impressão de tentar subir pelas paredes do meu peito, e não de um jeito bom.

Ele entra no meu quarto e se senta na minha cama. Tira os sapatos e os joga no chão.

— O que aconteceu com aquela gata? — pergunta ele. — Como era o nome dela mesmo? Docinho?

Engulo em seco. Por que ele está perguntando sobre a gata de Owen?

— Fugiu — respondo com calma. — Emory passou uma semana arrasada.

Ele assente, movendo o maxilar para a frente e para trás. Ele ergue a mão e segura meu braço. Olho para baixo bem na hora em que ele me puxa para perto. Eu me encosto em seu peito, rígida como uma tábua. Ele me envolve com o braço e beija o topo da minha cabeça.

— Senti saudade, então voltei mais cedo.

Ele está sendo bonzinho. *Muito* bonzinho. Continuo em alerta.

— Adivinhe só? — diz ele.

— O quê?

Ele leva a mão até meu cabelo e passa os dedos.

— Encontrei uma casa hoje.

Eu me afasto do seu peito e olho para ele bem na hora em que coloca uma mecha de cabelo atrás da minha orelha.

— Eu não sabia que estava procurando outra casa.

Ele sorri.

— Pensei em procurar algo um pouco maior. Agora que minha mãe se mudou de volta pra cá, pensei em deixá-la ficar com aquela casa, pois era dela em primeiro lugar. E, de qualquer jeito, é melhor termos mais privacidade. A casa que estou olhando tem um quintal cercado. Fica na Bishop, perto do parque. É uma vizinhança muito boa.

Não digo nada, pois parece que ele está dizendo que encontrou uma casa *para a gente* hoje. E isso me deixa apavorada.

— Minha mãe foi comigo dar uma olhada. Ela gostou. Disse que AJ ia adorar.

Não imagino Lydia dizendo que AJ ia adorar alguma coisa que não fosse dela.

— Ela disse isso mesmo?

Trey assente, e fico imaginando como seria isso. Poder realmente morar na mesma casa que AJ, numa vizinhança boa, com um quintal. E mais uma vez penso que poderia valer a pena. Nunca vou amar Trey como eu amava Adam, e nunca vou ter com ele a ligação que tenho com Owen, mas Adam e Owen não podem me dar a única coisa de que preciso na vida. Apenas Trey é capaz de fazer isso.

— O que você está dizendo, Trey?

Ele sorri para mim, e neste momento percebo que talvez Owen estivesse errado. Se Trey tivesse destruído seu ateliê, não estaria aqui me dizendo essas coisas. Ele estaria furioso, pois saberia que aquela confissão era minha.

— Estou dizendo que isso não é nenhuma brincadeira para mim, Auburn. Amo AJ e preciso saber que você está comigo. Que estamos juntos nessa.

Ele muda de posição até ficar em cima de mim, depois se inclina para a frente e me beija. Faz mais de dois meses que estamos namorando e nunca deixei que ele fizesse nada além de me beijar. Ainda não estou pronta para ir além disso, mas sei que ele está. E sei que sua paciência está acabando.

Ele grunhe, e sua língua mergulha fundo na minha boca. Fecho os olhos com força e odeio estar me forçando a fingir que não fico incomodada com isso. Mas, por dentro, estou apenas enrolando, me dando um tempo para pensar no que devo fazer em seguida, porque as mensagens de Owen não saíram da minha cabeça. Sem falar que Owen pode muito bem estar a caminho dali.

As mãos de Trey ficam mais ansiosas enquanto me apalpam e me puxam na sua direção. Sua boca se afasta bruscamente da minha, e ele começa a me beijar por toda parte enquanto suas mãos remexem nos botões da minha camisa.

Quero dizer para ele parar, mas está tudo acontecendo tão rápido que não encontro nenhum momento para empurrá-lo para longe. Ele está desabotoando minha calça, e, quando enfia os dedos dentro da minha calcinha, eu me dou conta de que não aguento nem mais um segundo disso. Enfio os calcanhares no colchão e o afasto enquanto tento me sentar na cama.

Ele se afasta por alguns segundos e olha para mim, mas nenhuma palavra sai da minha boca. Como não digo nada, a boca dele volta imediatamente para a minha com ainda mais força. Não ouviu um não, então vai ver isso significa sim para ele.

Pressiono seu peito.

— Trey, pare.

Ele para de me beijar imediatamente e encosta o rosto no travesseiro. Resmunga, frustrado, e fico sem saber o que dizer. Acabei de deixá-lo zangado.

A mão dele ainda está na minha calça jeans, e, por mais que a gente não esteja se beijando, ele continua deslizando mais a mão até que eu precise empurrá-la para longe. Ele pressiona a palma ao meu lado na cama e se ergue até seu rosto ficar a apenas alguns centímetros do meu. Seus olhos estão cheios de raiva, mas não é a raiva que me assusta.

É a repulsa.

— Você dá para meu irmão quando tem 15 anos, mas não dá para mim quando é adulta?

Suas palavras me magoam. Magoam tanto que preciso fechar os olhos e me virar para o outro lado.

— Não dei para Adam — digo, me virando na direção dele lentamente, e o encaro bem nos olhos. — Eu fiz amor com Adam.

Ele baixa o rosto até sua boca se alinhar ao meu ouvido. O calor da sua respiração me deixa arrepiada.

— E quando Owen foi para a cama com você? *Aquilo* também foi amor?

Inspiro, em busca de ar.

Meu corpo inteiro fica tenso, e sei que ele vai me impedir se eu tentar sair em disparada. Também sei que, se eu não tentar correr, é bem provável que ele me machuque.

Nunca senti tanto medo.

Ele continua em cima de mim, com a boca parada perto do meu ouvido. Não fala mais nada, porém não é preciso. Suas mãos deixam suas intenções bem claras ao entrar novamente na minha calça.

Por um breve segundo, me pergunto se não devo deixá-lo fazer isso. Se eu simplesmente ficar quieta e deixá-lo fazer o que quer, talvez seja o suficiente para que ele perdoe o que aconteceu com Owen. Não posso deixar que isso interfira no meu relacionamento com meu filho.

Mas esses pensamentos só duram um ínfimo segundo, pois de jeito nenhum quero que AJ cresça com uma mãe covarde.

— Saia de cima de mim.

Ele não sai. Em vez disso, ergue a cabeça e me olha com um sorriso tão frio que me deixa toda arrepiada. Não sei mais quem ele é agora. Eu jamais tinha visto esse seu lado.

— Trey, por favor.

Sua mão é bruta, e estou pressionando uma perna na outra, mas isso não o impede de afastar minhas coxas à força. Estou empurrando-o, mas minha fraqueza é ridícula em comparação à sua força. Sua boca volta para a minha, e, quando tento me virar para o lado, ele morde meu lábio, forçando o beijo.

Sinto gosto de sangue.

Começo a chorar assim que ele desabotoa a própria calça.

Isso não está acontecendo...

— Ela disse para parar.

Não é minha voz, e não é a de Trey, mas as palavras o obrigam a parar. Ergo os olhos e me deparo com Emory parada na porta, apontando uma arma em nossa direção. Trey se vira lentamente para a porta. Ao vê-la, ele rola para se deitar de costas com cautela, com as palmas erguida para a frente.

— Você tem noção de que está apontando uma arma para um policial? — pergunta Trey com calma.

Emory ri.

— E você tem noção de que estou impedindo um estupro, não é?

Ele se senta lentamente, e ela ergue ainda mais a arma, mantendo-a apontada para Trey.

— Não sei o que você acha que está acontecendo aqui, mas, se não me entregar a arma, vai se dar mal.

Emory olha para mim, mas continua mirando a arma para Trey.

— Quem você acha que vai se dar mal, Auburn? O policial que estava forçando a barra com você ou sua colega de apartamento que deu um tiro no pau dele?

Felizmente, foi uma pergunta retórica, pois estou chorando demais para conseguir responder. Trey passa a mão na boca e aperta o maxilar, tentando descobrir como sair da confusão em que se meteu.

Emory volta a atenção para ele.

— Você vai dar o fora desse apartamento e vai até o fim do corredor. Vou colocar sua arma e suas chaves no chão quando você estiver longe demais para alcançá-las.

Sinto Trey me observando, mas não olho para ele. Não consigo. Ele passa delicadamente a mão em meu braço.

— Auburn, você sabe que eu nunca machucaria você. Diga a Emory que ela fez confusão.

Sinto sua mão se estender para meu rosto, mas a voz de Emory o faz parar.

— *Saia. Daqui. Porra!* — grita ela.

Mais uma vez, Trey ergue as palmas. Ele se levanta lentamente e abotoa a calça jeans. Depois se inclina para pegar os sapatos.

— Deixe isso aí. Vá embora — diz Emory, com firmeza.

Ela vai de costas até a porta enquanto ele se aproxima dela. Fico observando a parte de trás da cabeça de Trey enquanto ele se vira para a porta, e Emory o segue.

— Até o fim do corredor — ordena ela. Vários segundos se passam, e ela acrescenta: — Jogue os sapatos dele pra mim, Auburn.

Estendo o braço pela cama e pego os sapatos no chão. Levo-os até ela e vejo quando os coloca do lado de fora da nossa porta. Emory não desvia os olhos de Trey no fim do corredor enquanto deixa a arma ao lado dos sapatos. Assim que a solta, ela bate a porta, tranca e passa o ferrolho. Estou parada na porta do meu quarto, observando para confirmar que ele foi embora. Ela se vira para mim, de olhos arregalados.

— Eu avisei que gostava mais do outro cara.

De alguma maneira, consigo rir em meio a todas as lágrimas. Emory dá um passo à frente e me abraça, e por mais estranha que ela seja, nunca senti tanta gratidão por alguém.

— Muito obrigada por ficar escutando a conversa dos outros.

Ela ri.

— É um prazer. — Ela se afasta e me encara nos olhos. — Você está bem? Ele te machucou?

Balanço a cabeça e ergo a mão até o lábio para conferir se ainda está sangrando. Está, mas antes que eu possa me virar para a cozinha, Emory já está pegando um papel-toalha. Ela abre a torneira no mesmo instante em que alguém bate à porta.

A gente se vira e olha para a porta.

— Auburn. — É a voz de Trey. — Auburn, me desculpe. Desculpe mesmo.

Ele está chorando. Ou então é um excelente ator.

— A gente precisa conversar sobre isso. Por favor.

Sei que Owen deve estar a caminho depois de todas as mensagens nervosas que mandou, então quero me livrar logo de Trey antes que os dois se encontrem. É a última coisa de que preciso aquela noite. Vou até a porta, mas não a destranco.

— A gente conversa sobre isso amanhã — digo do outro lado. — Preciso de um pouco de espaço esta noite, Trey.

Alguns segundos se passam, e ele diz:

— Está bem. Amanhã.

CAPÍTULO VINTE

Owen

Paro numa vaga do outro lado da rua do prédio dela para que Trey não veja meu carro.

Depois que saio do veículo e atravesso a rua, corro até bater à sua porta.

— Auburn! — Continuo batendo. — Auburn, me deixe entrar!

Escuto as trancas serem abertas uma por uma, e toda vez que uma se abre, de alguma forma fico ainda mais nervoso. Quando ela finalmente abre a porta e a vejo parada na minha frente, cada parte do meu corpo exala, inclusive meu coração.

Lágrimas remanescentes marcam suas bochechas, e os dois segundos que demoro para entrar em seu apartamento e puxá-la para perto parecem demorar uma hora.

— Você está bem?

Ela me abraça, e estendo o braço para fechar a porta. Tranco-a e depois puxo Auburn para perto enquanto ela assente.

— Estou bem.

Sua voz não está nada bem. Ela parece apavorada. Afasto-a um pouco de mim e a observo.

Seu cabelo está uma bagunça.

Sua camisa está rasgada.

Seu lábio está sangrando.

Sua cabeça balança para a frente e para trás, e ela está negando algo. Vê a fúria em meus olhos, então me viro e começo a destrancar a porta.

Ele pode fazer a merda que quiser comigo. Mas passa dos limites quando mexe com ela.

Suas mãos agarram meus braços, me puxando para longe da porta.

— Owen, pare. — Escancaro a porta e saio para o corredor, mas ela se coloca na minha frente e põe as mãos no meu peito.

— Você está bravo. Primeiro se acalme. Por favor.

Inspiro e expiro, tentando me acalmar. Mas só porque ela pediu por favor. Espero que Auburn nunca descubra que ouvi-la dizer essas duas palavras me convence a fazer qualquer coisa que ela quiser. Sempre.

Ela me faz entrar novamente no apartamento. Vou até a bancada, onde apoio os braços, pressionando a testa neles.

Fecho os olhos e reflito.

Penso no que ele pode fazer em seguida. Penso em para onde ele iria. Penso em onde ela deve ficar para se proteger dele.

Só sei a resposta o último pensamento. Ela precisa ficar comigo. Não vou deixá-la sair de perto de mim esta noite.

Eu me empertigo e me viro para ela.

— Pegue suas coisas. Vamos sair daqui.

Decido passar a noite com ela num hotel porque acho arriscado ela ficar no ateliê comigo. Ainda não sei direito o que aconteceu entre os dois, e não sei do que ele é capaz de fazer àquela altura.

Ela fica olhando por cima do ombro até chegarmos ao quarto, então seguro sua mão e tento tranquilizá-la sobre sua segurança esta noite.

Assim que entramos no quarto e eu fecho a porta, tenho a impressão de que o ar daqui parece diferente. Parece ser mais abundante, porque ela finalmente consegue suspirar aliviada. Odeio o fato de ter ficado tão preocupada, e saber que Trey é uma parte tão importante da sua vida me deixa ainda mais inquieto com ela.

Ela tira os sapatos e se senta na cama. Eu me acomodo ao seu lado e seguro sua mão novamente.

— Vai contar o que aconteceu?

Ela inspira lentamente, assentindo.

— Ele apareceu lá em casa logo antes de eu ver suas mensagens. No início, não achei que ele fosse capaz de fazer algo como o que você estava sugerindo, mas, quando ele entrou no meu quarto, percebi que sim. Tinha alguma coisa estranha na maneira que ele me olhava. A primeira coisa que ele fez foi falar sobre Docinho.

Não quero interrompê-la, mas não faço ideia a quem ela está se referindo.

— Docinho?

Ela dá um breve sorriso envergonhado.

— Falei para ele que Owen-Gata era de Emory e que se chamava Docinho.

Balanço a cabeça, confuso.

— Por que ele perguntaria sobre minha gata? — Assim que a pergunta sai da minha boca, a resposta fica clara. — Ele esteve no meu ateliê — digo. — Deve ter visto a gata e tirado as próprias conclusões.

Ela assente, mas para de falar. Espero que continue a história, o que não acontece.

— O que houve em seguida?

Ela dá de ombros.

— Ele simplesmente...

Auburn começa a chorar baixinho, então dou um tempo para ela continuar em seu ritmo.

— Ele começou a falar sobre AJ, sobre comprar uma casa... e começou a me beijar. Quando pedi para ele parar... — Ela faz mais uma pausa e inspira rapidamente. — Ele falou alguma coisa sobre você e eu juntos na sua cama, e foi então que descobri que ele tinha lido minha confissão. Tentei me livrar dele, mas ele me segurou. Nesse momento Emory entrou no quarto.

Eu devia ter chegado mais depressa, mas ainda bem que Emory estava lá.

— Foi tudo o que aconteceu, Owen. Ele parou e depois foi embora.

Ergo a mão até seu lábio e toco a área próxima de onde está sangrando.

— E isso aqui? Foi ele quem fez isso?

Ela olha para baixo e confirma com a cabeça. Odeio ver sua expressão de vergonha. Esta devia ser a última coisa que ela necessitava sentir.

— Você ligou para a polícia? Quer que eu ligue agora?

Começo a me levantar da cama para pegar o telefone, mas ela arregala os olhos e começa a balançar a cabeça para a frente e para trás.

— Não — diz ela. — Owen, não posso denunciar isso.

Paro por um instante, só para ter certeza de que escutei direito. Solto-a e me empertigo, encarando-a. Depois, inclino a cabeça, confuso.

— Trey ataca você em seu apartamento, e não vai denunciá-lo?

Ela desvia o olhar, parecendo ainda mais envergonhada.

— Sabe o que aconteceria se eu o denunciasse? Lydia me culparia. Ela nunca mais me deixaria ver AJ.

— Olhe para mim, Auburn.

Ela vira a cabeça, e seguro seu rosto.

— Ele atacou você. Lydia até pode ser uma vaca, mas ninguém nunca culparia você por denunciar algo desse tipo.

Ela se afasta das minhas mãos e balança delicadamente a cabeça.

— Ele sabe que dormi com você, Owen. Claro que ia ficar furioso depois de descobrir que foi traído.

Fecho os olhos. Meu coração está tão acelerado que me passa a impressão de precisar sair do quarto.

— Você está *defendendo esse cara?*

O silêncio que se instala me deixa arrasado. Eu me levanto e me afasto da cama, indo até a janela.

Tento entender. Tento achar algum sentido, mas não faz sentido algum, porra!

— Você não denunciou ele por ter arrombado seu ateliê. É a mesma coisa.

Imediatamente me viro para ela.

— Só fiz isso porque perdi minha credibilidade, Auburn Se eu culpasse Trey pelo arrombamento, ficaria parecendo uma tentativa ridícula de vingança. Ele se safaria, e minha situação só pioraria. Mas com você é diferente... Ele te *agrediu* fisicamente. Não existe nenhum motivo no mundo para que você não denuncie isso. Caso contrário, ele vai ficar achando que é um convite para repetir o que fez.

Em vez de discutir comigo, ela se levanta com calma e se aproxima de mim. Põe os braços ao redor da minha cintura e apoia o rosto em meu peito. Também a abraço com força. De repente, me sinto muito mais calmo do que estava alguns segundos atrás.

— Owen — diz ela, e suas palavras são levemente abafadas pela minha camisa —, você não é pai, então não espero que entenda minhas decisões. Se eu denunciar Trey, as coisas só vão piorar. Preciso fazer tudo o que puder para manter o relacionamento com meu filho intacto. Se isso inclui perdoar Trey e ter de pedir desculpas a ele pelo que aconteceu entre mim e você... então é o que preciso fazer. Não espero que entenda, mas preciso que apoie minha decisão. Você não sabe como é abrir mão de toda a sua vida por causa de alguém.

Suas palavras não apenas me machucam fisicamente, como me deixam apavorado. Mesmo depois de tudo, ela ainda não percebe como aquele homem é perigoso.

— Se você ama seu filho, Auburn... vai mantê-lo o mais longe possível de Trey. Perdoá-lo é a pior escolha que pode fazer.

Ela se afasta do meu peito e olha para mim.

— Não é uma escolha, Owen. Se fosse, significaria que tenho opções. E não tenho. É o que preciso fazer e pronto.

Fecho os olhos e seguro seu rosto. Pressiono a testa na sua e fico parado, próximo dela. Escuto sua respiração e tento entender o sentido de suas palavras. Ela está se convencendo de que não entendo porque nunca estive na mesma posição. Ela acha que todos os erros que cometi no passado foram por egoísmo, e não por puro altruísmo.

Somos mais parecidos do que ela acha.

— Auburn — digo baixinho. — Entendo completamente que você quer ficar com seu filho, mas, às vezes, para salvar um relacionamento, é preciso sacrificá-lo primeiro.

Ela se afasta de mim. Dá vários passos antes de se virar.

— Que relacionamento você já teve de sacrificar?

Ergo lentamente a cabeça, olhando para ela com tudo de mim.

— Nós dois, Auburn. Tive de sacrificar *nós dois*.

CAPÍTULO VINTE E UM

Auburn

Estou sentada na cama com ele, tentando assimilar o que está dizendo, mas é difícil.

— Eu só... — Balanço a cabeça. — Por que não me contou tudo isso desde o início? Por que não me disse que Trey sabia que as drogas não eram suas?

Owen suspira e aperta minhas mãos.

— Eu queria, Auburn. Mas eu mal te conhecia. Contar a verdade a alguém poderia colocar em risco a carreira do meu pai. Sem falar que Trey estava ameaçando criar problemas, e a última coisa que eu queria era colocar você em alguma confusão por causa do relacionamento com meu pai.

Se mais cedo esta noite eu já achava que minha relação com Trey já era, agora *definitivamente* é o fim. Não acredito que ele colocou Owen numa situação dessas porque se sentia ameaçado por ele. Passei esse tempo todo tentando encontrar alguma bondade em Trey, mas estou começando a duvidar de que ele tenha *algo* de bom.

— Estou me sentindo uma idiota.

Owen balança a cabeça com firmeza.

— Não seja tão dura consigo mesma. Eu devia ter te contado antes. Ia contar, mas, quando descobri que você tinha um filho, percebi quanta coisa estava em jogo. Isso complicou as coisas, porque era tarde demais para que eu voltasse atrás e dissesse que os comprimidos não eram meus, e Lydia e Trey nunca deixariam você ficar com alguém como eu. Estávamos ferrados.

Eu me deito na cama e junto as mãos em cima da barriga. Fico encarando o teto, ainda mais confusa quanto ao que devo fazer do que quando chegamos aqui.

— Não confio nele. Não depois disso. Não quero mais que ele fique perto de AJ, mas, se eu tentasse processá-los, Lydia ficaria furiosa. Ela usaria minhas visitas a AJ contra mim, e eu nunca mais veria meu filho.

Começo a me dar conta da realidade da minha situação. Ergo as mãos e pressiono as palmas nos olhos. Não quero chorar. Quero manter a calma e descobrir uma maneira de resolver isso.

Owen se deita ao meu lado na cama. Ele acaricia minha bochecha, me fazendo olhar para ele.

— Auburn, me escute — diz ele, olhando para mim com muita sinceridade. — Se eu tiver de contar a verdade sobre meu pai e processar Trey, farei isso. Você merece fazer parte da vida de AJ, e, se a gente continuar deixando as ameaças de Trey afetarem nossas decisões, ele nunca vai parar. Nunca vai deixar a gente ficar junto, e fará o que puder para mantê-la longe de AJ, a não ser que fique com ele. Para pessoas como ele, é tudo questão de poder, por isso não podemos mais permitir que ele tenha esse poder.

Ele seca uma das minhas lágrimas com o polegar.

— O que quer que a gente precise fazer, faremos juntos. Não vou a lugar algum. E você não vai falar com Trey de novo sem que eu esteja presente, está bem?

Suas palavras me fazem sentir uma mistura de alívio e pavor. É muito bom saber que ele está do meu lado, mas a possibilidade de confrontar Trey me deixa aterrorizada. No entanto, é a única escolha que temos no momento. Precisamos resolver a situação como adultos ou vou ter de enfrentá-lo no tribunal.

E só vou parar quando vencer.

Owen me puxa para perto e me abraça em silêncio por tanto tempo que pego no sono. Acordo com o barulho do chuveiro, e imediatamente olho ao redor do quarto para tentar me lembrar de onde estou. Quando a confusão passa e relembro todos os acontecimentos do dia anterior, me sinto surpreendentemente calma. É impressionante que só percebemos como estamos sozinhos e assustados quando aparece alguém ao nosso lado para dar apoio. Owen sacrificou tanto pelo pai e agora está fazendo o mesmo por mim. Ele é exatamente o tipo de homem que AJ precisa como exemplo.

Confiro o celular e vejo várias ligações perdidas de Trey. Não quero que ele suspeite de nada nem que reapareça no meu apartamento esta noite, então mando uma mensagem.

Preciso de um tempo sozinha, Trey. A gente conversa amanhã, prometo.

Não quero que ele perceba como estou furiosa. Só quero evitar qualquer conflito com ele por enquanto, até Owen e eu podermos confrontá-lo juntos.

Tá bom.

Suspiro aliviada ao ver a resposta e largo o celular. Eu me levanto e vou até o banheiro, mas paro ao ver Owen pelo espelho do corredor. A porta do banheiro está ligeiramente aberta, assim como a cortina do box. Observo-o de relance enquanto ele lava o cabelo, mas já é o suficiente para que eu perceba que prefiro muito mais ficar lá dentro com ele que aqui sozinha.

De repente, fico nervosa, e não sei por quê. Já fizemos isso.

Tiro a camisa e a deixo na cômoda, depois faço o mesmo com a calça jeans. Eu me olho no espelho e fico envergonhada quando noto a mancha de rímel embaixo dos olhos. Limpo-a e depois dou um passo para trás. Há vários machucados discretos em lugares diferentes do meu corpo, consequência da minha luta com Trey, e isso quase me faz mudar de ideia sobre o que estou prestes a fazer.

Mas não mudo. Trey já me manteve longe de Owen por tempo demais, então o tiro completamente da cabeça. Só quero pensar nele de novo quando estivermos sentados na sua frente amanhã.

Ando até o banheiro e paro diante da porta. Tiro a calcinha e o sutiã. Eu me pergunto se não seria melhor apagar a luz. Quando fiquei com Owen, estava escuro, então quase não senti insegurança alguma. No entanto, ele nunca me viu assim... Eu nunca *o* vi assim.

Este último pensamento me dá coragem para entrar no banheiro.

— Auburn? — chama ele do chuveiro.

Está perguntando se sou eu mesma entrando ali, então suponho que nós dois ainda estamos um pouco tensos.

— Sou eu — digo, fechando a porta.

Sua cabeça surge atrás da cortina, e o sorriso que normalmente aparece quando ele me vê some no instante em que me vê *inteira*. Coro de imediato, depois estendo o braço e apago a luz. Achei que conseguiria, mas não dá. Nenhum rapaz, nem mesmo Adam, me viu nua com as luzes acesas. Até então eu não tinha percebido como sou insegura.

Escuto sua risada, mas não vejo seu rosto no escuro.

— Duas coisas — diz ele, com a voz firme. — Acenda essa luz. E entre aqui.

Balanço a cabeça, por mais que ele não possa ver.

— Vou entrar aí, mas não vou acender a luz.

Escuto a cortina ser puxada e depois pés molhados pisando nos azulejos do chão. Antes que eu perceba o que está acontecendo, sinto um braço envolver minha cintura nua, e a luz se acende. Seu rosto está bem na minha frente, e ele está sorrindo. Owen deixa a luz acesa, me ergue e depois me carrega até o chuveiro. Ele me coloca dentro do box, e eu cubro imediatamente com as mãos o que consigo.

Owen dá um passo para trás até ficarmos a cerca de meio metro de distância, e percebo como ele está confiante, mesmo estando completamente nu à minha frente. Tem todo o direito de se sentir assim. Já eu... nem tanto.

Ele inclina a cabeça para trás o suficiente para enxaguar o xampu do cabelo, mas não tanto a ponto de não conseguir mais me enxergar por completo. Seu olhar percorre meu corpo enquanto ele enxagua o cabelo, exibindo um sorriso de satisfação.

— Sabe o que eu adoro? — pergunta ele.

Mantenho os braços e as mãos na frente do corpo, cobrindo-o, e dou de ombros.

— Adoro quando você lava meu cabelo — diz ele. — Não sei o motivo. É simplesmente mais gostoso quando você faz.

Sorrio.

— Quer que eu lave seu cabelo?

Ele balança a cabeça e se vira para tirar o xampu do rosto.

— Já lavei — retruca ele, com um tom de voz neutro.

Não consigo parar de observar suas costas. *Impecável.*

Fico ainda mais tensa, porque sei que *não* sou impecável. Não me sinto assim por ter baixa autoestima nem estou fingindo constrangimento só para que ele me elogie. Simplesmente sou uma garota que teve um bebê, e o corpo fica diferente depois de ter um filho. Minha barriga é cheia de discretas linhas brancas, e a cicatriz da cesárea fica bem no meio, bem acima de onde deveria ser uma das áreas mais atraentes para um homem.

Nem vou comentar sobre o que a gravidez faz com os seios. Fecho os olhos só de pensar.

— É a mesma coisa quando alguém prepara um sanduíche pra você — diz Owen.

Abro os olhos rapidamente. Ele vê minha expressão confusa e ri.

— Quando você lava meu cabelo — continua ele, como se fosse uma explicação. — É a mesma coisa com sanduíches. Eu poderia usar os mesmos ingredientes e fazer o sanduíche exatamente da mesma maneira que outra pessoa, mas, por alguma razão, ele fica muito melhor quando não sou eu quem prepara. É a mesma coisa quando você lava meu cabelo. É mais gostoso. E depois também fica mais fácil de pentear.

Aqui estou eu, quase tremendo de tanto nervosismo, e ele conversa casualmente sobre sanduíches e xampus.

Ele dá um passo para a frente e põe as mãos em meus cotovelos, me virando até que eu fique debaixo da água.

— Quero lavar o seu — afirma ele, pegando o frasco de xampu tamanho viagem que está pela metade.

Ele inclina minha cabeça para trás e põe as mãos em meu cabelo enquanto a água o molha. Não sou como ele, não consigo manter os olhos abertos enquanto suas mãos estão em meu cabelo, então deixo eles se fecharem. Owen passa o xampu, e não sei qual é a melhor sensação: a de seus dedos massageando meu couro cabeludo ou da parte dele que está pressionando minha barriga.

— Relaxe — diz Owen, começando a enxaguar meu cabelo.

Não relaxo. Não sei como fazer isso.

Ele parece perceber, pois se aproxima.

Sua proximidade de fato me deixa mais tranquila. Fico mais nervosa quando ele está a vários centímetros de distância e estou sendo analisada pelo seu olhar.

Ele começa a passar o condicionador em meu cabelo, e tem toda razão. Outras pessoas já lavaram meu cabelo, uma consequência de ter feito curso de cosmetologia. E é gostoso, parece um pouco com uma massagem. Porém é mais que isso. Suas mãos são muito mais que isso.

Seus lábios pressionam suavemente os meus, e ele me beija. Suas mãos se afastam do cabelo e seguem até meus braços, depois ele as distanciam do meu corpo, apoiando-as na minha cintura até ficarmos colados um no outro. Finalmente abro os olhos e o encaro enquanto ele começa a enxaguar o condicionador do meu cabelo.

— É gostoso, não é? — pergunta ele, com um sorriso levemente malicioso.

Sorrio.

— Nunca mais quero lavar meu cabelo sozinha.

Ele beija minha testa.

— Espere só até provar meus sanduíches.

Eu rio, e a ternura que surge em seus olhos quando ele ouve minha risada me faz perceber que é isso que eu quero. *Altruísmo.* Devia ser a base de todo relacionamento. Se uma pessoa realmente se importa com você, vai sentir mais prazer ao ver o que faz *você* sentir, e não o que você *a* faz sentir.

— Quero que saiba de uma coisa — diz ele, beijando meu pescoço abaixo. — E não estou dizendo isso só para você se sentir melhor. — Uma de suas mãos sobe pela minha cintura até encontrar meu seio, onde para. — Estou dizendo porque quero que você acredite. — Ele se afasta do meu pescoço para me encarar. — Você é tão, tão linda, Auburn. Tudo em você é lindo. Toda parte de você. Por fora, por dentro, quando está embaixo de mim, em cima de mim, pintada numa tela... — Seus olhos penetram os meus, que os fecho, porque vejo verdade demais nos seus. — Tão linda... — sussurra ele.

Ele começa a me beijar, descendo até o calor da sua respiração provocar meu seio. Sua boca me possui, e gemo baixinho. Levo as mãos até sua nuca e mantenho os olhos fechados, torcendo para que a gente vá logo para a cama antes que eu acabe caindo no chão de tão tonta.

Suas mãos descem pela minha cintura, pelas minhas coxas, até sua boca começar a seguir na mesma direção. Quando sua língua toca meu umbigo, eu arfo. Em parte por causa do que me provoca, mas também porque não quero que ele continue nesse sentido. Não quero que chegue perto das partes do meu corpo que me deixam mais constrangida.

Ele troca de posição até ficar de joelhos na minha frente. Não está mais me beijando, e suas mãos estão atrás das minhas coxas. Sinto sua respiração na minha barriga, e o fato de não estar fazendo nada me deixa tão curiosa que abro os olhos para espiar.

Ele me encara. Dá um sorriso amável e leva a mão até a parte da frente do meu corpo, percorrendo os dedos pela cicatriz no meu abdômen.

— Isso aqui — diz ele, olhando para a marca. — Isso aqui é a coisa mais bonita que já vi numa mulher.

As lágrimas fazem meus olhos arderem, e me recuso a chorar num momento como este, mas acho que acabei de me apaixonar oficialmente por este homem.

Seus lábios encontram minha barriga, e ele dá um beijo delicado na minha cicatriz. Começa a subir pelo meu corpo até ficar em pé, voltando a olhar para mim.

— Nós nos vimos durante quantos dias desde que nos conhecemos? — pergunta ele.

Quero rir da sua imprevisibilidade, pois acho que é disso que mais gosto nele. Dou de ombros.

— Não sei. Quatro? Cinco?

Ele balança a cabeça lentamente.

— Se contar com hoje, foram sete — responde ele, passando a mão em meu cabelo. — Então me diga uma coisa, Auburn. Como é possível que eu já esteja me apaixonando por você?

Sua boca cobre a minha, em meio ao meu arquejo, e ele me pega no colo, me carregando do boxe até a cama.

E, desta vez, não me perco em seu toque. Não me perco em seu beijo. Não me perco na sensação de quando ele entra em mim.

Não me perco nem um pouco com ele, porque é a primeira vez na vida que sinto que alguém verdadeiramente me encontrou.

~

— Vou estacionar na garagem — diz ele. — Pegue minha chave e entre pela porta de trás.

Owen para o carro, e abro a porta para sair. Mas, antes que eu possa fazer isso, ele agarra meu braço e me puxa na sua direção. Seus lábios encontram os meus, e seu beijo parece uma promessa.

— Vou subir daqui a pouco — avisa ele.

Corro até a porta dos fundos do ateliê. Enfio a chave na fechadura e a tranco com a mesma rapidez. Em seguida, subo depressa a escada. Depois que entro em seu apartamento, finalmente respiro aliviada. Não sei por que pensei que Trey estaria esperando aqui dentro. Estou achando perturbador o fato de ele não ter me mandado nenhuma mensagem desde ontem à noite, quando falei que conversaria com ele hoje. Ou ele está me dando o espaço que pedi, ou sabe que estou aprontando.

Owen-Gata aparece a meus pés, então a pego no colo e a carrego até a cozinha. Deixo-a na bancada e estendo o braço para a garrafa de vinho. Depois dos últimos dias, definitivamente preciso beber alguma coisa. Tenho certeza de que Owen também, então sirvo outra taça, e logo escuto ele se aproximar atrás de mim.

Ele me envolve por trás e me puxa para perto. Encosto a cabeça em seu ombro e apoio as mãos em seus braços.

Assim que toco nele, abro os olhos bruscamente e minha boca tenta formar um grito, mas sou interrompida pelas palavras sussurradas em meu ouvido:

— Nem sabe que homem está abraçando você?

A voz de Trey faz meu corpo inteiro enrijecer. Ele segura minha cintura com mais força, e então sinto a diferença. A diferença de altura. A diferença nas mãos. A diferença em como me envolve.

— Trey — sussurro, com a voz trêmula.

— Nem perca tempo, Auburn — murmura ele no meu ouvido. Depois me vira e me empurra na geladeira, segurando meus braços na porta. — Cadê ele?

Engulo em seco, aliviada por ele não saber onde Owen está. Talvez Owen o escute e consiga fazer alguma coisa para se proteger.

Balanço a cabeça.

— Não sei.

Seus olhos fervem de raiva, e ele segura meus braços com mais força.

— Não sei se aguento ouvir outra mentira sua. Cadê ele, porra?

Fecho os olhos com força e me recuso a responder. Sua boca encontra a minha numa colisão abrupta, e tento empurrá-lo para longe. Ele se afasta e me golpeia com o dorso da mão.

Minhas pernas cedem no mesmo instante, mas ele me segura quando tento cair. Sua boca volta para meu ouvido.

— Chame o nome dele.

Não faço isso.

Ele põe a mão na minha nuca e a aperta.

— Chame o nome dele — ordena novamente.

Abro a boca para mandá-lo à merda quando escuto a voz de Owen.

— Solte ela.

Abro os olhos com cautela. O sorriso que Trey dá quando escuta a voz de Owen me assusta mais do que acabou de acontecer entre nós. Ele me puxa para perto, me virando, e pressiona o peito nas minhas costas. Agora nós dois estamos virados para Owen.

Owen está a apenas alguns metros de distância, segurando o celular e as chaves do carro. Seus olhos agitados vão da minha cabeça aos meus dedos dos pés, procurando algum ferimento.

— Está machucada?

Nego com a cabeça, mas Trey ainda me segura com força. Owen está firme e imóvel, observando Trey com atenção.

— O que você quer, Trey?

Uma risada sai do fundo da garganta de Trey, que vira a cabeça para mim. As juntas dos seus dedos sobem lentamente pelo meu maxilar.

— Você já estragou o que eu quero, Owen.

Vejo a raiva tomar conta de Owen, e no mesmo instante meus olhos se arregalam de medo. Balanço a cabeça, tentando fazê-lo se acalmar. A última coisa de que ele precisa é ser preso por outro motivo. Está em liberdade condicional, e atacar um policial provavelmente é o que Trey espera que ele faça.

— Owen, não. Trey quer que você bata nele. Não faça isso.

Trey pressiona a bochecha na minha, e observo os olhos de Owen acompanharem a mão dele, que desce pelo meu pescoço, passa pelos meus seios e por cima da minha barriga. Quando sua mão para entre as minhas pernas, sinto gosto de bile. Fecho os olhos com força, porque o olhar de Owen demonstra que, de maneira alguma, ele vai ficar parado deixando Trey fazer aquilo.

Escuto-o se atirar para a frente logo antes de alguém me jogar para o lado. Caio no chão, e, quando me viro, Owen já esmurrou Trey, que está se segurando na bancada com uma das mãos e pegando a arma com a outra.

Owen está parado na minha frente, virado para mim, conferindo se estou bem. Minhas palavras não saem, mas quero dizer para ele se virar, sair correndo, se abaixar, porém nada sai. Owen segura meu rosto entre as mãos e diz:

— Auburn. Desça e chame a polícia.

Trey ri, e Owen vê um novo medo surgir em meus olhos. Ele se vira e me bloqueia com o corpo, me empurrando para mais longe de Trey.

— Chamar a polícia? — diz Trey, ainda rindo. — E em quem eles vão acreditar? No viciado e na vadia que engravidou aos 15 anos? Ou no policial?

Nem Owen nem eu dizemos nada. Ficamos apenas assimilando as palavras que acabaram de sair da boca de Trey.

— Ah, e não vamos nos esquecer do contrabando que está escondido por todo o seu ateliê. Também tem isso.

Sinto todos os músculos do corpo de Owen enrijecerem.

Trey armou para ele.

Não invadiu o ateliê para roubar, mas para plantar drogas.

Agarro a parte de trás da camisa de Owen, temendo o pior.

— O que você quer, Trey? — pergunta Owen. Seu tom de voz sai derrotado. Ele chegou ao limite com Trey, o que não é nada bom.

— Só quero que você saia da minha vida, porra — diz ele.

— Tem me infernizado desde o dia em que nos conhecemos, e o tempo inteiro reaparece diante de mim. — Ele dá vários passos para a frente, e Owen me empurra mais para trás, ainda me protegendo com o corpo. — Auburn precisa ser uma mãe para aquele garoto, e ele precisa que eu seja o pai. Enquanto você fizer essa lavagem cerebral nela, isso nunca vai acontecer. — Trey olha diretamente para mim, por cima do ombro de Owen.

— Algum dia você ainda vai me agradecer por isso, Auburn.

Trey aproxima o rádio da boca.

— A caminho do distrito seis — diz Trey. — Indivíduo detido por agredir um policial.

— O quê? — grito. — Trey, você não pode fazer isso! Ele está em condicional!

Trey me ignora e começa a dizer um endereço no rádio. Owen se vira para mim.

— Auburn. — Seu olhar está sério. Focado. — Diga à polícia o que Trey quiser que você fale. Se ele está dizendo a verdade e realmente tiver escondido coisas em meu ateliê, vou passar muito tempo preso. Deixe que eles me prendam por agressão, porque a pena vai ser bem menor. Vou conversar com meu pai de manhã, e depois disso a gente pensa no que faz.

Eu me recuso a concordar com o que ele está dizendo. Owen não fez nada de errado.

— Se eu simplesmente contar a verdade, você não vai se dar mal, Owen.

Ele fecha os olhos e expira, praticando a paciência numa situação que não merece nada disso. Quando abre os olhos novamente, de alguma forma seu olhar fica ainda mais focado.

— Ele está furioso. Trey sabe o que aconteceu entre a gente e quer se vingar. E ele tem razão. Nunca vão acreditar em nós dois, e não nele. Não com o passado que eu tenho.

Meus olhos começam a arder, e tento me manter tão calma quanto ele está, mas não consigo. Especialmente agora que Trey está puxando-o para longe de mim. Owen põe as mãos nas costas, e Trey o algema. Owen nem sequer resiste, e estou chorando demais para tentar impedir.

Desço atrás deles, atravessamos o ateliê e chegamos à porta da frente, indo até a viatura de Trey. Ele empurra Owen no banco de trás e se vira para mim. Depois abre a porta do carona.

— Entre, Auburn. Dou uma carona até sua casa.

Entro, mas só porque de jeito algum vou deixar Owen passar outro dia na cadeia sem merecer.

CAPÍTULO VINTE E DOIS

Owen

Estou em silêncio. Ela também.

Sei que nenhum de nós diz nada porque estamos tentando descobrir uma maneira de sair desta situação. Tem de existir algum jeito de ela ficar com o filho sem precisar de Trey. E tem de existir algum jeito para que eu saia desta situação em que Trey me enfiou sem afetar Auburn e seu relacionamento com AJ.

Fico observando do banco de trás ela se virar para Trey.

— O que acha que vai acontecer agora? — pergunta a ele.

— Acha que vou simplesmente esquecer que você me atacou? Que destruiu o ateliê de Owen? Que está armando para ele?

Não, Auburn. Não o deixe ainda mais furioso.

Ele se vira para ela, que não cede, nem mesmo com o silêncio dele.

— Nunca vou te amar como eu amava Adam.

Assim que as palavras saem da sua boca, ele joga o carro para o acostamento. Depois se inclina para a frente e aperta o maxilar de Auburn, com o rosto a centímetros do dela.

— Eu *não sou* Adam. Sou *Trey*. E se quer continuar sendo essa mãe fajuta que é para meu sobrinho, sugiro que diga o que eu mandar, porra.

Uma lágrima escorre pela bochecha de Auburn. Estou com os punhos cerrados, e quero batê-los na divisória para que ele a solte, mas não consigo. Minhas mãos estão algemadas nas costas, e do banco de trás não tenho como fazer nada para contê-lo. Ergo os pés e começo a chutar o banco.

— Tire as mãos dela!

Trey não se mexe. Continua segurando o queixo de Auburn, até ela ceder e assentir. Ele a solta e volta para seu banco.

Ela olha para mim do banco do carona, e nunca me senti tão inútil. Vejo o movimento em sua garganta quando ela engole em seco.

Ela leva os joelhos até o peito, e as lágrimas começam a escorrer com mais intensidade. Depois apoia a cabeça no encosto do banco enquanto pressiona as costas na porta do carona. Percebo como ela está sofrendo. Como está assustada. Eu me aproximo dela e encosto a testa no vidro, tentando ficar o mais perto possível. Lanço um olhar tranquilizador, querendo que ela saiba que estamos juntos, não importa o que aconteça. Ela mantém o olhar fixo no meu até pararmos na delegacia.

Trey desliga o carro.

— O que aconteceu foi o seguinte: você me ligou para buscá-la no apartamento dele porque vocês dois brigaram —

diz Trey. — E, quando cheguei, ele me agrediu. Foi então que o prendi. Entendeu? — Ele estende o braço e lhe segura a mão. — O lugar de Owen é atrás das grades, é lá que ele precisa ficar. Se eu não garantir isso, nunca vou me perdoar se você ou AJ se machucarem. É só por causa dele que estou fazendo isso, Auburn. Você quer seu filho em segurança, não é?

Ela concorda com a cabeça, mas há algo em seus olhos. Não é consentimento, o que me deixa assustado. Não quero que ela entre e me defenda.

— Faça o que ele está dizendo, Auburn.

Minha porta se abre, e sou puxado para fora do carro. Pouco antes de desviar o olhar de Auburn, vejo-a cerrar o punho e o encostar no peito.

CAPÍTULO VINTE E TRÊS

Auburn

Não fiz o que Trey me pediu. Na verdade, não fiz nada. Não disse nada. Não respondi a nenhuma pergunta.

Cada pergunta que me faziam, eu contraía mais a boca.

Talvez Owen não queira que eu conte a verdade, mas, se Trey achar por um segundo sequer que vou mentir por ele, está delirando mais do que pensei.

Quando me avisaram que eu podia ir embora, Trey disse que me levaria para casa. Eu falei: não, obrigada, e passei direto por ele. Agora estou fora da delegacia, esperando o táxi que chamei. Trey se aproxima de mim e para ao meu lado. Sua mera presença me faz passar as mãos nos braços para conter os arrepios

— Vou dar alguns dias para você se acalmar — diz ele. — Mas depois vou passar na sua casa. A gente precisa conversar sobre isso.

Não respondo. Não sei como ele ainda acha que eu seria capaz de perdoá-lo depois desta noite.

— Sei que você está chateada, mas tem de enxergar as coisas sob o meu ponto de vista. Owen tem antecedentes criminais. Não sei como ele está controlando você, mas não pode me culpar por pensar na segurança do seu filho, Auburn. Não pode ficar chateada porque tento fazer o que é melhor, que é tirar esse cara da sua vida, para você poder focar em AJ.

Preciso de todas as minhas forças para não responder. Continuo olhando para a frente até ele suspirar pesadamente e voltar para dentro da delegacia.

Assim que o táxi chega, eu entro. O motorista pergunta o endereço no instante em que estou tirando o celular do bolso. Digito "endereço de Callahan Gentry" na ferramenta de busca e aguardo os resultados aparecerem.

~

Não sei o que esperava encontrar quando cheguei à porta da casa de Callahan Gentry ontem à noite, mas certamente não era o homem que apareceu na minha frente. Ele parecia muito com Owen. Seu olhar era bondoso, como o de Owen, mas parecia cansado. Provavelmente porque era o meio da noite, mas não parecia ser só isso. Lembrei que Owen disse que viu a vida se esvair dos olhos do seu pai, e de fato entendi o que ele quis dizer quando o vi pessoalmente.

— Posso ajudá-la? — perguntou o pai dele.

Balancei a cabeça.

— Não. Mas pode ajudar seu filho.

A princípio, ele pareceu ficar bastante na defensiva depois do meu comentário. Mas então foi como se a ficha tivesse caído, e ele disse:

— Você é a garota de quem ele falou. A que tem o mesmo nome do meio que ele, não é?

Assenti, e ele me convidou para entrar. Quando me sentei no sofá na sua frente e comecei a contar o que tinha acontecido, fui ficando cada vez mais nervosa, pensando que meu plano não daria certo. Mas, assim que ele concordou em me ajudar, relaxei. Eu sabia que não conseguiria enfrentar aquilo sozinha.

Agora minhas mãos estão tremendo, apesar de o pai de Owen estar bem ao meu lado. Acho que nada seria capaz de me acalmar neste momento, pois, se isso não der certo para mim e para Owen, só vou ter piorado tudo. Enquanto esperamos ela chegar, meu coração vai parar na garganta.

Já faz mais de 24 horas que estou acordada, mas a adrenalina percorre meu corpo e me mantém alerta. Eu nem sabia se a ligação do pai de Owen a convenceria a comparecer hoje, mas a secretária acabou de avisar que ela chegou.

Em questão de segundos, estarei frente a frente com Lydia.

Imagino que ela vai estar furiosa. Imagino que vai discutir. Mas, quando ela finalmente entrou, não imaginava ver aquele homem atrás dela. Quando os olhos de Trey encontram os meus, percebo a curiosidade evidente em seu rosto. Não há nenhuma curiosidade na expressão de Lydia, só uma imensa irritação quando percebe que estou sentada ali.

Ela balança a cabeça ao parar do outro lado da mesa da sala de reunião.

— Era essa a emergência? — pergunta ela, gesticulando na minha direção. Ela revira os olhos de forma exagerada e se vira para Trey. — Desculpe por ter arrastado você até aqui — diz para ele. — Eu não sabia que tinha a ver com Auburn.

Trey está com uma expressão tensa, e olha de mim para o pai de Owen.

— Sobre o que isto se trata? — pergunta ele.

O pai de Owen, que insistiu que eu o chamasse de Cal no instante em que descobriu como eu conhecia Owen, se levanta e gesticula para que os dois se sentem à nossa frente. Trey prefere continuar em pé, mas Lydia se acomoda. Noto-a olhar para o corte em meu lábio, mas não pergunta nada. Ela fixa os olhos em Cal enquanto cruza os braços por cima da mesa.

— Preciso sair em meia hora para buscar meu neto na pré--escola. Por que estou aqui?

Cal olha para mim por um breve instante. Eu o alertei sobre ela, mas ele deve ter pensado que eu estava exagerando. Ele endireita os papéis à sua frente e depois se encosta na cadeira.

— São documentos sobre a guarda — diz ele, apontando para a papelada. — Auburn está solicitando a guarda do filho.

Lydia ri. Ela literalmente ri e olha para mim como se eu tivesse enlouquecido. Em seguida, começa a se levantar.

— Bem, isso foi rápido — diz ela. — Acho que já terminamos.

Odeio o fato de que ela rejeita essa ideia tão facilmente. Ela se vira para a porta, e eu olho para Trey, que continua me observando. Ele sabe que estou aprontando alguma coisa, e minha confiança está deixando-o assustado.

— Trey — chamo, no instante em que Lydia alcança a porta. — Diga a sua mãe que ainda não terminamos.

O maxilar de Trey fica tenso, e ele semicerra os olhos na minha direção. Não diz nada a Lydia, mas não precisa. Ela se vira para mim e depois presta atenção no filho. Trey não olha para ela porque está ocupado demais tentando me ameaçar com seu olhar fulminante, então ela se volta para mim.

— O que está acontecendo, Auburn? Por que está fazendo isso?

Prefiro não responder. Em vez de dizer algo, coloco o celular na mesa. Abro um arquivo e aperto play.

"Acha que vou simplesmente esquecer que você me atacou? Que destruiu o ateliê de Owen? Que está armando para ele?"

Paro a gravação e vejo o rosto de Trey perder completamente a cor. Também quase sou capaz de escutar seus pensamentos, tão evidentes em seu rosto. Ele está tentando se lembrar de ontem à noite e do que disse para Owen e para mim no caminho até a delegacia. Porque ele sabe que o que quer que tenha dito dentro do carro está gravado em meu telefone e é uma prova.

Ele não mexe um músculo sequer, apenas enrijece os braços e os ombros.

— Devo tocar o resto da nossa conversa de ontem à noite, Trey?

Ele fecha os olhos e depois observa o chão. Ergue a perna e chuta a cadeira à sua frente.

— Porra! — grita ele.

Lydia estremece. Seu olhar alterna entre mim e Trey, que continua apenas olhando para o chão, enquanto anda de um lado ao outro.

Ele sabe que agora toda a sua carreira está em minhas mãos.

E o fato de Lydia ter se sentado novamente prova que ela também se deu conta disso. Ela está encarando meu celular com um ar de derrota, e, por mais que eu queira dizer que vê-la assim me deixa contente, não é verdade. Nunca quis que as coisas chegassem a esse ponto.

— Vou ficar em Dallas — digo a ela. — Não vou voltar para Portland. Você pode continuar vendo AJ. E, contanto que não more na mesma casa de Trey, até deixo ele passar o fim de semana com você. Mas ele é meu filho, Lydia. Precisa ficar comigo. Se eu precisar usar seu filho contra você para ter o meu de volta, juro por Deus que farei isso.

Cal empurra a papelada na direção dela. Eu me inclino por cima da mesa, e pela primeira vez na vida não estou sentindo medo da mulher na minha frente.

— Se você assinar os documentos sobre a guarda e Trey retirar as queixas contra Owen, não vou enviar o e-mail com esta conversa para todos os policiais do distrito.

Antes de Lydia pegar a caneta, ela se vira e olha para o filho.

— Se isso acontecer e alguém tiver acesso ao que quer que ela tenha nessa gravação... sua carreira será afetada? Ela está dizendo a verdade, Trey?

Ele para de andar de um lado para outro, inquieto, e olha diretamente para mim. Balança a cabeça devagar, mas nem sequer consegue verbalizar uma resposta para a mãe. Lydia fecha os olhos e solta o ar.

A escolha está nas mãos dela. Ou me deixa ser uma mãe para meu filho, ou vou garantir que o filho dela vai pagar pelo que fez com Owen. Pelo que quase fez comigo.

— Você sabe que isso é chantagem? — pergunta Trey.

Olho para ele e assinto calmamente.

— Aprendi com o melhor.

O silêncio toma conta da sala, e quase o escuto tentando pensar numa maneira de sair desta situação. Quando Trey não sugere nenhuma alternativa e Lydia percebe que eles não têm escolha, pega a caneta. Ela assina cada formulário e depois os desliza pela mesa, na minha direção.

Tento manter a calma, mas minhas mãos tremem enquanto entrego os documentos para Cal. Lydia se levanta e vai até a porta. Antes de sair, olha para mim. Percebo que ela está quase chorando, mas suas lágrimas não são nada em comparação com as que derramei por causa dela.

— Vou buscá-lo na pré-escola no meu caminho para casa. Pode passar lá daqui a algumas horas. Assim vou ter tempo de arrumar as coisas dele.

Assinto, sem conseguir falar por causa do choro preso na garganta. Assim que a porta se fecha após a saída de Lydia e Trey, caio em prantos.

Cal põe o braço ao meu redor e me puxa para perto.

— Obrigada — digo. — Meu Deus, muito obrigada.

Sinto-o balançar a cabeça.

— Não, Auburn, eu é que devo agradecer a você.

Ele não explica por que está me agradecendo, mas torço para que ele perceba os sacrifícios que o filho fez por nós dois e assim tenha forças para fazer o que precisa.

CAPÍTULO VINTE E QUATRO

Owen

Quando entro na sala e vejo o rosto do meu pai, e não o de Auburn, fico desapontado. Não a vejo nem falo com ela há mais de 24 horas. Não faço ideia do que aconteceu, nem sei se está bem.

Eu me sento na frente do meu pai, sem me preocupar com o que quer que ele queira discutir comigo.

— Você sabe onde Auburn está? Ela está bem?

Ele assente.

— Ela está bem — responde, e suas palavras me tranquilizam imediatamente. — Todas as queixas contra você foram retiradas. Está livre para ir embora.

Não me mexo, pois não sei se entendi direito o que ele disse. A porta se abre, e alguém entra na sala. O policial gesticula para que eu me levante. Depois que obedeço, ele tira as algemas dos meus pulsos.

— Tem algum pertence que queira pegar antes de ir embora?

— Minha carteira — digo, massageando os pulsos.

— Quando terminar aqui, me avise para que eu assine o registro da sua saída.

Olho novamente para meu pai, e ele percebe que continuo chocado. Ele até sorri.

— Ela é especial, não é?

Retribuo o sorriso, porque *como foi que você fez isso, Auburn?*

Os olhos do meu pai recuperaram o brilho. Um brilho que não vejo desde a noite do acidente. Não sei como, mas sei que ela teve alguma coisa a ver com isso. Auburn é como uma luz, iluminando involuntariamente os recantos mais sombrios da alma de um homem.

Tenho muitas perguntas, mas deixo para depois de eu assinar minha saída e chegarmos lá fora.

— Como? — questiono de forma brusca antes que a porta se feche atrás de nós. — Onde ela está? Por que ele retirou as queixas?

Meu pai sorri mais uma vez, e eu não tinha percebido como sentia falta de ver isso. Quase tanta quanto sinto do sorriso da minha mãe.

Ele chama o táxi que está virando a esquina. Quando o carro para, ele abre a porta e diz o endereço dela ao motorista. Depois dá um passo para trás.

— Acho que você devia fazer essas perguntas a Auburn.

Olho com cautela para ele, me perguntando se devo mesmo entrar no táxi e ir até a casa dela. Talvez seja melhor conferir se ele não está com febre. Meu pai me puxa para um abraço e não me solta.

— Desculpe, Owen. Por muitas coisas — diz ele.

Ele me abraça com mais força, e sinto suas desculpas em seu abraço. Quando se afasta, bagunça meu cabelo como se eu fosse uma criança.

Como se eu fosse seu filho.

Como se ele fosse meu pai.

— Só vamos nos ver daqui a alguns meses — diz ele — Vou passar um tempo fora.

Ouço alguma coisa na sua voz que eu nunca tinha escutado. *Força*. Se eu fosse pintá-lo agora mesmo, usaria o mesmo tom de verde dos olhos de Auburn.

Ele dá vários passos para trás e me observa entrar no táxi. Eu o encaro da janela e sorrio. *Callahan Gentry e seu filho vão ficar bem.*

∽

Ter de me despedir dele foi quase tão difícil quanto este momento. Estou parado diante da porta do apartamento dela, me preparando para cumprimentá-la.

Ergo a mão e bato à porta.

Passos.

Inspiro para me acalmar e espero a porta se abrir. Esses dois últimos minutos pareceram demorar duas vidas inteiras. Seco as palmas das mãos na calça jeans. Quando a porta finalmente se abre, meus olhos se fixam na pessoa parada à minha frente.

É a última que eu esperava ver aqui. Vê-lo na porta do apartamento de Auburn, sorrindo para mim, é algo que certamente vou pintar algum dia.

Não sei como fez isso, Auburn.

— Oi! — diz AJ, com um sorriso largo. — Eu me lembro de você.

Sorrio de volta para ele.

— Oi, AJ — respondo. — Sua mãe está em casa?

O menino olha por cima do ombro e abre mais a porta. Antes de me convidar para entrar, ele dobra o dedo e pede para eu me abaixar. Quando faço isso, ele sorri e sussurra:

— Agora meus músculos estão bem grandes. Não contei pra ninguém sobre nossa barraca. — Ele põe as mãos ao redor da boca. — E ainda está aqui.

Eu rio bem na hora que ele se vira ao ouvir passos se aproximando.

— Querido, nunca abra a porta do apartamento sem mim — diz ela para o filho.

Ele abre ainda mais a porta, e o olhar dela encontra o meu.

Seus passos param imediatamente.

Não achei que vê-la fosse doer tanto assim. Toda parte de mim dói. Meus braços doem de tanta vontade de abraçá-la. Minha boca dói de tanta vontade de tocar a dela. Meu coração dói de tanta vontade de amá-la.

— AJ, vá para o quarto dar comida para seu peixinho novo.

Ela está com a voz firme e determinada. Ainda não sorriu.

— Já dei comida pra ele — retruca o menino.

Seus olhos desviam de mim para ele.

— Pode dar mais duas bolinhas de ração de lanche, está bem?

Ela aponta para o quarto. Ele já deve conhecer esse olhar, porque vai imediatamente para lá.

Assim que AJ se afasta, dou um rápido passo para trás porque ela sai correndo na minha direção. Pula em meus braços com tanta força e rapidez que sou obrigado a recuar vários passos e bater na parede atrás de mim para a gente não cair. Seus braços envolvem meu pescoço, e ela me beija, me beija, me beija como eu nunca tinha sido beijado. Sinto o gosto das suas lágrimas e das suas risadas, e é uma mistura incrível.

Não sei quanto tempo ficamos nos beijando no corredor, pois os segundos não duram o bastante quando são passados com ela.

Depois de algum tempo, seus pés tocam o chão, seus braços cercam minha cintura, e seu rosto se encosta em meu peito. Apoio a mão na sua nuca e a abraço como planejo abraçá-la todos os dias depois de hoje.

Ela está chorando, não por estar triste, mas porque não sabe expressar o que sente. Sabe que não existem palavras à altura daquele momento.

Então nenhum de nós diz nada, porque também não encontro nenhuma palavra à altura. Encosto a bochecha no topo da sua cabeça e observo seu apartamento. Olho para o quadro na parede da sala. Sorrio ao me lembrar da primeira noite em que entrei aqui e o vi pela primeira vez. Eu sabia que o quadro estaria com ela, mas vê-lo exposto na sala foi uma sensação incrível. Foi surreal. E naquela noite quis me virar para ela e contar tudo sobre a tela. Eu queria contar sobre minha ligação com ele. Queria contar sobre minha ligação com ela.

Mas não contei, e nunca vou contar, porque essa confissão não é minha.

Essa confissão era de Adam.

CINCO ANOS ANTES

Owen

Estou sentado no chão do corredor, ao lado do quarto de hospital do meu pai. Vejo-a sair do quarto vizinho.

— Você vai simplesmente jogá-los fora? — pergunta ela, sem acreditar.

Ela está falando com a mulher que seguiu até o corredor. Sei que o nome dela é Lydia, mas ainda não sei o nome da garota. Não por falta de tentativa.

Lydia se vira, e vejo que ela está segurando uma caixa nas mãos. Olha para o que tem dentro e depois se volta para a garota.

— Ele não pinta há semanas. Não usa mais isso, está apenas ocupando espaço. — Lydia se vira e põe a caixa na mesa das enfermeiras. — Pode jogar isso fora em algum lugar? — pergunta para a enfermeira de plantão.

Antes mesmo que a mulher concorde, Lydia entra de novo no quarto e volta alguns segundos depois com várias telas em branco. Ela as coloca na mesa, ao lado da caixa que deve estar cheia de material de pintura, imagino.

A garota fica encarando a caixa, mesmo depois de Lydia voltar para o quarto. Ela está triste. Quase como se a despedida das coisas dele fosse tão difícil quanto se despedir dele.

Fico observando-a por vários minutos enquanto as emoções começam a extravasar dela na forma de lágrimas. Ela as enxuga e olha para a enfermeira.

— Precisa mesmo jogar isso fora? Não pode pelo menos... não pode pelo menos dar pra alguém?

A enfermeira escuta a tristeza em sua voz. Ela dá um sorriso afetuoso e confirma com a cabeça. A garota também assente, depois se vira e volta lentamente para dentro do quarto.

Não a conheço, mas provavelmente reagiria da mesma maneira se alguém fosse jogar fora alguma coisa do meu pai.

Nunca tentei pintar, mas de vez em quando desenho. Quando percebo, estou me levantando e indo até a área das enfermeiras. Olho para a caixa cheia de vários pincéis e tintas.

— Posso...?

Ainda nem completei a frase quando a enfermeira empurra a caixa para mim.

— Por favor — diz ela. — Leve. Não sei o que fazer com isso.

Pego o material e o levo para o quarto do meu pai. Coloco a caixa no único espaço vazio da bancada. O restante do seu quarto está cheio de flores e de plantas que foram entregues nas últimas duas semanas. Eu provavelmente devia fazer alguma coisa com elas, mas ainda tenho esperança de que ele acorde em breve e veja tudo isso.

Depois de encontrar espaço para o material de arte, vou até a cadeira ao lado do meu pai e me sento.

Fico o observando.

Fico o observando por horas, até ficar tão entediado que me levanto e tento encontrar outra coisa para encarar. Às vezes, encaro a tela em branco na mesa. Nem sei por onde começar, então passo o dia seguinte inteiro dividindo minha atenção entre meu pai, a tela e minhas caminhadas ocasionais pelo hospital.

Não sei quantos dias mais vou aguentar passar assim. Sinto que só posso ficar de luto quando souber que ele está de luto comigo. Odeio o fato de que assim que ele acordar — se acordar — muito provavelmente terei de explicar todos os detalhes daquela noite para ele, quando tudo que eu queria é esquecê-la.

"Nunca olhe para o celular, Owen", dissera ele.

"Preste atenção na rua", falara meu irmão no banco de trás.

"Ligue a seta. Mãos no volante. Deixe o rádio desligado."

Eu tinha acabado de aprender a dirigir, e cada instrução que eles me davam me fazia lembrar desse fato. Só não escutei a que eu mais queria que eles tivessem me dado: tome cuidado com motoristas bêbados.

Fomos atingidos do lado do carona, quando o sinal ficou verde e cheguei ao cruzamento. A batida não foi culpa minha, mas, se eu tivesse mais experiência, saberia que devia olhar para a esquerda e para a direita primeiro, por mais que o sinal me permitisse seguir em frente.

Meu irmão e minha mãe morreram com o impacto. Meu pai continua em estado crítico.

Estou mal desde o momento em que aconteceu.

Passo a maior parte dos meus dias e noites aqui, e quanto mais tempo fico sentado no quarto, esperando ele acordar, mais sozinho me sinto. Os parentes e os amigos pararam de visitar. Não vou à escola há semanas, mas essa é a menor das minhas preocupações. Fico apenas esperando.

Fico esperando ele se mexer. Fico esperando ele piscar. Fico esperando ele falar.

No fim do dia, costumo me sentir tão cansado de tudo o que não aconteceu que preciso espairecer. Durante as duas primeiras semanas, as noites eram a parte mais difícil para mim. Principalmente porque significava que tinha se passado mais um dia em que ele não demonstrara nenhum sinal de melhora. Mas nos últimos tempos tenho até ansiado pelas noites.

E é por causa dela.

Deve ser sua risada, mas acho que também é o amor que ela sente pela pessoa que visita, o que me deixa esperançoso. Ela vem visitá-lo toda noite, das 17h às 19h. Acho que o nome dele é Adam.

Percebo que, quando ela aparece, os outros parentes saem do quarto. Imagino que Adam prefira assim, para poder passar algum tempo a sós com ela. Às vezes, me sinto culpado por ficar sentado aqui no corredor, encostado na parede entre a porta do quarto dele e a do meu pai. Mas não tenho para onde ir, e esse sentimento é reforçado quando escuto a voz dela.

Eu só o escuto rindo durante as visitas dela. E ele também só fala com ela, na verdade. Nas últimas semanas, ouvi algumas conversas no quarto dele e sei qual é seu destino, então o fato de conseguir rir quando está com ela significa muito.

Acho que sua morte iminente também me deixa um pouco mais esperançoso. Sei que parece mórbido, mas presumo que eu e Adam temos mais ou menos a mesma idade, então, quando começo a sentir pena de mim mesmo, me imagino no seu lugar. Seria melhor estar no leito de morte, tendo o prognóstico de apenas algumas semanas de vida, ou na minha situação difícil?

Às vezes, nos dias muito ruins, quando lembro que nunca mais vou ver meu irmão, penso que seria melhor estar no lugar de Adam.

Mas então em alguns momentos escuto como ela fala com ele, as palavras que lhe diz, e penso: ainda bem que não estou no lugar dele. Pois eu ainda tenho a chance de ser amado daquele jeito algum dia. E me sinto mal por Adam, porque sei o tipo de amor que ela sente e o que ele está deixando para trás. Deve ser muito difícil para ele.

Mas isso também significa que ele teve a sorte de encontrá-la antes de sua hora chegar. Isso deve tornar a morte um pouco mais suportável, mesmo que só um pouco.

Volto para o corredor e deslizo até o chão, esperando a risada dela esta noite, mas não a escuto. Eu me aproximo da porta dele e me afasto da do meu pai, me perguntando por que hoje está sendo diferente. Por que não está sendo uma das visitas felizes.

— Mas acho que também estou me referindo aos nossos pais, por não entenderem isso — escuto Adam dizer a ela. — Por não permitirem que eu tenha aqui junto de mim a única coisa que quero.

Assim que percebo que é esta a despedida deles, fico com o coração partido por ela e Adam, apesar de não conhecer nenhum dos dois. Fico escutando por mais alguns minutos até que ele diz:

— Conte alguma coisa sobre você que mais ninguém sabe. Algo que eu possa guardar comigo.

Sinto que essas confissões devem ficar entre eles. Sinto que, se eu escutasse alguma delas, Adam não iria guardá-la apenas para si mesmo, porque eu também saberia. E é por isso que sempre me levanto e me afasto nesses momentos, apesar de querer saber os segredos dela mais que qualquer coisa no mundo.

Vou até a sala de espera perto dos elevadores e me sento. Assim que faço isso, a porta do elevador se abre e o irmão de Adam aparece. Sei que é ele e sei que se chama Trey. Também sei, baseado apenas nas breves visitas que faz ao irmão, que não gosto dele. Já o vi passar por ela no corredor algumas vezes, e não gosto de como ele se vira e fica observando-a ir embora.

Ele está olhando para seu relógio de pulso e andando apressadamente na direção do quarto em que ela e Adam estão se despedindo. Não quero que ele ouça as confissões dos dois, e também não quero que ele interrompa a despedida, então acabo indo atrás de Trey e pedindo para ele parar. Mas o garoto vira no corredor antes de perceber que estou falando com ele. Até que se volta para mim e me olha dos pés à cabeça, me avaliando.

— Dê mais alguns minutos a eles — digo.

Vejo pela alteração em seu olhar que ficou irritado com o que eu disse. Não foi minha intenção, mas ele parece ser o tipo de cara que fica furioso com praticamente qualquer coisa.

— E quem diabo é você?

Antipatizo com ele no mesmo instante. Também não gosto que ele pareça tão zangado, porque é nitidamente mais velho e maior que eu, e muito, muito mais malvado.

— Owen Gentry. Sou amigo do seu irmão — minto. — É que... — Aponto pelo corredor na direção do quarto em que ela e Adam estão. — Ele precisa de mais alguns minutos com ela.

Trey não dá a mínima para quantos minutos Adam precisa com a namorada.

— Bem, *Owen Gentry*, ela tem de pegar o avião — diz ele, inquieto porque estou desperdiçando seu tempo.

Ele continua andando pelo corredor e entra no quarto. Escuto os soluços dela. É a primeira vez que a escuto soluçar de tanto chorar, e não aguento ouvir isso. Eu me viro e volto para a sala de espera, sentindo no peito o sofrimento dela e de Adam.

A próxima coisa que escuto é ela implorando por mais tempo e, depois, dizendo "eu te amo" várias vezes enquanto Trey a puxa pelo braço no corredor.

Nunca na vida senti tanta vontade de bater em alguém.

— Pare — diz Trey, nervoso porque ela ainda está tentando voltar para o quarto de Adam. Ele envolve a cintura dela com o braço e a puxa para perto, para que a menina não escape. — Desculpe, mas a gente tem de ir.

Ela o deixa segurá-la, e sei que é apenas porque está arrasada demais. Mas a maneira como as mãos dele se movimentam pelas costas dela me fazem agarrar os braços da minha cadeira, me segurando para não o puxar para longe dela. Ele dá um sorrisinho malicioso quando nota minha expressão de raiva, e pisca para mim.

O filho da mãe acabou de piscar para mim.

Quando as portas finalmente se abrem e ele a solta, ela olha de volta para o quarto de Adam. Percebo sua hesitação enquanto Trey espera que ela entre primeiro no elevador. Ela dá um passo para trás, querendo voltar para Adam. Está assustada porque sabe que nunca mais vai vê-lo se entrar no elevador. Ela olha para Trey e diz:

— Por favor. Deixe eu me despedir. Pela última vez. — Ela sussurra, pois sabe que sua voz não sairia mais alto que isso. Trey balança a cabeça e responde:

— Você já se despediu. A gente precisa ir.

Ele não tem coração.

Ele segura as portas para que ela entre, e a menina considera. Mas, no segundo seguinte, sai correndo na direção oposta. Meu coração sorri por ela, pois quero que consiga se despedir mais uma vez dele. Sei que é o que Adam também gostaria. Sei que para ele vai significar muito vê-la correndo de volta até seu quarto uma última vez, e dar um último beijo nela e dizer pela última vez: "Vou te amar para sempre. Mesmo quando não puder mais."

Pelos olhos de Trey, percebo que ele tem toda a intenção de detê-la. Ele se vira para correr atrás dela e puxá-la para trás, mas, antes que eu me dê conta, estou na frente dele, bloqueando-o. Ele me empurra, e eu dou um murro nele. Sei que não é a coisa certa, mas é o que faço mesmo assim, apesar de saber que ele vai revidar. Mas vale a pena levar um soco por isso, pois assim ela vai ter tempo de voltar até o quarto de Adam e se despedir dele de novo.

Assim que seu punho enorme atinge meu maxilar, eu caio no chão.

Caramba, isso doeu.

Ele passa por cima de mim para correr até ela. Agarro seu tornozelo, puxo e observo-o cair no chão. Uma enfermeira escuta a confusão e vem correndo. Nesse instante, ele chuta meu ombro e me manda à merda. Ele se levanta novamente e sai em disparada pelo corredor, e eu fico parado em pé.

Estou quase no quarto do meu pai de novo quando escuto ela dizer para Adam:

— Vou te amar para sempre. Mesmo quando eu não dever mais.

Isso me faz sorrir, apesar da minha boca estar dolorida e sangrando.

Entro no quarto do meu pai e vou direto para a bancada onde o material de arte está empilhado. Pego uma tela em branco e remexo na caixa, analisando todo o material.

Quem diria que minha primeira briga por causa de uma garota seria por alguém que nem é minha namorada?

Ainda escuto seu choro enquanto é puxada pelo corredor novamente, e sei que agora é de fato a última vez. Eu me sento na cadeira e encaro a caixa cheia de material de arte do garoto. Começo a tirar uma coisa de cada vez.

Oito horas depois, quando estava quase amanhecendo, finalmente terminei o quadro. Deixo-o ao lado para secar e durmo até anoitecer. Sei que esta noite ela não vai aparecer no quarto dele, o que me deixa triste pelos dois. Sendo um pouco egoísta, também fico triste por mim mesmo.

Fico parado diante da porta dele por algum tempo, esperando para bater, querendo ter certeza de que o irmão não está ali. Após vários minutos de silêncio, bato delicadamente à porta.

— Entre — diz ele, mas sua voz está tão fraca esta noite que preciso me esforçar para escutá-la.

Abro a porta e dou alguns passos para dentro do quarto. Quando ele me vê e não me reconhece, tenta se sentar um pouco mais. Ele parece ter um pouco de dificuldade.

Caramba, ele é muito novo...

Quero dizer, sei que ele tem mais ou menos minha idade, mas a morte o deixa parecendo mais novo do que deveria. A morte só devia ter familiaridade com os mais velhos.

— Oi — digo, entrando lentamente. — Desculpe incomodá-lo, mas... — Olho para a porta e depois de volta para ele. — É estranho, então vou simplesmente dizer logo. Eu... eu fiz uma coisa pra você.

Estou segurando a tela, com medo de virá-la para ele ver. O garoto olha para a parte de trás, respira fundo e tenta se erguer um pouco mais na cama.

— O que é isso?

Eu me aproximo e aponto para a cadeira, pedindo permissão para me sentar. Adam assente. Não mostro o quadro imediatamente. Sinto que devo explicar primeiro, ou me explicar, ou pelo menos me apresentar.

— Sou Owen — digo, depois de me sentar na cadeira. Aponto na direção da parede atrás da cabeça dele. — Meu pai está no quarto aqui ao lado há algumas semanas.

Adam me encara por um instante e pergunta:

— O que ele tem?

— Está em coma. Acidente de carro.

Ele me lança um olhar verdadeiramente compreensivo, o que me faz gostar dele quase de imediato. Isso também me faz perceber que ele não é nada parecido com o irmão.

— Eu estava dirigindo — acrescento.

Não sei por que revelo isso a ele. Talvez para mostrar que, apesar de eu não estar morrendo, minha vida não é digna de inveja.

— Sua boca — diz ele, fazendo um pequeno esforço para apontar para o machucado que surgiu depois da minha briga de ontem no corredor. — Foi você que brigou com meu irmão?

Fico surpreso por um instante, chocado por ele saber. Confirmo com a cabeça.

Ele ri um pouco.

— A enfermeira me contou. Disse que você o agarrou no corredor enquanto ele tentava impedir Auburn de vir se despedir de novo.

Sorrio. Auburn, repito mentalmente. Faz três semanas que quero descobrir o nome dela. Claro que é Auburn. Nunca ouvi falar de ninguém com esse nome, mas combina perfeitamente com ela.

— Obrigado por isso — diz Adam.

Suas palavras saem num sussurro doloroso. Odeio obrigá-lo a falar tanto, quando sei que é algo doloroso para ele.

Ergo um pouco o quadro e o observo.

— Ontem à noite, depois que ela foi embora — digo —, acho que fiquei inspirado a pintar isso pra você. Ou talvez seja pra ela. Pra vocês dois, acho. — Olho para Adam imediatamente. — Espero que não ache estranho.

Ele dá de ombros.

— Depende do que é.

Eu me levanto e levo o quadro até Adam, depois o viro para que ele veja.

De início, ele não demonstra nenhuma reação. Fica apenas observando. Deixo-o segurá-lo e me afasto, um pouco constrangido por achar que ele ia gostar de ter algo assim.

— É a primeira vez que tento pintar — digo, explicando por que ele provavelmente está achando horroroso.

Seus olhos encontram os meus, e sua expressão está longe de ser indiferente. Ele aponta para o quadro.

— Foi sua primeira tentativa? — pergunta, sem acreditar. — Sério?

Assinto.

— Sim. Provavelmente minha última também.

Ele balança a cabeça imediatamente.

— Espero que não — retruca ele. — Isso é incrível. — Ele pega o controle remoto e aperta o botão que levanta mais alguns centímetros o topo da cama. Depois aponta para uma mesa ao lado da cadeira. — Pegue aquela caneta.

Não questiono seu pedido. Entrego a caneta, observo-o virar o quadro e escrever alguma coisa no verso da tela. Ele estende o braço até o criado-mudo ao lado da cama e arranca uma folha do bloco de anotações. Escreve alguma coisa e me entrega tanto o quadro quanto o papel.

— Me faça um favor — pede ele, enquanto pego as duas coisas. — Pode mandar isso para ela pelos correios? De mim? — Ele aponta para o papel nas minhas mãos. — O endereço dela está aqui em cima, e o do remetente, embaixo.

Olho para o papel em minhas mãos e leio seu nome completo.

— Auburn Mason Reed — digo em voz alta.

Qual a probabilidade disso?

Sorrio e passo o polegar pelas letras do seu nome do meio.

— Temos o mesmo nome do meio.

Olho de novo para Adam, que exibe um discreto sorriso enquanto abaixa a cama.

— Quem sabe não é o destino.

Balanço a cabeça, ignorando seu comentário.

— Tenho certeza de que ela é o seu destino. Não o meu.

Sua voz sai forçada, e ele precisa fazer um enorme esforço para se virar para o lado. Depois fecha os olhos e diz:

— Espero que ela tenha mais de um destino, Owen.

Ele não abre mais os olhos. Pega no sono, ou talvez precise apenas descansar depois da conversa. Olho novamente para o nome dela e penso nas palavras que ele acabou de dizer.

Espero que ela tenha mais de um destino.

Eu me sinto bem por saber que, por mais que ele a ame, também sabe que ela precisa seguir em frente após sua morte, e aceita isso. Até parece que ele deseja isso para Auburn. Infelizmente, se fosse mesmo o destino, teríamos nos encontrado em circunstâncias diferentes, e num momento bem melhor.

Olho de novo para ele, que mantém os olhos fechados. Puxa a coberta para cima dos braços, então saio silenciosamente do quarto, com o quadro na mão.

Vou mandar o quadro para ela, pois ele me pediu. E depois vou jogar seu endereço fora. Além de tentar esquecer seu nome, mas sei que não vou conseguir.

Quem sabe? Se for mesmo para ficarmos juntos, se o destino realmente existir, talvez algum dia desses ela apareça na minha porta. Talvez o próprio Adam providencie isso de alguma maneira.

Mas, até esse dia chegar, tenho certeza de que estarei ocupado com algo. Com a ajuda involuntária dela e de Adam, acho que acabei descobrindo minha vocação.

Olho para o quadro em minhas mãos e o viro. Leio as últimas palavras que Adam escreveu para ela:

Vou te amar para sempre. Mesmo quando não puder mais.

Quando viro o quadro para mim novamente, passo os dedos por cima. Toco no espaço que tem entre as mãos, e penso em tudo que os separa.

E espero, pelo bem dela, que Adam tenha razão. Espero que Auburn tenha mesmo outro destino.

Porque ela merece.

Agradecimentos

Antes de tudo, quero agradecer imensamente a Danny O'Connor por contribuir com as obras de arte para *Confesse*. Procurei por todo canto quadros que pudessem representar Owen, e seu trabalho se destacou no meio do resto. Você tem um talento incrível, e seus fãs (incluindo eu mesma) têm a sorte por poder acessar suas obras.

Como sempre, agradeço imensamente à Johanna Castillo, à Ariele Fredman, à Judith Curr, à Kaitlyn Zafonte e a toda equipe da Atria Books.

À minha agente, Jane Dystel, e a toda a equipe da Dystel and Goderich.

Aos Weblichs, por sempre garantirem meu estoque de fotos de Harry, de latas de Pepsi Diet e de muita energia positiva. Aos CoHorts, por me lembrarem diariamente do motivo pelo qual faço isto em primeiro lugar. E às minhas maiores fãs, que são submetidas a dez versões diferentes de cada capítulo, mas que nunca reclamam: Kay Miles, Kathryn Perez, Chelle Northcutt, Madison Seidler, Karen Lawson, Marion Archer, Jennifer Stiltner, Kristin Phillips-Delcambre, Salie-Benbow Powers, Maryse, e tantas outras pessoas.

À Murphy, por ser a melhor irmã-assistente que existe. À Stephanie, por estar ao meu lado desde o início, como chefe e melhor amiga. À minha mãe, à minha irmã, ao meu marido, aos meus filhos e a todos os outros que me apoiam incessantemente e nunca reclamam.

A todos que se arriscam a pegar algum dos meus livros, agradeço pela oportunidade de viver meu sonho.

E, claro, agradeço imensamente à Tarryn Fisher e à Vilma Gonzalez. Sou grata pela carreira ter trazido essas duas para minha vida, e vocês foram meu porto seguro este ano.

Este livro foi composto na tipologia Adobe Caslon Pro,
em corpo 11/15,5, e impresso em papel off-white,
no Sistema Cameron da Divisão Gráfica
da Distribuidora Record.

Às vezes me pergunto se estar morta seria
mais fácil que ser sua mãe

Owen Gentry

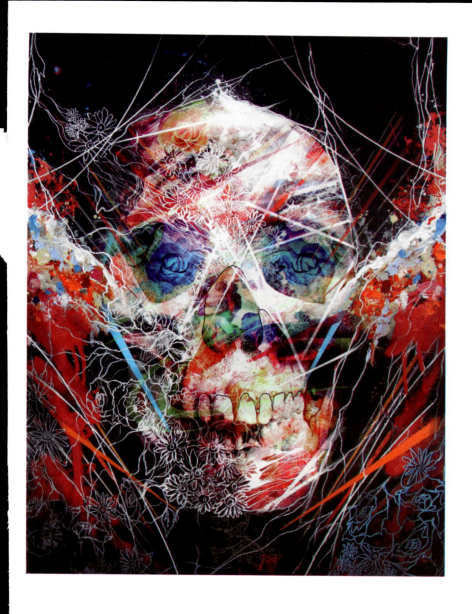

Vou te amar para sempre.
Mesmo quando não puder mais.